E-Z DICKENS
SUPERHEROJUS
KETVIRTOJI KNYGA:
ANT LEDO

Cathy McGough

Stratford Living Publishing

Turinys

Kasdieniniams superherojams.

„Negalima įveikti žmogaus, kuris niekada nepasiduoda."

Babe Ruth

PROLOGAS

Kitą dieną buvo diena mokykloje,bet artėjant pasaulio pabaigai nei E-Z, nei Lia neketino eiti į ją.

„Turiu labai blogą nuojautą", - pasakė Lia.

Buvo pusryčių metas, ir jie su E-Z liko vieni. Samas ir Samanta vis dar miegojo, taip pat dvyniai Džekas ir Džil.

„Kokia bloga nuojauta?" - paklausė jis, įsidėdamas į burną dar šaukštą dribsnių.

„Žinai, vakar vakare, kai man atrodė, kad kažką girdėjau?"

„Taip, bet tu sakei, kad tai buvo netikras aliarmas. Kad garsai nutilo ir viskas grįžo į įprastas vėžes."

„Taip ir buvo, ir nebuvo. Sunku paaiškinti. Išgirdau, kaip Rozalija mane pašaukė, paskui ji nutilo. Ji daugiau nebandė, todėl maniau, kad viskas gerai. Bet dabar nerimauju, nes bandžiau su ja susisiekti ir negalėjau. Ji neatsakė nė į vieną mano žinutę. Manau, kad turėtume nueiti ir ją patikrinti. Tik tam atvejui. Man palengvės, kai žinosiu. Priešingu atveju šiandien negalėsiu nieko nuveikti."

„Gal ji miega? Arba išsikrovė jos telefono baterija."

Jis baigė gerti apelsinų sulčių stiklinę ir atsitraukė nuo stalo. Sudėjo indus į indaplovę.

„Galbūt. Bet vis tiek norėčiau ją pamatyti."

„Nuvažiuokime jos aplankyti, kad nusiramintum," - pasakė jis ir iškvietė taksi. „Tikiuosi, kad mus įleis. Juk mes ne giminaičiai."

Jie nuvyko per miestą ir registratūroje pasiteiravo apie Rozaliją. Moteris paklausė: „Ar jūs abu esate giminės?". Abu atsakė, kad ne. „Atsisėskite, prašom", - pasakė ji.

„Matote, - sušnabždėjo Lia. „Ji atrodė klastinga. Tarsi kažką slėptų."

„Taip, aš irgi tai mačiau. Bet gal mes tai įsivaizduojame, nes nerimaujame dėl Rozalijos. Viskas, ką galime padaryti, tai laukti ir stengtis būti užimti. Esame čia ir nesitrauksime, kol pamatysime, kad jai viskas gerai".

Po trisdešimties minučių jie vis dar laukė. ir laikui bėgant darėsi vis neramiau.

Lia atsistojo. „Daugiau nebegaliu laukti."

E-Z pasakė: „Oho! Palaukite minutėlę." Ji vėl atsisėdo. „Duokime tam dar trisdešimt minučių, prieš pradėdamos ant jų pulti".

„Ką reiškia „išprotėti"?" Lia paklausė.

„O, vis pamirštu, kad tu ne iš čia. Tai reiškia, kad reikia į ką nors eiti su visais ginklais. Kaip kraštutinę priemonę. Tai, žinoma, kalbos figūra. Nors kai kurie pašto darbuotojai ją suprato pažodžiui".

„Galiu lažintis, kad jei būtume suaugę, jie jau būtų su mumis pasikalbėję. Kartais nekenčiu būti vaiku."

„Tai turi savų privalumų, - pasakė E-Z. „Pabandyk žaisti žaidimą telefone arba skaityti knygą. Taip prabėgs laikas ir jie bus mums paslaugesni, jei būsime kantrūs".

„Gaila, kad neatsinešiau ausinių. Būčiau galėjęs pasiklausyti naujų Taylor Swift kūrinių".

„Čia, - pasakė jis. „Gali pasiskolinti mano."

Praėjo dar trisdešimt minučių, ir E-Z ramiai grįžo prie prekystalio. Lia liko stovėti, klausydamasi muzikos. Jis žvilgtelėjo atgal. Ji buvo užmerkusi akis. Ji net nepastebėjo, kad jis dingo.

„Ech, ar yra žinių, kada galėsime pamatyti Rozaliją?" - paklausė jis.

„Atsiprašau, kažkas išeina tavęs aplankyti. Ji žino, kad jūs čia laukiate." Moteris spustelėjo klaviatūrą. Kai E-Z nepajudėjo iš vietos, ji antrą kartą pabandė jį paraginti. „Aš asmeniškai kalbėjau su savo vadybininku. Ji išeis su jumis pasikalbėti, kai tik galės. Prašom prisijungti prie jūsų draugo". Ji mostelėjo ranka link Lijos, kuri buvo užsiėmusi telefonu.

E-Z nenoriai grįžo prie Lijos. Jis stebėjo, kaip žmonės šurmuliuoja aplinkui. Kai kurie buvo gyventojai, stumiantys vaikštynes. Keli sėdėjo neįgaliųjų vežimėliuose, kuriuos stumdė prižiūrėtojai, o kiti patys stumdė ratus. Dauguma gyventojų šypsojosi jo link, keli mojavo rankomis. Jis svarstė, kiek iš jų sulaukia nuolatinių lankytojų. Jis tikėjosi, kad dauguma jų lankėsi.

Kai durys atsidarė ir užsidarė, jo šnerves pasiekė pietų kvapas, o skrandį užgulė gurgždėjimas. Jam buvo įdomu, kokius skanėstus šiandien valgė gyventojai. Galbūt žuvį su bulvytėmis. Galbūt pyragą a la mode. Jis norėjo suvalgyti gausesnius pusryčius, kai Lia atidavė jam ausines.

„Ar pasisekė paspartinti reikalus? Aš mirštu iš bado!"

„Aš irgi ir ne visai. Ji sakė, kad vadybininkas netrukus bus pas mus, bet nesuprantu, kodėl Rozalija tiesiog pati neateina pas mus. Kas čia tokio?"

„Aš nejaučiu jos buvimo čia, - pasakė Lija. „Tarsi būtume atsijungę. Muzika kurį laiką padėjo mane išblaškyti, bet dabar vėl apie ją galvoju ir esu alkana. Tai nėra geras derinys."

„Aš tave girdžiu", - pasakė E-Z, kai aukšta moteris su generalinio direktoriaus identifikaciniu ženkleliu priėjo prie jų ir prisistatė.

„Mano vardas Eleonora Vilkinson ir esu čia generalinė direktorė". Ji paspaudė jiems rankas. „Kaip suprantu, jūs abu esate Rozalijos draugai. Ar esate anksčiau čia pas ją lankęsi?"

„Ne, nesame čia buvę, - atsakė Lija. „Bet mes su ja draugaujame, esame artimi draugai. Ir mes dėl jos nerimaujame. Ji neatsakė į mano žinutes ir neatsiliepė į telefono skambučius".

Ponia Vilkinson pasakė: „Man gaila jums tai sakyti, bet Rozalija mirė kažkurią naktį. Laukiame, kol atvyks jos artimieji. Jie negyvena netoliese.

„Atsiprašau, kad privertėme jus taip ilgai laukti. Bet prieš kalbėdamas su jumis turėjau su jais pasikalbėti. Jūs suprantate. Turime laikytis politikos."

Lija krito ant kėdės ir pratrūko verkti, o E-Z paėmė jos ranką į savo ir kelias sekundes jie tyliai sėdėjo, kol jis paklausė: „Kas jai nutiko?"

„Tai tiriama, - pasakė Vilkinsonas. „Atsiprašau, daugiau nieko negaliu jums pasakyti. Nebent jūs esate šeima. Užuojauta dėl jūsų netekties."

„Ji man reiškė visą pasaulį, - pasakė Lija.

„Kaip su ja susipažinote?" Vilkinsonas paklausė. „Ji buvo puiki dama. Visų mylima." "Susipažinome per draugę, - melavo Lija.

„Įdomu, - pasakė Vilkinsonas, - turint omenyje jūsų amžiaus skirtumą".

„Nori pasakyti, kad dėl to, jog aš esu vaikas, o ji - ne? Noriu pasakyti, kad nebuvo", - piktai paklausė Lija. Ji atsistojo.

„Atsiprašau, nenorėjau tavęs įskaudinti. Žinoma, daugelis gyventojų čia mielai turėtų draugų, su kuriais galėtų pabendrauti. Ypač su tokiais besidominčiais vaikais kaip jūs, kuriems galėtų gyvai papasakoti savo istorijas. Taip jie nebus pamiršti, kai jų nebeliks".

„Mes visada prisiminsime Rozaliją, - pasakė E-Z.

„Ar galime su ja pasimatyti, atsisveikinti?" Lia paklausė.

„Bijau, kad apie tai negali būti nė kalbos. Turime procedūras. Bet jei paliksite savo duomenis, telefono numerį prie stalo, galėsime jums paskambinti. Kad žinotumėte, kada bus lankymas ir laidotuvės".

E-Z paliko savo telefono numerį registratūroje. Jie jau ketino sėsti į taksi, kai jis prisiminė knygą.

„Palaukite čia, - pasakė jis. „Aš tuoj grįšiu."

Jis priėjo prie registratūros.

„Atsiprašau, bet negalime susitaikyti su mūsų draugės Rozalijos mirtimi. Ne tol, kol bent vienas iš mūsų jos nepamatys. Ponia Vilkinson sakė, kad negalime įeiti į vidų, bet ar gal galėčiau įkišti galvą į kambarį? Ilgai neužsibūčiau. Vadinasi, galiu pasakyti savo draugei, kad mačiau Rozaliją, ir galiu patvirtinti, kad jos nebėra su mumis? Ji tiek daug išgyveno, netekusi akių ir visa kita. Jai palengvėtų, jei tai užtikrintai sužinotų kas nors, ką ji pažįsta ir kuo pasitiki".

„Ak, vargšelė. Suprantu. Eikite su manimi, - tarė moteris. Atsidūrusi kitoje rašomojo stalo pusėje, ji paprašė kolegės ją pavaduoti. „Aš tuoj grįšiu", - pasakė ji.

E-Z nusekė paskui ją gilyn į senjorų rezidencijos širdį. Ten buvo šviesu, ne slegiančiai, kaip jis buvo girdėjęs, kad tokie namai gali būti, bet labai tylu. Tikriausiai todėl, kad visi mėgavosi pietumis valgykloje. Jo skrandis vėl gurgtelėjo.

„Visi yra valgykloje, - pasakė moteris, tarsi žinodama, apie ką jis galvoja. „Šiandien žuvies su bulvytėmis diena, o po pietų - raudona želė ir plakta grietinėlė. Nepaprastai populiarus patiekalas, į kurį visi nori patekti. Bet kurią kitą dieną būtų neįmanoma jūsų įsileisti, nes būtų per daug žmonių."

„Tai tikrai kvepia", - pasakė E-Z. „Ir ačiū už pagalbą, aš, mes, tikrai ją vertiname."

Ji sustojo ir patraukė duris.

„Tai Rozalijos kambarys. Aš palauksiu čia. Turite dvi minutes arba mažiau, jei kas nors mane pastebės".

„Dar kartą ačiū, - tarė E-Z, kai durys už jo užsidarė. Kambaryje tvyrojo keistas kvapas, tarsi ten būtų buvęs laužas. Jis apsižvalgė po kambarį, ieškodamas kamerų. Kiek jam buvo žinoma, jų nebuvo.

Po balta paklode jų draugas buvo užsiklojęs nuo galvos iki kojų. Jis priėjo arčiau, kovodamas su noru bėgti, bet norėdamas įsitikinti, įsitikinti savo akimis. Jis atitraukė paklodę ir stebėjo, kaip ji kaip vaiduoklis nukrito ant grindų.

Jo šnerves tuoj pat užpuolė kvapas. Tarsi kepsninės kvapas. Sudegusios mėsos. Ir jis pamatė žemyn kabančią Rozalijos ranką, nusėtą nudegimais ir pūslėmis. Kas jai nutiko? Kas ir kodėl jai padarė šį baisų dalyką?

Jis nustūmė kėdę ir apžvelgė kambarį, kuris buvo nepriekaištingas, be jokių gaisro žymių. Tai negalėjo nutikti čia. Jei ne, tai kur? Ar po to ją perkėlė į šį kambarį?

Moteris prie durų pasibeldė. „Prašom paskubėti!" - pasakė ji.

Jis atidarė jos naktinio stalelio stalčių. Ten jis buvo. Knyga, apie kurią jiems pasakojo Rozalija. Ta, kurioje ji buvo užrašiusi informaciją apie kitus vaikus.

„Laikas baigėsi", - pasakė moteris.

E-Z užsikišo knygą už nugaros. Jis paspaudė mygtuką, kad durys atsidarytų, ir jie grįžo prie registratūros.

„Ačiū", - pasakė jis. „Nuo mano draugo ir manęs. Jūs suteikėte mums ramybę. Praneškite mums, kada vyks laidotuvės ir lankymas. O, dar vienas dalykas, pastebėjau, kad ji, hm, turėjo nudegimų ant kūno. Ar per gaisrą nukentėjo kiti gyventojai?"

„O, Dieve mano, - tarė moteris. „Aš nežinau. Nieko negirdėjau apie gaisrą. Kūno nemačiau; turiu omenyje pačią Rozaliją. Man tik pasakė, kad ji mirė. Apie detales nieko nežinau."

„Viskas gerai, - nuramino ją E-Z. „Aš nieko nesakysiu. Vertinu viską, ką padarei. Ačiū."

„Čia neįvyko joks gaisras", - pasakė ji. „Neįsijungė jokia signalizacija, kiek žinau. Nebuvo iškviesti jokie ugniagesių automobiliai. I. O Dieve mano."

E. Z. mostelėjo ranka ir atsitraukė nuo prekystalio. Moteris vis dar murmėjo sau. Jis pamanė, kad jam geriausia būtų iš ten pasišalinti.

Vairuotojas padėjo E-Z atsisėsti ant galinės sėdynės šalia laukiančios Lijos, tada paslėpė jo neįgaliojo vežimėlį automobilio bagažinėje.

„Tau užtruko visą amžinybę", - skundėsi Lija. „Kas tai?"

Ji pabandė paimti knygą, bet E-Z ją laikė. Jis pastebėjo, kad mokestis ant skaitiklio jau buvo didesnis, nei jis turėjo su savimi. „Nieko negalėjo padėti. Aš pasišlykštėjau Rozalija. Ir griebiau šitą. Tai knyga, apie kurią ji mums pasakojo. Patikrinsime ją, kai grįšime namo". Jis sušnabždėjo: „Ar turite pinigų?"

Tarp jųdviejų neužteko pinigų taksi mokesčiui padengti.

„Turėsi paprašyti mamos arba dėdės Semo, kad mums padėtų", - pasakė jis, kai vairuotojas sustojo prie namo.

Vairuotojas padėjo E-Z grįžti į kėdę, o Lia įbėgo į vidų. Ji išėjo su pakankamai pinigų, kad padengtų mokestį, ir vairuotojas nuvažiavo.

„Samas davė man pinigų".

„Ar jis klausė, už ką?"

„Ne, bet tikiuosi, kad paklaus."

Viduje Samas ir Samanta sukinėjosi virtuvėje. Stengėsi paskubomis paruošti pusryčius, kol dvyniai serenadavo jiems alkanus šūksnius.

„Kodėl nesi mokykloje?" paklausė Samas.

„Paaiškinsiu vėliau. Ech, ar galime padėti?"

„Ne, bet ačiū", - tarė Samanta. Ji pradėjo maitinti Džeką.

Sam linktelėjo galva ir ėmėsi maitinti Džil.

E-Z ir Lia nuėjo į jo kambarį ir uždarė duris. Alfredas skaitė laikraštį.

„Rozalija mirė", - ištarė Lia, tada puolė ant kelių ir verkė, E-Z apkabino ją, o Alfredas puolė prie jos. Trys apkabino vienas kitą ir verkė tol, kol nebeliko ašarų.

„Kas ten pas tave?" Alfredas paklausė.

„Aš paėmiau knygą."

Lija ją pakėlė, tada atsistojo ir priglaudė prie krūtinės, tarsi būtų apkabinusi draugę, o vietoj to pamatė viską. Rozalija Baltajame kambaryje. Furijos Baltajame kambaryje su ja. Degančias knygas. Griūvančias lentynas. Visur ugnis.

Lia krito ant kelių.

„Ji buvo tokia drąsi. Labai drąsi."

„Tu matei gaisrą?" E-Z paklausė. „Kas nutiko?"

„Jūs žinojote apie gaisrą?"

Jis linktelėjo galva.

„Kodėl man nepasakei?" Ji jau žinojo atsakymą į klausimą. Jis saugojo ją nuo tiesos. „Kai paliečiau knygą, viską pamačiau. Rozalija buvo Baltajame kambaryje. Kartu su ja ten buvo ir Furijos. Jos norėjo, kad ji papasakotų joms apie mus ir kitus vaikus. Jos ją kankino, bet ji nepasidavė".

„Kodėl ji mums nepaskambino?"

„Ji bandė. Nežinojau, kad tai buvo gyvybės ar mirties klausimas. Ji nuėjo, todėl maniau, kad viskas gerai".

„Tai ne tavo kaltė, - pasakė E-Z.

„Ji mirė viena, po knygų lentyna, aplink ją degė knygos. Ji nenusipelnė taip mirti. Niekas nenusipelnė taip mirti". Ji verkė į savo rankas.

„Vargšė Rozalija, - pasakė jis. „Ji galėjo mane išsikviesti. Ji tai darė ir anksčiau. Kodėl ji manęs neiškvietė?"

„Todėl, kad ji būtų sukėlusi tau pavojų. Ji mirė mus gindama."

„Vadinasi, Furijos bandė iš jos išgauti mūsų ir kitų vaikų vardus, o ji paaukojo save, kad mus išgelbėtų? Kad išsaugotų mūsų paslaptį. Kokia nuostabi moteris buvo Rozalija. Mes niekada jos nepamiršime - niekada, - kovodamas su ašaromis kalbėjo Alfredas. „Ji nusipelnė medalio. Garbės medalio."

„Palaukite, gal jie užblokavo jai galimybę mums paskambinti?" E-Z pasakė.

„Ji iš tiesų atsiuntė man SOS, bet ji tai darė ir anksčiau. Kartą ji taip padarė, kai namuose baigėsi arbata ir ji norėjo dėl to išsilieti. Nežinojau, kad šis SOS reiškia, jog jos gyvybei gresia pavojus".

„Tu negalėjai žinoti. Nė vienas iš mūsų negalėjo. Negalime savęs kaltinti." Visi trys nutilo. „Palaukite minutėlę, pažvelkime į knygą".

„Joje yra viskas, ką ji mums sakė, kad bus. Išsamus sąrašas, su išsamia informacija apie visus į mus panašius vaikus. Ačiū Dievui, kad „Furijos" to nepateko į rankas!"

„Ei, palauk!" E-Z pasakė. „Vien mintis, kad jie ją kankino, norėdami sužinoti informacijos apie mus ir kitus, reiškia, kad Furijos žino, jog mes visi egzistuojame. Tai reiškia, kad šie vaikai yra ten, vieni, ir jie net nežino, kas jų laukia!

„Pirmiausia turime juos pasiekti. Nes tik laiko klausimas, kada - kad ir kaip jie sužinojo apie mus, juos - išsiaiškins, kur jie yra".

„O kas, jei tai vis dėlto spąstai, kad mes nuvestume „Furiją" tiesiai pas juos?" Alfredas pasiteiravo.

„Nemanau, kad jie žino, kur mus rasti, antraip jie būtų čia, ar ne?" E-Z paklausė. „Turiu omenyje, kad jie turėjo netikėtumo elementą. Nužudydami Rozaliją, jie ištiesė ranką. Leido mums žinoti, kad jie kažką žino... Tikriausiai tam, kad įsikaltų mums į galvą, nes mes vadovaujame." ‚O kaip dėl kitų vaikų?' - "Ne. Lia paklausė. „Kaip mes juos pasieksime, nenuleisdami rankų?" "Kaip mes juos pasieksime, nenuleisdami rankų?

„Hadsas? Reiki?" E-Z paskambino. „Jei mane girdite, mums reikia jūsų indėlio ir pagalbos".

POP.

POP.

„Ar žinai apie Rozaliją?" - paklausė jis.

„Taip, žinome, ir tai liūdna, liūdna istorija, kurią reikia papasakoti", - pasakė Hadzė, šluostydamasi ašaras sparnais. „Jie kankinosi čia, Baltajame kambaryje. Ir jei to neužteko - jie visiškai sunaikino jį ir viską, kas jame buvo. Visos tos gražios, sparnuotos knygos - dingo. Rozalijos nebėra. Išnyko." Ji nebegalėjo kalbėti, nes verkė.

„Štai, štai, - pasakė Reikia. „Ir tai dar ne viskas. Mes nežinome, kas nutiko Rozalijos sielai."

„Palaukite, jos kūnas yra lovoje jos kambaryje kitame miesto gale, senjorų rezidencijoje. Gal jos siela yra ten kartu su ja?" E-Z paklausė.

Reiki tarė: „Ar turite ką nors užantspauduoto, uždaryto, nuo oro, nuo visko? Jei taip, tuoj pat nueikite ir atneškite tai - tada mes nueisime ir pažiūrėsime, ar Rozalijos siela yra su ja. Įtikinsime ją eiti į konteinerį - laikinai - kol išsiaiškinsime, kur yra jos sielos gaudyklė. Tikrai tikiuosi, kad tos furijos jos nepagrobė".

E-Z nuskubėjo į virtuvę, kur Sam ir Samanta buvo užsiėmusios dvynių maitinimu. „Ar vis dar turime tą didelį termosą?"

„Taip, jis yra spintelėje virš šaldytuvo", - pasakė Samas, paskui pagrūmojo sūnui.

„Ačiū", - tarė E-Z ir grįžo į savo kambarį. „Ar užteks šito?"

Jiems abiem prireikė nešti indą.

„Palauk!" Alfredas sušuko, vos spėjęs juos pagauti, kol iššoko Hadžis ir Reiki. „Gal aš galiu padėti? Turiu gydomųjų galių. Pasiimkite mane su savimi. Leiskite man pabandyti. Prašau."

POP
POP
FIZZLE

Ir jie visi trys išnyko, nusileidę Rozalijos kambaryje.

„Štai ji, - tarė Alfredas, užšokdamas ant lovos ir atsargiai, kad nesutryptų jos savo voratinklinėmis kojomis. Naudodamasis snapu, jis pakėlė paklodę, o netoliese pakibo Hadžas ir Reikis.

„Ką jis ketina daryti?" Reiki pasiteiravo.

Alfredas uždėjo snapą Rozalijai ant kaktos ir vienu sparnu palietė jos širdį. Nieko neįvyko.

„Leiskite man pabandyti ką nors kita, - pasakė gulbė. Šį kartą jis pakibo virš Rozalijos kūno, prispaudęs kaktą prie jos. Ir vėl nieko.

„Išbandei viską, ką galėjai, - tarė Hadžis, - dabar reikia apsaugoti jos sielą. Išeik, išeik, kad ir kur būtum".

Ir lygiai taip pat Rozalijos siela nukeliavo link jų.

„Čia būsi saugi, - pasakė Reiki, kai siela buvo įkalbėta į konteinerį, tada dangtis buvo tvirtai uždarytas.

POP.

POP.

FIZZLE.

„Ar galėjote jai padėti?" Lija paklausė, bet iš Alfredo žvilgsnio jau žinojo atsakymą. Ji apkabino jį: „Esu tikra, kad stengėtės iš visų jėgų".

„Tikrai stengėsi", - pasakė Hadžis.

„Tačiau jos siela saugi, čia... niekas neturėtų jos atversti. Ji turi būti saugi, kol sielų gaudytojas bus pasiruošęs ją paimti".

„Galbūt turėtum ją pasilikti su savimi?" Alfredas paklausė. „Ir ačiū, kad leidai pabandyti."

E-Z'o kambaryje *Trys* sukūrė planą, kaip suburti kitus vaikus. Buvo nuspręsta, kad E-Z keliaus į Australiją, pas Lačį - dar vadinamą Berniuku dėžutėje. Alfredas sparnais keliaus į Japoniją, kur pasiims Haruto - miške paliktą berniuką. Galiausiai Lia keliaus po JAV, kad pasiimtų Brendį - mergaitę, kuri gali vėl atgimti. Jų misijos buvo aiškios, bet ką jie darys ten nuvykę - ne. *Kiti* buvo skirtingo amžiaus, skirtingų kultūrų, kalbų. Kai kuriems reikės tėvų leidimo, o kai kuriems - ne.

„Įdomu, ką Rozalija jiems papasakojo apie mus?" Lia paklausė.

„Galime jų paklausti, kai juos pamatysime", - pasiūlė Alfredas.

„O kol kas turime susikrauti lagaminus ir planuoti. Aš ten nuvažiuosiu savo kėdėje, bet jūs abu turite galimybių. Nuspręskite, kas jums labiausiai tinka, ir įgyvendinkite savo planą. Tikiu, kad priimsite teisingą sprendimą, o laikas bėga".

„Džiaugiuosi, kad taip pasakei, - tarė Lija, - nes nesu tikra, ar noriu skristi ten lėktuvu. Galvoju, kad geriausia išeitis būtų Mažoji Dorita, bet nesu tikra, ar ji tam pritars. Ji išskris su vienu keleiviu, o grįš su dviem".

„Aš irgi nesu tikras, - pasakė Alfredas. „Galėčiau skristi ten savo noru, bet, kadangi Haruto dar visai mažas, turėčiau jį lydėti lėktuve, nebent kartu skristų ir jo tėvai. Be to, turėčiau nerimauti dėl blogo oro, o ir kelias tolimas."

„Kaip sakiau, jūs abu nuspręskite, kas jums geriausia. Alfredai, jei nuspręsite skristi lėktuvu - paprašykite dėdės Semo, kad sutvarkytų detales už jus."

Trys pasiruošė suvesti visus vaikus. Tada jie planuotų - nugalėti tas piktąsias furijas. Net jei tai būtų paskutinis jų planas.

SKYRIUS 1

AUSTRALIJA

E-Z pirmasis iš komandos išvyko iš Šiaurės Amerikos. Skrisdamas dangumi neįgaliojo vežimėlyje, jis mėgavosi laisve, kurią suteikė atviras oras. Vien nuo minties, kad lėktuve reikės pasidėti vežimėlį į daiktadėžę, jam kilo šiurpas. O kas, jei jis pasiklystų? Arba būtų sunaikintas? Nebuvo verta rizikuoti. Ar Betmenas atsisakytų savo batmobilio? Niekada.

Nors buvo beveik tikras, kad jam tektų grįžti lėktuvu kartu su Lačiu. Nebūtų teisinga versti vaiką skristi vienam. Galbūt jam padarytų išimtį ir leistų skristi neįgaliojo vežimėlyje? Būtų verta pasiteirauti. Jis peržengs šį tiltą, kai prie jo prieis. Be to, jis nenorėjo net MYLĖTI apie lėktuvų maistą. Ačiū Dievui, kad dabar su savimi turėjo supakuotus pietus.

Jis žaidė su debesimis dodžemu - ir kartą ar du praėjo pro juos tiesiai. Bet jis turėjo susikaupti. Juk Australija buvo kitoje pasaulio pusėje.

Rozalijos pastabos apie berniuką dėžutėje nebuvo tokios naudingos, kaip jis tikėjosi. Apie jo istoriją jis buvo skaitęs internete. Labiausiai jam įstrigo tai, kad berniukas dabar pirmenybę teikė gyvūnams, o ne žmonėms. Po visko, ką jam teko patirti, tai buvo prasminga.

Vargšas vaikas buvo toks sutrikęs, kai jį rado, kad buvo pamiršęs kalbėti. E-Z žinojo, kad pasaulyje egzistuoja žiaurumas, bet tai buvo neapsakoma. E-Z turėjo daugybę klausimų, į kuriuos tikėjosi rasti atsakymus, pavyzdžiui, kur buvo Lačio tėvai? Kas maitino ir valė jo narvą? Kas jį ten įkišo? Kodėl? Straipsnyje buvo rašoma, kad jie išsiuntė žurnalistus nufotografuoti berniuko, pažiūrėti, kaip jam sekasi, bet gyvūnai neleido jiems prieiti arčiau. Net kai jie bandė naudoti teleobjektyvą. Žvirbliai juos puolė ir apšaudė. Jis pažiūrėjo kelis strakučių atakų įrašus - tai buvo tarsi iš Hičkoko filmo „Paukščiai". Galiausiai viena iš strakučių išskrido su žurnalisto objektyvu. Po to jos paliko berniuką ramybėje.

E-Z tikėjosi, kad jam pavyks įgyti berniuko pasitikėjimą. Ir kad jo draugai gyvūnai taip pat juo pasitikės. Jei ne, jo kelionė būtų beprasmė. Na, ne visai beprasmiška, jei jis sutiktų berniuką ir su juo pasikalbėtų. Ar jis norėtų padėti kitiems po to, kaip su juo buvo pasielgta? Tai galėjo parodyti tik laikas.

Jis skrido virš Atlanto vandenyno. Šiuo maršrutu jis jau buvo skridęs anksčiau, čia jis pirmą kartą sutiko

Alfredą. Jo telefonas kišenėje suvibravo - jis pažvelgė ir pamatė žinutę iš Lijos.

„Tiesiog norėjau pranešti, kad keliauju su Mažąja Dorite".

„Tu vis dėlto nusprendei neskraidyti - lėktuvu?" - "Ne. „Atsirado Mažoji Dorrit, ir ji įtraukta į mano tvarkaraštį".

„Skamba kaip planas." Jis pasiuntė aukštyn pakeltą nykštį emoji.

„Kur tu esi?" - paklausė ji.

„Tiesiog už Atlanto. Vanduo, vanduo ir dar kartą vanduo."

Jie atsijungė ir jis padidino tempą, kirsdamas Afriką, kur pastebėjo Robbeno salą - kalėjimą, kuriame beveik trisdešimt metų buvo laikomas Nelsonas Mandela. Jo skrandis gurgtelėjo; jam nepatiko sumuštinis kuprinėje. Taigi jis nusileido Keiptaune ir tikėjosi, kad galės pasinaudoti banko kortele ir nusipirkti ko nors užkąsti. Jis pastebėjo iškabą, kurioje buvo nurodyta vieta, kurioje prekiaujama „Tradicine žuvimi ir bulvytėmis" su Didžiosios Britanijos vėliava ir kurioje priimamos banko kortelės. Jis išsinešė paruoštą maistą ir nuskrido į Liūto galvos viršūnę. Baigęs valgyti savo patiekalą, kuris buvo skanus, jis pasidarė asmenukę ir tęsė kelionę.

„Pažadink mane po dviejų valandų", - pasakė jis savo vežimėliui, kuris suvibravo, paskui pagreitėjo. Kai vėl pabudo, jis jau kirto Indijos vandenyną. Aplink jį esanti didžiulė žvaigždžių populiacija leido jam pasijusti kažkaip ne tokiam vienišam. Jis keliavo toliau, jausdamas pergalę, kad jau beveik pasiekė tikslą, kai horizonte išvydo saulę, stumiančią dangų aukštyn ir skelbiančią naują dieną.

Tuomet priešais jį atsidūrė Australijos pakrantė. Susijaudinęs, kad nori pamatyti ją savo akimis, jis padidino greitį ir pajudėjo link jos. Supratęs, kad labai nori gerti, jis įkišo ranką į kuprinę ir išsitraukė butelį vandens, kurį ištuštino. Tuščią butelį įsidėjo atgal į kuprinę, kad vėliau jį išmestų, ir nors dar buvo gana sotus nuo anksčiau suvalgytos žuvies su bulvytėmis. Nusprendė toliau valgyti sumuštinį su kumpiu ir sūriu, kurį buvo supakavęs dėdė Samas.

Jis skrido virš Vakarų Australijos, dabar pajutęs karštį nusivilko megztinį ir įsidėjo jį į kuprinę. Jis tęsė kelionę į Šiaurės Teritorijos atokią vietovę, svarstydamas, kur tiksliai turėtų nusileisti, kai į jį atskrido mažytis paukštelis mėlynų atspalvių plunksnomis, paryškintomis juodu žiedu ant kaklo.

„Sek paskui mane, E-Z, - tarė ji. „Aš tavęs stebėjau."

„Ech, kas tu esi?" - paklausė jis.

„Aš esu fėjų voveraitė", - atsakė ji. „Eime, jis laukia."

Juos lydėjo būrys žiogų.

„Nesijaudink", - pasakė fėjų voveraitė. „Jie yra mūsų palydovai."

Jis stebėjo, kokia nepakartojama forma juda juodaplaukiai buožgalviai baltomis juostomis. Jis buvo girdėjęs apie judančią poeziją, o dabar tiksliai žinojo, ką ši frazė reiškia.

Tada jis pastebėjo berniuką. Jis buvo po jais ir mojavo. E-Z mojavo atgal. Išskyrus tai, kad sėdėjo ant itin didelio paukščio nugaros, jis atrodė kaip bet kuris kitas vaikas.

„Sveiki atvykę į Australiją, - pasakė jis. „Netrukus sutems, tad sekite paskui mane. Beje, galite vadinti mane Lačiu."

„Malonu susipažinti, Lačis! Negaliu sulaukti, kada pamatysiu daugiau jūsų pasakiškos šalies. Tik norėčiau pasilikti ilgiau."

„Tai Savanos miškai, - pasakė berniukas. „Giliai įkvėpkite ir pastebėsite eukaliptų kvapą".

„Taip, kvepia nuostabiai", - pasakė E-Z.

Toliau jie keliavo per akmenų šalį, per užliejamas pievas ir dumblynus. Galiausiai jie pasiekė savo kelionės tikslą - Atstumtuosius.

„Čia aš gyvenu", - pasakė berniukas. „Kakadu nacionalinis parkas yra didžiausias Australijos sausumos nacionalinis parkas, užimantis daugiau kaip 20 000 kvadratinių kilometrų plotą. Aš čia gyvenu kartu su augalais ir gyvūnais". Ant jo galvos nusileido pasakų voveraitė. „O, tu ir vėl pavargai", - šyptelėjo berniukas. Paskui į E-Z: „Ją dažnai reikia pakelti".

Kai jie priėjo vietovę, kuri priminė stovyklavietę, berniukas tarė: „Sveiki atvykę į mano namus".

„Ačiū", - tarė E-Z. „Man tikrai praverstų dušas, arba vonia, ir man reikia apsiprausti".

„Aš iškasiau peleninę, ten, už medžio. Būsi pakankamai saugus. Tada parodysiu, kur yra krioklys, kad galėtum nusiprausti".

„Krioklys, a? Ar ten yra krokodilų?"

„Krokodilų yra... bet jie pripratę, kad aš naudoju krioklį. Jei nori, pirmą kartą eisiu su tavimi?"

„Ne, aš turiu sparnus, kaip ir mano kėdė. Mes išskrisime, jei išgirsime stiprius purslus!"

„Labas", - pasakė jauniausiasis. „Tiesiog pakibk krintančiame vandenyje - nenusileisk - ir viskas turėtų būti gerai. Aš tuo tarpu surinksiu šiek tiek maisto vakarienei. Jei prireiks pagalbos, tiesiog šauk, ir aš atbėgsiu".

Artėdamas prie krioklio, jis pastebėjo ženklus - ir daugybę jų su užrašais DANGER ir WARNING. Viename jų buvo parašyta, kad čia yra ir sūriavandenių, ir gėlavandenių krokodilų. Yikes.

„Aukštyn, į viršų!" - nurodė jis savo kėdei. Jis įlipo tiesiai į vandenį veidu į priekį ir sėdėjo mėgaudamasis, kaip jis krenta virš jo ir aplink jį. Iš pradžių buvo šalta, bet kai priprato, jautėsi gerai.

Apsižvalgęs aplink, jis pagalvojo apie emu, ant kurio jį sutiko berniukas. Atrodė keista, kad tokio dydžio paukštis - su tais milžiniškais sparnais - negalėjo skristi. Apie negalinčius skraidyti paukščius jis skaitė internete. Jis nustebo, kad sąraše kartu su emu, stručiais, pingvinais, kaspinuočiais ir reijomis pamatė ir kivius. Internete jis perskaitė, kad ratilų DNR pasikeitė, todėl dabar jie negali skraidyti. Jis jautėsi šiek tiek kaltas, kad jis, berniukas, gali skraidyti, o tie gražūs paukščiai - ne.

Švarus ir apsirengęs naujais drabužiais, jis grįžo pas berniuką, kuris įtemptai ruošė jiems valgį.

„Tai - dvėseliena slyva".

E-Z suvalgė kąsnį. Jos skonis buvo nuostabus.

„Tai raudonasis krūminis obuolys, o tai juodieji serbentai".

E-Z viską suvalgė ir jam labai patiko.

„Dabar tai buvo mūsų desertas, turiu paruošti pagrindinį patiekalą". Berniukas kasė ir kasė, paskui priėjo prie puodo, kuris buvo per karštas, kad jis galėtų su juo dirbti. Kai jis lazdele nuėmė dangtį, nuo to, ką jis virė, E-Z burnoje pasklido kvapas.

„Tai midijos, - pasakė berniukas, dėdamas šiek tiek ant lapo.

„Jos tikrai geros. Dar niekada nebuvau bandęs midijų."

Saulė leidosi iš dangaus. „Laikas miegoti", - pasakė berniukas.

„Dar kartą ačiū, kad leidote man pasijusti tokiam laukiamam." E-Z žiovavo. Iki tol jis nesuvokė, kiek laiko prabudo.

„Tu miegosi ten, viršuje", - jis parodė į viršų, į medį, kuriame buvo namelis ir virvinės kopėčios, vedančios žemyn. „Gali skristi į viršų, užsidėk stabdžius, kad miegodamas nejudėtum. Mano kambarys yra ten, - jis parodė į kitą medį, kurio viršūnėje stovėjo namelis su virve, vedančia žemyn.

„Dabar miegok, - pasakė Lačis. „Ryte viską išsiaiškinsime.

SKYRIUS 2

JAPONIJA

Alfredasgalėjo būti išlaipintas E-Z pakeliui į Australiją. Vietoj to jis nusprendė skristi tradiciniu žmogiškuoju būdu - lėktuvu. Samui prireikė nemažai derybų, kad įtikintų oro linijų bendrovę suteikti gulbei trimitininkei vietą. O ką jau kalbėti apie vietą pirmojoje klasėje. Samas pasinaudojo savo ryšiais darbe, kad padėtų Alfredui keliauti stilingai.

Lėktuvo salone Alfredas su ausinėmis ir laiminga peteliške jautėsi kaip namie. Jis buvo atsipalaidavęs, o salono palydovė buvo dėmesinga. Vis dėlto jis negalėjo sulaukti, kada atvyks į Japoniją. Ir susitikti su berniuku, vardu Haruto.

Alfredas netoliese buvo pasidėjęs savo kuprinę, o joje turėjo keletą užkandžių. Jis palaukdavo, kol tikrai išalks, ir tik tada griebdavosi maišelių su laukiniais ryžiais ir laukiniais salierais. Kartu su maistu jis turėjo atsarginę telefono bateriją ir Semo kreditinę kortelę su sutikimu, kad galėtų ja naudotis. Žiūrėdamas pro langą, kai debesys skriejo pro šalį, jis galvojo apie Haruto. Pagal Rozalijos užrašus jis buvo daug jaunesnis už kitus vaikus. Ir ji neįsivaizdavo, kokios jo galios, - jei tik darė prielaidą, kad jis turi galių. Alfredo planas buvo pirmiausia viską paaiškinti Haruto tėvams ir, tikėkimės, juos įtikinti. Tada, kai tik patvirtins savo kompetencijos sritį, t. y. kokias galias jis turi, išsamiau papasakoti, kaip Haruto galėtų padėti. Sunkiausia būtų juos įtikinti, kad jie leistų savo jaunam sūnui keliauti į užsienį. Sumokėti nebuvo problema - Samas sakė, kad tam turėtų naudoti savo kredito kortelę. Tačiau įtikinti juos, kad sutiktų leisti gulbinui nuskraidinti jų vaiką į Šiaurės Ameriką, dabar prireiktų įtikinimo.

Jis atsilošė sėdynėje, ir ji atsilošė.

„Ar ko nors norėtumėte?" - pasiteiravo gražuolė palydovė.

Gerai, kad žmonės dabar jį suprato. Tai labai palengvino jo gyvenimą, nes nereikėjo vertėjo.

„Puodelis arbatos labai tiktų", - pasakė Alfredas. „Puodelyje", - pridūrė jis. „Šį snapą sunku įkišti į puodelį."

Patarnautojas nusišypsojo. Po akimirkos ji grįžo su dubenėliu, arbatinuku, cukrumi, pienu ir dar vienu dubenėliu vėsesnio vandens. „Tam atvejui, jei arbata būtų per karšta", - pasakė ji.

„Iš tiesų labai rūpestinga, - tarė Alfredas.

Jis leido arbatai atvėsti ir toliau žiūrėjo pro langą. Buvo taip malonu sėdėti ir mėgautis vaizdu. Nereikėjo jaudintis dėl didelių vėjo gūsių, sniego, lietaus ar plėšrūnų. Galiausiai išgėrė arbatos su trupučiu pieno ir cukraus, tada nurimo.

Jis pabudo išgirdęs pranešimą, kad palydovai ruošia keleivius nusileidimui. Jis miegojo visą skrydį! Pro langą jis matė visą Hanedos oro uostą. Aplink jį matė daugybę šviežios žolės, kurią galėjo valgyti. Jis šiek tiek paragavo, o ryžius ir salierus pasiliko vėlesniam laikui.

Toliau matėsi aukščiausio Japonijos kalno - Fudži kalno - kontūrai. Samas buvo teisus, sėdėdamas kairėje lėktuvo pusėje geriausiai matė tai, kas vadinama Japonijos širdimi.

„Ar žinojote, kad penktame aukšte yra apžvalgos aikštelė? Iš ten galbūt geriau matysite Fudži kalną, - pasakė palydovė Alfredui.

„Norėčiau turėti daugiau laiko, bet ačiū. Galbūt pakeliui atgal.“

Palydėtojai leido jam pirmam išlipti iš lėktuvo. Jie issirikiavo į eilę atsisveikinti, tarsi jis būtų roko žvaigždė.

Kadangi Alfredas turėjo tik rankinį bagažą, o gulbės neturi teisės į pasą, jis išėjo iš oro uosto ieškoti taksi.

Prieš kelionę jis internete ieškojo, kaip išsinuomoti taksi Japonijoje. Informacijoje buvo parašyta, kad jis turėtų ieškoti raudono lipduko taksi priekinio stiklo apatiniame dešiniajame kampe. Šis raudonas lipdukas patvirtino, kad taksi galima išsinuomoti. Radęs tokį su šiuo lipduku, jis labai apsidžiaugė. Jis priskrido prie atviro lango ir snapu įteikė vairuotojui raštelį. Raštelyje buvo nurodyta, kur jam reikia važiuoti. Vairuotojas buvo malonus ir nceprieštaravo vežti gulbės keleivį. Jis paspaudė mygtuką ant vairo, kuris atidarė galines dureles, kad Alfredas galėtų įlipti. Vairuotojas uždarė duris, ir jie išvažiavo.

Haruto ir jo šeima gyveno antrame pagal dydį Japonijos mieste Jokohamoje. Nors Alfredas stengėsi pasigrožėti miesto vaizdais, įskaitant panoramą, jis galvojo tik apie tai, kaip įtikinti Haruto ir jo šeimą įsitraukti į jų kovą su „Furijomis".

Jo kuprinėje esantis telefonas suvibravo. Jis pasiekė jo vidų; tai buvo žinutė iš E-Z.

„Dabar su Lačiu. Kaip tau sekasi Japonijoje?"

Jis rašė žinutę snapu - šio veiksmo išmoko pats, nes į Japoniją keliavo vienas. Jis taip pat buvo greitas ir nepadarė daug rašybos klaidų.

„Beveik iki Jokohamos, dabar važiuoju taksi. Tikiuosi netrukus atvykti į Haruto namus."

E-Z nusiuntė jam nykštį aukštyn.

Alfredo sūnus mėgo konstruoti Gundam robotus. Jokohamoje buvo statomas milžiniškas robotas. Kai jis bus baigtas, jo aukštis sieks 59 pėdų, sužinojo jis, skaitydamas apie tai internete. Jo sūnus būtų norėjęs apsilankyti Japonijoje ir jį pamatyti. Nuo tada, kai jie mirė, Alfredas stengėsi apie juos negalvoti, nes tai jį liūdino. Tačiau šiandien, čia, Japonijoje, jis nusprendė pamatyti viską, ką tik gali, tarsi jo šeima būtų čia pat, šalia jo. Gyvenimas buvo per trumpas, net ir būnant gulbe, kad visą laiką būtų liūdnas.

Vairuotojas sustojo prie sodo namelio su laiptais, kurių abiejose turėklų pusėse augo gėlės. Vairuotojas atidarė dureles ir Alfredas išlipo. Jis užlipo keliais laiptais, sustojo ir užkando žolės, kurios buvo pakankamai abipus laiptų. Oras buvo vėsus ir kvepiantis, o privatus sodas namo priekyje buvo gražus. Beveik pasiekęs viršų, jis pastebėjo, kad priekinė namo dalis, supanti namą, buvo labai patraukli, o kairėje pusėje, netoli įėjimo, stovėjo pelėdžiuko vandens telkinys. Tačiau pačiame name visos žaliuzės buvo atitrauktos, tarsi niekas nebūtų namie. Jis tikrai tikėjosi, kad kas nors ten bus ir jį pasveikins. Jis norėjo užkąsti ir šiek tiek pailsėti.

Jis snapu pasibeldė į duris. Balsas sklido iš dėžutės netoli durų vidurio, kurios jis negalėjo pasiekti neskraidydamas, bet taip ir padarė.

„Mano vardas Alfredas, - pasakė jis.

Durys atsidarė ir pagyvenusi moteris pakvietė jį į vidų. Jis nusekė paskui ją, svarstydamas, ar kas nors iš komandos narių susisiekė su šeima, kad susipažintų prieš jam atvykstant.

Jis toliau sekė paskui ją, nes girdėjosi tik jo raitytų kojų, šlepsinčių į kietmedžio grindis, garsas. Namo vidus buvo pilnas medžio - orą užpildė kvapnios orchidėjos. Pagyvenusi moteris nuvedė jį į svetainę, kurioje buvo pilna baldų, daugiausia odinių. Namo galinėje dalyje buvo atidarytos žaliuzės - jis gėrėjosi vaizdu į pliušinę žalumą galiniame sode. Ji parodė į kėdę ir jis persėdo į ją.

Jis tik patogiai įsitaisė, kai moteris grįžo į kambarį su padėklu, pripildytu garuojančios karštos arbatos ir keletu pyragaičių. Atrodė, lyg ji būtų jo laukusi - arba Japonijoje virduliai verda daug trumpiau.

Už jos stovėjo mažas berniukas, kuris laikėsi už jos kojos ir slėpėsi už jos. Berniukas buvo tinkamo amžiaus, kad būtų Haruto, bet perskaičiusi, kad nereikėtų japonų vadinti vardu be leidimo. Kartkartėmis berniukas žvilgtelėdavo į Alfredą, paskui vėl pasislėpdavo. Atrodė, kad jam ne daugiau kaip ketveri ar penkeri metai, jis vilkėjo Optimus Prime marškinėlius, mūvėjo trumpas kelnes, o ant kojų avėjo šlepetes.

„Tau patinka Optimus Prime?" Alfredas paklausė.

Berniukas nusišypsojo ir grįžo į savo slėptuvę.

Moteris jį atstūmė, kad galėtų patiekti arbatos.

Alfredas telefone buvo įsijungęs vertėją. Jis perskaitė ekrane žodžius „labas" ir pasakė: „Kon'nichiwa". Jis atsiprašė už prastą tarimą.

„Jis britas", - pasakė berniukas, o kai jis tai padarė, vyresnė moteris sukikeno.

Alfredą nustebino, kaip gerai šis jaunuolis kalbėjo angliškai. „Ak, jūs kalbate angliškai. Ir taip, aš esu. Jūs gudrus, kad pastebėjote mano akcentą".

Šį kartą berniukas, prieš pradėdamas kalbėti, pažvelgė į moterį. Ji linktelėjo galva. „Tėvas ir motina yra darbe, - pasakė jis. „Tai mano Sobo" (išvertus tai reiškia močiutė), „o mano vardas Haruto'.

„Sveiki", - taip pat angliškai pasakė moteris. „Turėtum grįžti vėliau."

„Mano vardas Alfredas. Ar galiu tave vadinti Haruto?" Berniukas linktelėjo galva, tada moteriai: "Kaip man tave vadinti?"

„Sobo, - atsakė ji, - visi mane vadina Sobo, nes esu Haruto močiutė, esu visų močiutė. Jis džiaugiasi galėdamas manimi dalytis."

Alfredas linktelėjo galva: „Man labai malonu susipažinti su jumis abiem".

„Ar Rozalija tave atsiuntė?" - paklausė berniukas.

„Tu atsimeni Rozaliją?" Alfredas paklausė. Jam buvo be galo malonu, kad juos sieja šis ryšys - nors iš anksto žinodamas, kad Harutas moka kalbėti angliškai, jis galėjo sutaupyti šiek tiek nerimo. Vis dėlto jis nusprendė paklausyti moters patarimo ir pakilo išeiti.

„Mano tėvas dirba netoliese, - pasakė Haruto.

„Man reikia susirasti, kur apsistoti. Gal galite rekomenduoti kokią nors vietą netoliese?"

Haruto močiutė davė Alfredui adresą su nuorodomis, kaip ten nueiti pėsčiomis.

„Paskambinsiu mūsų draugui, kuris vadovauja viešbučiui. Jis padės tau įsikurti, o vėliau galėsi prisijungti prie mano sūnaus kavinėje".

„Ačiū, - tarė Alfredas.

Pėsčiomis iki viešbučio ėjo neilgai ir mėgavosi grynu oru. Jis net paragavo japoniškos žolės, kurios skonis buvo gana geras, taip pat kelis kartus gurkštelėjo iš fontano.

Kambarys buvo nedidelis, bet jame buvo viskas, ko jam reikėjo, be to, jis buvo itin švarus ir gerai įrengtas. Ant jo naktinio stalelio stovėjo lempa, kurios pagrindas buvo pelėdos formos. Jis ją įjungė ir išjungė, pastebėjęs, kaip nušvito akys. Nusiprausė po dušu, persirengė kitą peteliškę ir nuėjo į kavinę, kurioje turėjo susitikti su Haruto tėvu.

Jo telefonas suskambo; tai vėl buvo žinutė iš E-Z.

„Kaip sekasi Japonijoje?"

„Gražiai", - atrašė jis, rašydamas snapu. „Susipažinau su Haruto ir jo močiute. Jie kalba angliškai. Jis labai drovus, bet pažinojo Rozaliją. Jis buvo pastebimai jaunas - gal ketverių ar penkerių. Gali būti sunku įtikinti jo šeimą leisti jam atvykti į Šiaurės Ameriką".

„Rozalija žinojo, kad jis turi galių - bet taip, tai jaunesnis, nei maniau, kad jis bus, - pasakė E-Z.

„Gerai, kad jie kalba angliškai. Kur tu dabar esi?"

„Einu į kavinę susitikti su Haruto tėvu. Beje, nemanau, kad Rozalija turėjo laiko atnaujinti ar papildyti savo užrašus apie Haruto. Ji vadino jį kūdikiu".

„Nesu tikra, kiek šiuo metu turėtume nerimauti, bet skaičiau internete - ten rašoma, kad Furijos gali įgyti bet kokį pavidalą. Tiesiog dalinuosi informacija.

Kadangi negalime jų atpažinti, jei jos sužinos apie mus, turėsime būti atsargūs."

Alfredas pasiuntė aukštyn pakeltą nykštį emodži.

„Dabar turiu eiti", - pasakė E-Z.

SKYRIUS 3

BLOGOS SVAJONĖS

E-Z miegojo ir budėjo. Tai reiškia, kad jis matė lubas virš savo lovos, jautė, kaip čiužinys remia jo nugarą. Ir vis dėlto jo galvoje klykė trys bansėjos:

„Pasakyk, kur esi!"

„Pasakyk mums!"

„Pasakyk mums DABAR!"

„Neeeeeeeeeeeeeeee!" - rėkė jis.

Tada virš jo galvos ant lubų buvo veidrodis. Tačiau jame atsispindintis žmogus buvo ne jis pats. Vietoj jo buvo dėdė Samas. O atspindyje jo dėdė Semas rėkė ir virpėjo iš skausmo.

„Dėdė Semas mūsų glėbyje!" - sušuko pirmoji ragana.

„Ir jis jau niekada nebegrįš atgal!" - vienbalsiai šūktelėjo kitos dvi.

Tada visos trys pratrūko tokiu juoku, kokio jis dar niekada nebuvo girdėjęs. Garsai buvo panašūs į hienos, duslūs, gyvuliški.

„Kalbėk!" - pareikalavo piktosios raganos ir ėmė stumdyti ir spardyti dėdę Semą, tarsi jis būtų mėsos gabalas, ruošiamas prieš kepimą.

„E-Z", - ištarė dėdė Semas, o jo balsas virpėjo taip, tarsi jo kūnas būtų atsispindėjęs. „Kad ir ko jie norėtų, neduokite jiems to. Kad ir ką jie man darytų, nepasiduok".

„Jei jam pakenksi, - pasakė E-Z, - aš, aš..."

„Pasakyk, kur esi, kur jie visi, ir mes jį paleisime", - dainavo jie kartu balsu, kuris neatrodytų netinkamas ir Hade.

„Viskas, ko mums reikia, tai užuomina, arba dvi", - pasakė antrasis.

„Papildyk mus, kas yra kas", - pasakė pirmasis.

„Arba mes atsikratysime tu žinai kas", - pasakė trečiasis.

Tada jie nusijuokė. Nuo jų balsų jo galvoje taip skaudėjo. Bet jis tik sapnavo. Jis turėjo save pažadinti - DABAR.

Dėdė Semas sušuko.

Dar daugiau juoko.

E-Z pabudo ir greitai suprato, kad yra Australijoje su Lačiu, o ne namie, savo lovoje. Jis patikrino telefoną, bet turėjo tik vieną juostelę. Jis tikrino toliau, kol turėjo pakankamai barų paskambinti dėdei Samui. Kad įsitikintų, jog jam viskas gerai. Kad tai buvo tik košmaras ir nieko daugiau.

Žemiau medžio namelio jis girdėjo, kaip Lachis juda. Tikriausiai gamino pusryčius. Buvo gera matyti jaunuolio gyvenimą. Kaip po visko, ką jam teko patirti, jis vėl susitvarkė. Žmonės buvo nepaprasti. Kad ir ką Lačis ruošė, kvepėjo skaniai, ir jam pirmiausia norėjosi nuskristi pas jį ir papasakoti apie savo košmarą. Tačiau kažkas mintyse jam liepė tai pasilaikyti sau - kol kas. Juk Furijos negalėjo žinoti, kur jis gyvena. Kur jie visi gyveno. Jis dar kartą patikrino telefono barus - šįkart nė vieno. Įsidėjo jį į kišenę ir nuskrido žemyn.

„Ar gerai išsimiegojai?" Paklausė Lačis, šaukštu pilstydamas skystį iš puodo, stovėjusio virš ugnies, į dubenį.

E-Z jį priėmė. „Turėjau keistą sapną, bet kitaip taip. Ten, viršuje, gražu. Ačiū, kad buvote tokie paslaugūs."

„Jokių rūpesčių. Čia yra daug dvasių. Ir tau nepažįstamų garsų. Jei norėtum pasikalbėti apie sapną, drąsiai", - pasakė Lačis.

„Galbūt vėliau."

„Gerai, pirmyn ir kopk į vidų. Tikiuosi, kad tau patinka grybai".

„Mėgstu juos", - pasakė E-Z ir įsidėjo į burną didelį kiekį karštos garuojančios sriubos. „Ji labai gera."

„O, palaukite, pamiršau dambrelį - tai duona". Jis atplėšė aliuminio foliją, kuri buvo ugniakuro centre, ir perplėšė ją į ketvirčius, paduodamas E-Z pirmąją dalį.

„Tai pati geriausia duona, kokią tik esu ragavęs! Kaip tu išmokai taip kepti?"

„Mane išmokė keli vietiniai gyventojai. Džiaugiuosi, kad tau patinka."

Jie sėdėjo tyliai, o saulė šypsojosi jiems iš aukštai danguje. E-Z stengėsi negalvoti apie savo košmarą. Jis išsitraukė iš kišenės telefoną ir vėl patikrino barus. Vos vienas. Jam patiko technologijos - kai jos veikė.

„Dabar, kai tavo pilvas pilnas, pakalbėkime apie tai, kodėl čia esi, - pasakė Lačis. „Labiausiai apie tai, kuo galiu būti naudingas."

E-Z nekalbėjo, vietoj to su viltimi širdyje vėl žvilgtelėjo į telefoną. Lačis neatrodė sutrikęs, nes atplėšė dar vieną gabalėlį demblio. Galiausiai jis vėl susitvardė ir sutelkė dėmesį į svarstomą klausimą.

„Atsiprašau, mano mintys buvo už milijono mylių".

„Tai ne problema. Ar nori dar damperio?"

„Ne, man viskas gerai. Taigi, pirmiausia norėčiau sužinoti, ką Rozalija tau papasakojo apie mus tris. Turiu omenyje Alfredą, Liją ir mane".

„Taip, ji man papasakojo viską apie jus tris. Atrodė, tarsi ji būtų čia pat, su manimi, ir pasakojo man pasaką prieš miegą. Kuo daugiau ji pasakojo, tuo labiau norėjau su jumis susitikti, padėti jums."

„Džiaugiuosi, kad norėtumėte padėti. Tačiau prieš įsipareigodamas leiskite man pirmiausia supažindinti jus su detalėmis. Tai nebus lengvas kelias nė vienam iš mūsų".

„Aš nebijau iššūkių, - pasakė Lačis. „Ką tau apie mane pasakojo Rozalija?"

„Tiesą sakant, ji man daug nepasakojo, bet apie tave skaičiau internete. Ar kada nors išsiaiškinai, kas nutiko tavo tėvams?"

„Ne, ir nenoriu. Esu laiminga čia, savarankiška. Man niekas nereikalingas."

„Visiems reikia draugų", - pasakė E-Z.

„Galbūt."

„Ar Rozalija tau papasakojo apie „Furijas"?

„Ne, bet ji sakė, kad vieną dieną, kai tau reikės mano pagalbos kovojant su blogiu, pasikviesi mane. Ir ji paminėjo Furijas - apie kurias jau buvau girdėjęs".

„Tikrai? Ką girdėjai?" E-Z pasiteiravo.

„Vietiniai gyventojai, iš kurių kaskart, kai būnu su jais, sužinau ką nors naujo, žino viską apie Furijas. Jie nusitaikė į pradininkus, bando juos nubausti ir išstumti iš savo žemių".

„Lačis atsistojo, įpylė ant ugnies šiek tiek vandens ir įsitikino, kad ji visiškai užgeso.

„Aš, pavyzdžiui, tikiu, kad blogis turi egzistuoti, kad gėris išliktų, - bet turi būti kažkoks kodeksas, - o jie nesilaiko kodekso. Viską, ką jie daro, daro tik dėl savisaugos, o taip gyventi negalima".

„Tai išmintingi žodžiai tavo amžiaus vaikui", - pasakė E-Z. Juos ištaręs jis pasijuto šiek tiek sutrikęs, tarsi per daug stengtųsi būti išmintingas, būdamas vyresnis iš jūdviejų. „Manau, tau tikriausiai septyneri ar aštuoneri, ar aš teisus?"

„Manau, kad taip, bet dėl savo tikrojo amžiaus nesu tikras. Kai mane rado, nerado jokių tai įrodančių dokumentų. Spėju, kai pradės keistis mano balsas, turėsiu geresnį supratimą". Jis nusijuokė.

„O kol kas gali pasirinkti savo amžių, - pasiūlė E-Z.

„Kaip ir aš pats pasirinkau savo vardą", - pasakė Lačis. „Bet kokiu atveju, kad ir ką jums reikėtų, aš sutinku."

„Tai, kas vyksta su „The Furies", yra tai, kad jie naudojasi internetu. Tu žinai apie internetą, taip?"

„Žinau. Bibliotekoje yra wi-fi. Mėgstu skaityti. Mitologija yra gana įdomi. Taip pat ir mokslinę fantastiką."

„Furijos naudoja internetinius daugelio žaidėjų žaidimus, kad įviliotų vaikus į spąstus. Dauguma vaikų žaidžia žaidimus, taip pat ir aš, - pasakė E-Z.

„Žaidimai - tai laiko švaistymas", - pasakė Lachie. „Taip mane mokė vietiniai mokytojai. Gyvenimas per trumpas, kad jį švaistytume betiksliais išsiblaškymais".

„Tačiau visi mėgsta žaidimus, - sakė E-Z. „Galėčiau pateikti pasaulinius skaičius, bet svarbiausia, kad Furijos naudojasi šiuo reiškiniu. Tarsi kiekvienas žaidžiantis vaikas būtų suteikęs jiems prieigą prie savo širdies ir proto."

„Kaip tai?"

„Norėdamas pakelti žaidimo lygį, turi atlikti tam tikrą užduočių sąrašą. Tai vienintelis būdas judėti į priekį žaidime. Jei nepadarytum to, ko iš tavęs prašoma, nebūtų prasmės žaisti žaidimą. Ir vis dėlto tai, ko jūsų prašoma padaryti, daug kartų prieštarauja įstatymams realiame gyvenime."

„Prieš įstatymą! Kaip ką?" paklausė Lačis.

„Pavyzdžiui, žudyti."

Lačis papurtė galvą.

„Tai žaidimas, todėl darai tai, ką reikia, kad pereitum į kitą lygį."

„Gerai, manau, kad suprantu. Furijų įgaliojimai buvo nubausti tuos, kurie įvykdė nusikaltimus ir liko nenubausti. Jie iškraipo šį mandatą, kad pakenktų vaikams, žaidžiantiems įsivaizduojamą žaidimą".

„Teisingai, Lačis. Būtent taip. O kai vaikai miršta, jos pavagia jų sielas".

„Už ką?"

„Ar esi kada nors girdėjęs apie sielų gaudytojus?"

„Ne", - atsakė Lačis.

„Kai miršti, tavo siela turi amžinojo poilsio vietą. Ji vadinama sielų gaudykle. Bet šiems vaikams nelemta mirti, kai juos pasiima Furijos, todėl jų nelaukia joks Sielų gaudyklė".

„Iš kur tu visa tai žinai?" Lakis paklausė.

„Archangelai man ne tik papasakojo, bet ir parodė. Keletą kartų buvau savo Sielų gaudyklėje. Jie mane ten iškvietė. Net nežinojau, kaip jis vadinasi, kol visa tai nepasirodė. Žmonėms tai neturėtų rūpėti. Dauguma galvoja, kad pateksime į dangų arba pragarą".

„Jei tavo sielų gaudytojas buvo pasiruošęs, o tu esi tik vaikas, kodėl jų sielos nėra pasiruošusios?" "Ne.

„Geras klausimas. Toks, apie kurį anksčiau nepagalvojau. Spėju, kad maniau, jog man susiklostė ypatingos aplinkybės, - pasakė E-Z. „Bet žinau, kad archangelai kažką sugadino. Kažką, apie ką jie nenori kalbėti. Galbūt todėl jiems ir reikia mūsų pagalbos, kad sutvarkytų šį dalyką."

„Tačiau kaip jie tai daro? Štai ko aš nesuprantu."

„Jie iškraipė taisykles, tikėdamiesi perimti visų Sielų gaudytojų kontrolę. Kai mirštame, mūsų sielos turėtų patekti į vieną, kuris laukia mūsų, kai mirsime. Jos neturi būti perduodamos. Jei jie kontroliuos visus, kiekviena siela neturės kur eiti. Tai įstums pomirtinį gyvenimą į chaosą. Taigi, dabar, kai viską išgirdote - ar vis dar esate?"

„Taip, tikrai. Be to, čia nėra ką veikti. Man turėtų būti įdomus nuotykis".

„Kad būčiau šimtu procentų sąžiningas, - pasakė E-Z, - nebus lengva. Ir tu rizikuoji savo gyvybe kartu su visais mumis. Bet mes palaikysime vieni kitus.

„Mes laimėsime!"

„Tikrai to tikiuosi, bet pirmiausia turime sugalvoti, kaip tai pasieksime. Dėdė Samas mums yra rezervavęs keletą lėktuvo bilietų. Turime juos pasiimti artimiausiame tarptautiniame oro uoste. Jis juos rezervavo."

„Nereikia!" Lachie pasakė. „Aš turiu savo transportą." Jis įsidėjo du pirštus į burną ir sušvilpė.

Kelias minutes nieko nevyko.

E-Z paklausė.

Lašis stovėjo labai nejudėdamas, nes medžiai sujudėjo ir judėjo šnabždėdami.

Paskui E-Z išgirdo plasnojant sparnus. Iš garso buvo matyti, kad tai, kas artėjo, turėjo milžiniškus sparnus.

Tada būtybė prasiveržė pro medžių lapiją. Jis nebūtų buvęs ne vietoje bet kuriame iš filmų apie Harį Poterį.

„Ar tai drakonas?" paklausė E-Z.

„Jis - australinis drakonas", - atsakė Lačis. „Taip pat žinomas kaip pterozauras, taigi jis vietinis".

Drakonui jis pasakė: „Laba diena, drauge", ir nuėjo jo pasveikinti. Didžiulis žvynuotasis padaras nuleido galvą. Lačis jį paglostė, tada užšoko jam ant nugaros.

„Nagi, E-Z, ko tu lauki?"

„Ech, aš turiu savo transportą."

Lačis atmetė galvą ir nusijuokė.

„HAR-HAR-HAR-R-R-R-R!"

prie jo prisijungė ir padaras.

„Jo vardas Kūdikis", - pasakė Lačis. „Šok į jį, nes Kūdikis nori tave pavežioti, o ko Kūdikis nori, tą Kūdikis ir gauna."

„Bet mano kėdė!"

Kūdikis ištiesė savo ilgą kaklą, pakėlė E-Z. Netekęs kėdės jis užmetė jį ant nugaros. E-Z sugriebė už Lašio, kai Kūdikis pašoko į orą.

„Saugokitės medžių!" E-Z sušuko.

Lačis ir Kūdikis nusijuokė.

Jie skrido virš daugybės mylių raudono smėlio.

Netrukus E-Z nebejautė baimės.

Jie praskrido virš kelių uolų darinių, vienas iš jų atrodė tarsi gulintis Homeras Simpsonas. Paskui jie pamatė Uluru - didžiulį raudoną monolitą.

Visą dieną jie praleido skrisdami per Australiją ir grožėdamiesi jos vaizdais.

„Geriau jau grįžkime", - pasakė Lačis. „Mums reikia gerai išsimiegoti prieš išvykstant į Šiaurės Ameriką ir susitinkant su likusia komanda".

„Skamba kaip planas", - pasakė E-Z, dabar vis labiau mėgaudamasis kelione ir norėdamas, kad ji niekada nesibaigtų. Jis nenukrisdavo, turėjo sparnus, jei jų prireiktų, - bet vieną dalyką žinojo tvirtai, kad skraidyti su Kūdikiu yra gyvenimas.

Jis tik svarstė, kur ją laikys, kai jie vėl grįš namo. Drakonas buvo per didelis, kad tilptų į garažą. Jis susitvarkys su šia problema, kai peržengs šį tiltą. Galbūt, jei jis ir Mažoji Dorritė susidraugautų, jie galėtų apsigyventi viename kambaryje?

„Nesijaudink dėl manęs, - pasakė Kūdikis.

E-Z padarė dvigubą dūrį.

„Ech, taip, aš galiu skaityti mintis. Ne visą laiką ir ne visų, - pasakė Kūdikis. „Aš pati susitvarkysiu savo miegojimo sąlygas. O dėl Mažosios Dorrit, na, vienaragiai ir drakonai paprastai nesusidraugauja - bet aš norėčiau pabandyti."

Kūdikis paliko juos ir išskrido į naktį.

E-Z prisiminė apie dėdę Semą, bet buvo per daug pavargęs, kad ką nors darytų. Jis paskambins jam ryte. Žinoma, viskas būtų gerai.

SKYRIUS 4

AUSTRALIJOS IŠVYKIMAS

Kitą rytą,kol E-Z ir Lachie ruošėsi kelionei, jie kalbėjosi ir geriau vienas kitą pažino.

„Man reikia įkrauti telefoną ir paskambinti dėdei Samui. Norėčiau užsukti ir vieną, ir kitą padaryti prieš išvykdamas iš Australijos".

„Jokių problemų, nes ir aš norėčiau pasiimti keletą atsargų. Viską galime padaryti vienu metu. Aš apsipirksiu, tu galėsi įkrauti telefoną ir paskambinti dėdei. Ką nors, apie ką turėčiau žinoti?"

„Tik apie keistą sapną, kurį sapnavau. Man norisi jį patikrinti, kad be reikalo nesijaudinčiau".

„Teisingai", - pasakė Lačis ir paslėpė kai kuriuos maisto gaminimo reikmenis, kad jie būtų saugūs, kol jis grįš. „Tikrai pasiilgsiu šios vietos."

„Žinau, taip pat ir tavo draugų, bet tu susirasi naujų ir visi padės tau jaustis kaip namie. Be to, grįši anksčiau, nei spėsi tai pastebėti."

„Būtent tai man ir kelia nerimą. Kas, jei nenorėsiu grįžti? Kas, jei priprasiu prie žmonių šalia? Būti išlepintai patogumais?" Jis padarė pauzę, nes ant jo pečių nusileido dvi strakės, po vieną ant kiekvieno iš jų. Paukščiai lengvai kuždėjo jam į ausis, tarsi šnabždėdami. Lačis nusišypsojo ir jie nuskrido.

„Ką jie sakė?" paklausė E-Z.

„Iš tikrųjų nieko. Jie tik pasakė, kad mane myli ir kad manęs pasiilgs." Varnas nuskrido ir nutūpė jam ant peties. „Tai mano bičiulis Errollas."

„Malonu susipažinti, Errollas", - tarė E-Z. „Kaip jūs abu susidraugavote?" - "Ech, kaip jūs tapote draugais? Lašis nusijuokė. „Juokinga, kad to klausiate. Errolas jau labai seniai yra šalia. Tiesą sakant, jo senelis daug kartų buvo augintinis kažkam, kas galėtų būti tavo tolimas giminaitis. Tai jei esi susijęs su Čarlzu Dikensu?"

E-Z pasilenkęs linktelėjo galvą. Dabar Lakis tikrai turėjo visą jo dėmesį.

„Čarlzas Dikensas turėjo naminį varną, kurio vardas buvo Gripas. Pasak per daugelį metų papasakotų istorijų, būtent Gripas įkvėpė Edgarą Allaną Poe parašyti savo garsiausią poemą „Varnas".

„Oho, tai taip šaunu!" sušuko E-Z.

„Paukščiai yra labai protingi. Kaip ir čiabuvių senoliai, kurie paėmė mane po savo sparnu, kai pirmą kartą atvykau į atokią vietovę. Jie išmokė mane skaityti ir rašyti, ruošti maistą. Jie taip pat išmokė, kaip atpažinti ir išvengti nuodingos floros ir faunos.

„Kasdien ko nors išmokstu iš būtybių, kurias sutinku ir su kuriomis bendrauju. Sako, kad seniau visi galėjo kalbėtis su gyvūnais - ne tik aš, bet kažkas pasikeitė. Jie mano, kad tai atsitiko mūsų smegenyse, bet kad ir kas atsitiko visiems kitiems, man taip neatsitiko."

„Kaip jie sužinojo, kad esi kitoks?"

„Jie sako, kad girdėjo apie mane, kai gimiau ir kai tapau berniuku dėžėje. Dar prieš man gimstant gandai apie mane šnabždėjosi po pasaulį. Jie manęs laukė, taip jie man sakė jau seniai."

„Kaip ilgai?" E-Z pasiteiravo.

„Nenoriu skambėti didžiagalviškai, bet sakoma, kad apie mane žinojo Mocartas - jis turėjo naminį žvaigždėlapį ir gyveno ^{XVII} amžiuje. Tai dar visai neseniai. Prieš jį galima atsekti iki Vergilijaus 70 m. pr. m. e. Ar žinojai, kad jis turėjo naminę musę?"

„Tikrai? Musė - naminis gyvūnėlis?"

„Aš kalbėjausi su krūmų muse, kuri buvo susijusi su Vergilijumi, - jo vardas buvo Leonardas, trumpiau Leo, ir jis viską patvirtino." Lašis pakėlė puodą ir paslėpė jį krūmuose kartu su kitais daiktais. „Taip pat šnekėjausi su Endriu Džeksono papūgos giminaičiu. Džeksono paukštis vadinosi Pol - tai buvo dovana jo žmonai - ir buvo patinas, bet kadangi jo giminaitė buvo patelė, jos vardas buvo Polė. Ji turėjo keistą humoro jausmą!"

„Skamba panašiai. Tikiuosi, kad galėsime pasikalbėti daugiau, bet turiu tavęs paklausti apie tavo ypatingąsias galias - ir netrukus turėtume keliauti, jei viską saugiai paslėpsi."

Lačis linktelėjo galva: - Žinoma. Beveik pasiruošęs. Tereikia užtikrinti dar kelis dalykus. O kol kas pirmiausia papasakok man apie save."

„Na, jau matėte mane ir mano kėdę - taip, mes galime skraidyti. Mano kėdė turi ypatingų galių, be to, kad skraido, ji taip pat gali gaudyti nusikaltėlius ir turi kraujo skonį. Mes esame pora, mano kėdė ir aš, kaip Betmenas ir jo batmobilis."

„Šaunu!" Lachie pasakė. „Bet tas dalykas su krauju kiek keistas."

„Nešvaistyk ir nevalgyk, nežinau, kas tai pasakė, bet mano kėdė, atrodo, su tuo sutinka. Užuot leidusi kraujui lašėti į žemę, ji jį susiurbia.

„Pirmoji mūsų gelbėjimo operacija buvo maža mergaitė - išgelbėjome ją nuo transporto priemonės partrenkimo. Tada išgelbėjome lėktuvą, pilną keleivių. Nenoriu girtis ir esu tikras, kad supratote esmę. Padėdamas kitiems atradau, kad dabar esu labai stiprus, kaip ir mano kėdė. O ir mes buvome neperšaunami".

„Nori pasakyti, kad žmonės į tave šaudė?"

„Taip, turėjome keletą situacijų, susijusių su ginklais. Dabar tavo eilė".

Mano nuostabiausia galia, kaip jau matėte, yra ta, kad galiu kalbėtis su bet kokiomis būtybėmis, bet kokiomis apskritai. Tiesą sakant, vakar, kai manėte, kad kalbėjotės su Kūdikiu, na, iš dalies taip ir buvo, bet jei manęs čia nebūtų, ji kalbėtų nesąmones. Ji bendrauja su tavimi per mane. Aš esu tarsi tinklas, saugumo tinklas. Galiu jį išjungti arba atverti, priklausomai nuo to, ką nuspręsiu.

„Kai buvau tame narve, gyvūnai sėdėdavo lauke ir šnekėdavo. Kartais manydavau, kad jie bendrauja su manimi, bet paskui pagalvodavau, kad gal išprotėjau. Kartą pro mano narvo grotas įskrido tarakonas ir pasakė, kad gali padėti man ištrūkti, jei to noriu.

„Fui, nekenčiu tarakonų. Niekada negirdėjau apie skraidančius tarakonus."

„Iš tikrųjų jie gana protingi ir turi didžiulį išgyvenimo instinktą - turiu omenyje, kad jie suvalgys bet ką."

„Gaila, kad jie nesuėdė žmonių, kurie tave įkišo į tą dėžę". E-Z akimirką susimąstė. „Kodėl neleidai jam pabandyti tavęs išgelbėti? Juk neturėjai ko prarasti".

„Kaip ten tas senas posakis, kad geriau velnias, kurį pažįsti?"

„Aš tai suprantu, vadinasi, tu nebijai žmonių, kurie tave laikė?"

„Iš tikrųjų tai nebuvo dėžė - tai buvo narvas. Bet geriau skamba, jei jie vadina tai dėže. Be to, jie niekada manęs neskriaudė. Jie mane maitino ir girdydavo. Pakeisdavo laikraštį. Ir iš tikrųjų niekada nemačiau, kas jie tokie, nes jie dėvėjo kaukes".

„Nesuprantu, kodėl jie tave ten laikė?" - "Nesuprantu, kodėl jie tave ten laikė.

„To, manau, niekada nesužinosiu. Ir aš nesibaiminau gauti atsakymų, kai jie mane išleido."

„Kaip tai vyko?"

„Jie įrengė man kambarį tame pačiame name. Atsiuntė vieną malonią moterį, kad mane prižiūrėtų. Niekada neišeidavau iš namų. Man buvo per daug baisu."

„Ar galėjote kalbėti? Turiu omenyje, jei amžinai buvote narve, ar turite prisiminimų apie tai, kas buvo anksčiau? Apie savo tėvus?"

„Nemėgstu apie tai kalbėti. Praeitis yra praeitis. Negaliu jos pakeisti. Aš visada žiūriu į priekį. Bet juk gimiau ne narve. Kartais man atrodo, kad prisimenu, kaip ėjau į mokyklą. Bet tai galėjo būti sapnas. Kai kuriomis dienomis sunku juos atskirti".

E-Z priminė sau, kad reikia paskambinti dėdei Samui.

„Tai kaip čia atsidūrei, gyveni su gyvūnais ir esi šimtu procentų savarankiškas? Spėju, kad tau netrūksta žmonių?"

„Negali pasiilgti to, ko neprisimeni. Kalbant apie gyvūnus, ne aš juos pasirinkau, o jie mane. Jie atėjo į namus, tarsi žinojo, kad manęs nebėra narve, ir laukė, kol išeisiu. Jie jau žinojo, kad galiu su jais kalbėtis, juos suprasti - bet aš nežinojau, kad galiu, kol nebandžiau. Tada man atsivėrė visas pasaulis ir aš turėjau tapti jo dalimi. Aš nebebuvau vienišas. Tuomet jie pasisiūlė mane pasiimti ir saugoti. Dabar tu esi susipažinęs su Lačio istorija".

„Tai nuostabi istorija. Taigi, kalbėjimasis su gyvūnais. Ką nors dar atradote?"

„Na, taip. Bet tai gana nauja."

„Papasakok man apie tai."

„Geriau, jei aš tau parodysiu."

„Gerai", - tarė E-Z.

Jis stebėjo, kaip Lačis atsistojo ir nuėjo link netoliese augančio eukalipto. Sekundėlę dar pastovėjo šalia medžio, paskui žengė į priekį, kad atsistotų priešais storą medžio kamieną, apžėlusį vėjuotomis medžiagomis. Tada jis dingo.

„Ką?"

Lačis perėjo į kitą medžio pusę, paskui vėl grįžo prie kamieno.

„Aha, vadinasi, esi nematomas?"

„Ne, įsižiūrėk atidžiau." Jis atsitraukė nuo medžio. „Toliau stebėk mano akis."

E-Z taip ir padarė, ir medžio kamiene jis matė Lačio akis, bet Lačio nematė. „Palaukite minutėlę", - pasakė E-Z. „Aš suprantu. Tai maskuotė - tu esi chameleonas. Oho!"

Lačis nusijuokė, tada grįžo į savo vietą.

„Kaip tu tai atradai? Tai tikrai šauni galia. Gali susilieti praktiškai bet kur ir niekas niekada to nesužinos!"

„Kurį laiką gyvenęs su būtybėmis - nematęs nė vieno žmogaus - vieną dieną pro šalį ėjo būrys keliautojų. Puoliau lipti į medį ir slėptis, bet neturėjau pakankamai laiko - todėl tiesiog sustingau prie medžio kamieno ir likau nejudėdamas. Jie praėjo pro pat mane, tarsi manęs nebūtų. Negalėjau to suprasti. Paukštis nutūpė man ant peties, o gyvatė užlipo ant kojos. Jie galėjo mane matyti, o žmonės - ne. Tuomet supratau, kad esu chameleonas."

„Koks tai jausmas? Kai persijungi į maskuotės režimą?"

„Nesijaučiu kaip niekuo kitoks. Tai tiesiog įvyksta."

„Šaunu. Na, o ar nori sužinoti apie likusius komandos narius ir kokius įgūdžius jie turi?"

Lašis linktelėjo galva.

„Tau patiks Lia. Ji reginti. Jos akys yra rankose ir ji gali matyti dabartį, kai kurių žmonių mintis, o kartais ji gali įžvelgti ateitį, tai, kas nutiks. Atrodo, kad ši jos galios dalis vis didėja. Žinoma, yra ir amžiaus klausimas. Kai pirmą kartą susitikome, jai buvo septyneri, o dabar - dvylika".

„Tai tikrai šaunu, - pasakė Lačis. „Ir girdėjau, kad jos mama ir tavo dėdė Samas yra..."

„Neprieštarausiu, jei eisime. Vien išgirdus Semo vardą man vėl kyla nerimas".

„Nesijaudink, - pasakė Lačis. Jis švilptelėjo, Kūdikis prišoko ir jie nuskrido į artimiausią miestelį, kur Lačis pasiėmė keletą daiktų, E-Z įkišo telefoną į įkroviklį ir, kai jis buvo pakankamai įkrautas, iškart paskambino Semo numeriu.

Niekas neatsiliepė, vietoj to skambutis nukeliavo tiesiai į Semo balso paštą. Jis pabandė paskambinti Samantai ir ji iškart atsiliepė. „Sveiki, čia E. Z., ar dėdė Samas yra laisvas?"

„Žinoma, E-Z, tik sekundę." Kažkoks šnabždesys.

„Labas, vaikeli", - pasakė Samas. „Kur tu dabar esi, ar jau skrendi virš vandenyno?"

„Ech, tik tikrinu, ar viskas su tavimi gerai", - pasakė E-Z. „Jei taip, pasakyk kodinį žodį".

„Kempiniukas Bobas, kvadratinės kelnės", - pasakė dėdė Samas.

„O, ačiū Dievui", - tarė E-Z. „Turėjau keistą sapną, kad Furijos tave sučiupo."

„Aha, pas mus atvažiavo draugai ir mes kaip tik ruošiamės susėsti ir pamerkti ką nors į fondiu. Turime šokolado su vaisiais, sūrio ir daržovių bei sūrio su duona ir mėsa. Tai nemažas pasirinkimas ir turime kelių rūšių vyno. Dvyniai jau nusileido nakčiai".

„Tai skamba..."

„Turiu eiti E-Z, iki pasimatymo. Saugokis."

„Mano dėdė gerai, o jie rengia fondiu - skamba šiek tiek kaip vakarėlis".

„Kas yra fondiu?" Lachie paklausė.

„Tai puodas, kuriame ištirpsta daiktai, o paskui į jį merkiami kiti daiktai. Pavyzdžiui, braškės mirkomos į šokoladą, o duonos gabalėliai - į sūrį. Ir tu teisi, jie dabar susituokę, o neseniai susilaukė dvynukų, todėl namai gana pilni ir triukšmingi".

„Oi, skamba skaniai", - pasakė Lačis.

Visiškai įkrautu E-Z telefonu, Lachie reikmenimis, saugiai paslėptais ant Kūdikio nugaros, pora išskrido iš Australijos. Keliaudami jie kalbėjosi. Po kelių valandų, nepamatę nieko įdomaus, ir gurgiančiais skrandžiais jie ruošėsi nusileisti, kad galėtų pavalgyti ir pasimankštinti tualete.

„Vis tiek turėsime netrukus nusileisti, kad galėtume pavalgyti - be to, aš jau badauju! Ir, beje, sveikinu!"

„Ačiū! Galime sustoti Havajuose ir pavalgyti čeburgerių bei keptų bulvyčių, - pasiūlė E-Z.

„Nežinojau, kad havajiečiai specializuojasi mėsainių ir bulvyčių gamyboje."

„Jie yra JAV dalis, taigi, cheeseburgeriai ir bulvytės, jau nekalbant apie tirštus kokteilius, yra puikūs tradiciniai patiekalai, kurių gali paragauti, ir garantuoju, kad jie tau patiks."

„Aš nevalgau mėsos. Karvės irgi yra žmonės."

„Jie turi kažką vegetariško, tai vis tiek yra cheeseburgeris ir jums patiks. O jūs juk neturite nieko prieš gerti karvės pieną, ar ne?"

„Ne, neturiu."

„Gerai, kėdute, o Baby - eikime į artimiausią sūrio mėsainių restoraną, kuriame patiekiami ir vegetariški mėsainiai", - pasiūlė E-Z, nes jo gurgždantis skrandis davė apie save žinoti.

„Pirmyn!" Lachlanas sušuko, kai Kūdikis ieškojo tinkamos vietos nusileisti.

SKYRIUS 5

BRANDY

Liair jos vienaragis kelionės draugas Mažasis Dorritas skrido debesimis.

Lia vertino grakščius, bet greitus savo skraidančios palydovės judesius. Kartu jie sugalvojo žaidimą „Šokinėk per debesis". Priklausomai nuo debesies tipo, jie šokinėjo virš jo, po juo arba per jį. Eiti per jį buvo smagiausia.

„Man patinka, kai esame debesies viduje", - sakė Lija. „Ištiesiu ranką, kad jį paliečiau, bet ten nieko nėra".

„Atrodo, kad einame į žemiau esantį prekybos centrą", - pasakė Mažoji Dorita prieš atlikdama trigubą šuolį, peršokdama per tą patį debesį, paskui po juo ir pro jį.

„Weeeeeeeee!" Lia sušuko.

„Ačiū, ačiū", - pasakė vienaragė, rodydama žemyn.

„Apsipirkimas, a?" Lija pasakė apžiūrėdama jį. Tai buvo didelis prekybos centras, beveik kvartalo ilgio.

„Tikiuosi, kad man nereikės daug pinigų, bet mama davė man savo kredito kortelę, jei prireiktų".

„Brendis stovi maisto prekių parduotuvės koridoriuje ir pildo vežimėlį, kad prastumtų laiką. Geriau paskubėkime, nes mama netrukus jos ieškos", - pasakė vienaragis.

„Tai tikrai šaunu, kad gali šitaip nustatyti jos buvimo vietą. Nekantrauju su ja susitikti ir sužinoti daugiau apie jos galias, - pasakė Lija, apglėbusi Mažosios Dorrit kaklą ir pasiruošusi nusileisti. „Visada norėjau turėti vyresniąją seserį, todėl tai gali būti vienintelė galimybė."

„Švilpk, kai tau manęs prireiks, - pasakė Mažoji Dorrit, kai Lia nusileido, - ir aš tave pasitiksiu čia."

Lija įėjo į prekybos centrą pro varstomas duris. Iš karto pamatė merginą, kuri, kaip ji tikėjosi, buvo Brendis, stumiančią vežimėlį maisto prekių parduotuvėje. Remiantis Rozalijos apibūdinimu, tai turėjo būti ji.

Mergina buvo apsirengusi neįpareigojančiai, su pilku gobtuvu. Jis buvo iš dalies užsegtas užtrauktuku, bet pakankamai atviras, kad matytųsi po juo esantys raudoni marškinėliai „I Love Music". Ant jos juodų džinsų kišenių buvo muzikinių natų lipdukai. Jos drobės bėgimo bateliai buvo perskaityti taip, kad derėtų prie marškinėlių.

Lia kelias akimirkas stebėjo merginą, paskui ėjo link jos. Ji jautėsi šiek tiek įbauginta. Tarsi būtų susitikusi su įžymybe. Jos nuomone, Brandy spinduliavo stiliumi ir šaunumu.

Artėdama arčiau Lija įsivaizdavo, kad vieną dieną jos netrukus taps geriausiomis draugėmis. Jos kartu lankysis prekybos centre. Kartu pirks drabužius. Galbūt Brandy net padėtų jai išsirinkti naujus amerikietiškus drabužius.

„Į ką tu žiūri, vaikeli?" Brandy paklausė ne itin draugišku ar seserišku tonu. Tada visu ūgiu atkišo Lijos rankas.

„Tai labai nemandagu", - sušuko Lija. „Ar tavęs niekas nemokė jokių manierų?" Ji atsuko nugarą šauniajai merginai. Ji sulaikė kvėpavimą, suskaičiavo iki dešimties ir vėl atsisuko į ją. „Rozalijai būtų gėda dėl tavęs".

„Tu pažįsti Rozaliją?"

„Taip, aš esu Lija ir negaliu tavęs matyti be akių, kurios yra mano rankose." Lia vėl pakėlė rankas.

„Oho!" Brendis sušuko. „Maniau, kad esu keista, bet vaike, turiu omenyje, ech, Lia, tu paėmei viršų". Ji susikišo rankas į kišenes. „Bet bet kuris Rozalijos draugas yra ir mano draugas".

„Ech, ačiū", - tarė Lija. „Ar galime kur nors nueiti pasikalbėti?"

„Negaliu pasakyti, ką mes su tavimi turėtume bendro, išskyrus Rozaliją", - pasakė paauglė, stumdama vežimėlį pirmyn ir palikdama Liją už nugaros.

Lia sulaikė verksmą, bet sugebėjo ištarti žodžius: „Mums reikia jūsų pagalbos, nes Rozalija mirė." Brendis sustojo ir giliai įkvėpė, nes jos skruostu nuriedėjo ašara, kurią ji pasisuko ir nusišluostė. „Sek paskui mane, vaikeli." Ji paliko vežimėlį su visais jame esančiais daiktais, jie nuėjo prie kabinos, esančios prie pat prekybos centro, ir atsisėdo.

„Aš išgersiu stiklinę vandens, - tarė Lija. „Be ledo, prašau."

„Nagi, vaikeli, gyvenk pavojingai. Ji išgers šakninio alaus „Root Beer Float" - ir du". Padavėjai išėjus: „Tau patiks, nesijaudink. O dabar papasakok man daugiau apie tai, kodėl čia esi, ir papasakok, kas nutiko tai mielai poniai Rozalijai".

„Pirmiausia, ką Rozalija tau papasakojo apie mane, apie mus?"

„Nieko. Žinojau, kas ji yra, ir žinojau, kad ji mane prižiūri. Iš pradžių maniau, kad ji yra angelas, nes ji galėjo kalbėtis su manimi mano galvoje, kaip tada, kai meldžiausi būdamas mažas vaikas. Paskui supratau, kad ji buvo tikras žmogus, kaip ir aš, o dabar ji mirusi. Norėčiau padėti sučiupti žmones, kurie ją nužudė - jei dėl to čia esi, tuomet aš dalyvauju. Juokinga, manau, kad dabar ji yra angelas, vis dar saugantis mane".

„Aš irgi, - tarė Lija. „Būtent."

„Taigi, kaip tai nutiko?" Brendis paklausė. „Jei tai nėra nejautri tema, apie kurią reikėtų klausti. Man visada atrodo, kad geriausia kalbėti apie keistenybes, kurios daro mus tokius, kokie esame. Jei turiu savų keistenybių, patikėk manimi. Kiekvienas žmogus turi. „Mano mama mane išbartų už tai, kad užduočiau tau tokį asmenišką klausimą. Bet man patinka pereiti prie reikalo. Ar visada turėjai akis ant rankų? Manyčiau, kad tave persekioja žurnalistai ir fotografai, žmonės nori su tavimi pasikalbėti, išgirsti ir papasakoti tavo istoriją, kad parduotų žurnalus ir laikraščius."

„O, - tarė Lija, - dauguma žmonių labiau domisi garsiais išgalvotais personažais, pavyzdžiui, Hariu Poteriu, nei tikrais žmonėmis. Jei Haris Poteris būtų tikras, žmonės jo vengtų arba tyčiotųsi iš jo. Tačiau jo pasaulyje jis buvo herojus, todėl jo randas tapo jo istorijos dalimi. Dėl to jis mums tapo žmogiškesnis, todėl galėjome su juo susitapatinti. Tačiau nė vienas vaikas nenori išsiskirti, nes šiame pasaulyje skirtumai ne visada vertinami.

„Juokinga, kad galime susieti ir užjausti išgalvotus personažus ir neatpažinti tikrų herojų savo kasdieniame gyvenime."

„O broli, - tarė Brendis, - tu truputį tempiesi, ar ne? Tarsi kalbėtum su dvidešimtmečiu vaiku".

„Atsiprašau, - tarė Lija. „Per trumpą laiką iš septynerių tapau dešimčia, o iš dešimties - dvylika. Neturėjau laiko prisitaikyti".

„Viskas gerai, - pasakė Brendis. „Ir iš esmės su tavimi sutikčiau, vaike, bet nuo tada, kai eteryje pasirodė „Realybės televizija", mus domina paprastų žmonių gyvenimai. Tai yra, paprastų, bet turtingų žmonių, tokių kaip Kardashianai. Aš jų nežiūriu, bet milijonai žmonių žiūri".

Atvyko jų gėrimai. Brandy pirmiausia suvalgė vyšnią ant savo gėrimo viršaus, tada paklausė Lijos, ar ji nori savo. Kai Lia pasakė ne, Brandy ją nuėmė ir įsidėjo tiesiai į burną. „Gurkšnok. Jei paragausite, tikrai patiks".

Lia gurkštelėjo didelį gurkšnį per šiaudelį ir jos veidas nušvito. „Tikrai skanu!" Tada ji šiaudeliu pamaišė ledus, nes galvojo, ką sakyti toliau.

„Dėl manęs, aš gimiau su gerai veikiančiomis akimis. Tačiau nelaimingas atsitikimas mane apakino, ir kai atsibudau, turėjau šias akis, taip pat turėjau tai, ką jie vadina regėjimu. Galiu matyti, ką žmonės galvoja, taip mes su Rozalija pirmą kartą pradėjome kalbėtis. Laikas man nėra toks, kaip visiems kitiems, bet jau kurį laiką nepraleidžiu nė vienų metų. Be to, bėgant laikui kartais matau, kas nutiks man ir kitiems, žinote, ateityje."

„Ar žinojai, kad Rozalija mirs, dar prieš tai, kai tai įvyko?"

„Ne, nežinojau. Tai ateina ir praeina. Kartais ji išvis neveikia. Ji nėra šimtu procentų patikima. Beje, negaliu skaityti tavo minčių; jei tau įdomu".

„Gerai. Žinoti, kad gali skaityti mano mintis, būtų labai baisu, - pasakė Brendis ir išgėrė didžiulį gurkšnį, kuris atsitrenkė į indo dugną ir išleido garsą „tai visi žmonės". „Norėčiau dar vieno, bet negeriu, - pasakė ji. „Geriausia laikytis saikingumo, nes jei visą laiką lepinsime save dalykais - dalykais, kurių, manome, kad tikrai norime, - tada ne taip juos vertinsime."

„Labai išmintinga, - pasakė Lija. „Jei nori, gali pasiimti likusią mano dalį."

„Būtų gėda leisti jam nueiti perniek".

Abi merginos kurį laiką tylėjo, kol suvibravo Brendžio telefonas. „Netrukus prie mūsų prisijungs mano mama".

„Iš kur ji žino, kur mes esame?"

„Gerai, ji turi savo būdų, t. y. mano telefone esantį sekimo įrenginį."

„Ir tu neprieštarauji?"

Ne. Keletą kartų dingdavau, bet visada grįždavau į prekybos centrą. Dažniausiai, kai nueinu, ji neturi nė menkiausio supratimo. Kol nepaskambinu ir nepaprašau, kad atvažiuotų manęs pasiimti čia. Paprastai tai būna pirmoji jos užuomina - mano žinutė arba skambutis. Vis dėlto programėlė gelbsti ją nuo nerimo dėl manęs. Manau, kad nelengva turėti dukrą, kuri gali mirti ir vėl atgimti."

Atvyko Brendžio motina ir įvyko prisistatymas. Jos supažindino ją su Rozalijos ir Lijos istorijomis ir supažindino su tuo, ką iki šiol aptarė.

„Ką jūs abi merginos planavote?" - paklausė ji. „Atrodo, kad galvojate apie kažką negero".

„Tiesiog cukraus perteklius", - pasakė Brendis ir nusišypsojo. „Lija kaip tik ketino man pasakyti, kam jiems manęs reikia".

„Taigi, paaiškinai apie savo, pasikartojančią situaciją?"

„Trumpai. Mamos dar nebuvau prie to priėjęs, ji tik dabar papasakojo apie nelaimingą atsitikimą ir kodėl jos akys yra ant rankų."

Priėjo padavėja ir Brendžio mama užsisakė kavos. Ji tuoj pat grįžo su puodeliu, kurį pripildė. „Papildymai nemokami", - pasakė padavėja. „Tiesiog pakelkite savo puodelį, kai jis bus tuščias, ir aš tuoj pat ateisiu jo vėl pripildyti."

„Ačiū, - tarė Brendžio mama.

„Norėčiau apie tai išgirsti, - pasakė Lija, užkišdama plaukus už ausies. Jai patiko, kaip Brandy ir jos mama bendrauja tarpusavyje. Jos buvo siaubingai artimos; tai buvo galima suprasti iš to, kaip jos nuolat liečia viena kitą. Jų artumas privertė ją prisiminti visus tuos laikus, kai mama dirbo naktimis ir savaitgaliais, o ji dėl visko turėjo pasikliauti aukle Hana. Dabar, kai jie buvo čia ir jos mama buvo ištekėjusi už Semo, buvo kitaip, tačiau atrodė, kad naujieji kūdikiai tikrai atima daug mamos laiko.

Brendi prabilo: „Pirmą kartą miriau, kai buvau maža. Tai įvyko šiame prekybos centre. Vieną minutę buvau mirusi, kitą - vėl gyva. Kaip jau sakiau, visada atsiduriu čia. Štai kaip aš myliu šį prekybos centrą."

„Tai juokinga", - pasakė Lija.

„Aš tikrai mėgstu apsipirkinėti!"

„Tai tu mėgsti!" Brendžio motina pasakė, kai dukra pašaukė padavėją atgal ir paprašė stiklinės ledinio vandens.

„Tai bus dvi stiklinės vandens", - pasakė Lia.

Kadangi jau buvo atėjusi, padavėja pripildė Brendžio motinos kavos puodelį.

Lija jautė, kad dabar arba niekada - ji turėtų pereiti prie reikalo. Buvo jau vėlu, o Mažoji Dorrit laukė.

„E-Z, kuris yra mūsų vadas, sėdi neįgaliojo vežimėlyje ir gali gelbėti žmones, net lėktuvus, pilnus keleivių. Jis turi super jėgą ir greitį, ir jis, ir jo vežimėlis turi sparnus.

„Alfredas yra gulbė trimitininkė ir turi ESP, be to, jis gali sugrąžinti žmones ir būtybes į gyvenimą. Įskaitant tave, mūsų grupę papildys dar du vaikai ir E-Z pusbrolis Čarlzas, taigi iš viso mūsų bus septyni."

„Laimingasis septynetas, - pasakė Brendžio mama.

Lia tęsė: - Viską išgirdusi, jei sutiksi padėti mums kovoti su Furijomis, tavo gyvybei gresia pavojus. Tai trys piktosios seserys - deivės, kurios nužudė Rozaliją".

„Piktosios, a? Nužudyti Rozaliją buvo bailus poelgis! Ji niekada nebūtų sužeidusi nė musės!" Brendis ištarė.

„Ar ši informacija vieša?" Brendžio motina pasiteiravo. „Viskas skamba taip, išgalvotai."

„Kodėl jie tai padarė?" Brandy paklausė. „Ką jie gauna už tai, kad nužudė tokią mielą seną moterį kaip Rozalija?"

„Jie naudojasi vaikais. Žudo vaikus, - pasakė Lia.

Ir Brandy, ir jos motina nustojo gerti.

„Sunku paaiškinti, bet pasistengsiu. Kai mirštame, mūsų Sielos yra skirtos mūsų laukiantiems Sielų gaudytojams - mūsų amžinojo poilsio vietai. Kiekvienas iš mūsų turi savo unikalų Sielos gaudytoją - todėl mes niekada negalime mirti. Mūsų sielos gyvena toliau. Tai ne tas dangus, kurį įsivaizdavome, bet jis tikras, ir Furijos žudo nekaltus vaikus - ir deda juos į Sielų gaudykles, kurios priklauso kitiems žmonėms.

„Tiesą sakant, kai Rozalija mirė, jos siela neturėjo kur dingti. Laimei, mūsų draugai Hadzė ir Reikis - jie yra norintys būti angelais - sugebėjo pagauti Rozalijos sielą. Jie saugo ją tol, kol pašalinsime Furijas ir vėl sutvarkysime visus sielų gaudytojus. Kai jas pašalinsime, archangelai perims valdžią ir sutvarkys jų sukeltą netvarką. Viskas vėl grįš į įprastas vėžes."

„Maniau, kad archangelai yra blogiukai, - pasakė Brendis. „Iš kur žinome, kad galime jais pasitikėti? Ir kodėl norime jiems padėti?"

„Tai labai didelis prašymas iš jūsų, vaikai, - pasakė Brendžio mama.

„Tai labai ilga istorija. Tokią, kurią galėsime jums papasakoti, atėjus laikui. Bet dabar mums reikia grįžti į būstinę. Tai mūsų namai. Kai visi būsime po vienu stogu, galėsime viską paaiškinti ir sugalvoti planą."

„Aš pritariu, - pasakė Brendis. „Tu mane jau užvedei, kai pasakei, kad jie nužudė Rozaliją, bet dabar žinau, kad jie žudė ir nekaltus vaikus, na, leisk man į juos."

Ji pakėlė stiklinę su vandeniu ir kartu su Lija pakėlė tostą.

„Palauk, - tarė Brendžio motina, - jei archangelai negali įveikti šito dalyko, tai kaip jie gali tikėtis, kad jūs, vaikai…"

„Mama, - Brendis patapšnojo jai per ranką. „Aš ne tokia kaip kiti vaikai. Atrodo, kad mes esame nevykėliai, turintys ypatingų gebėjimų, ir aš puikiai pritapsiu. Nenuostabu, kad archangelai paprašė mūsų jiems padėti.

„Rozalija mus visus subūrė, kad galėtume sudaryti komandą. Jei ji būtų čia, ji būtų su mumis komandoje. Dabar ji su mumis dvasia. Kartu mes būsime jėga, su kuria reikia skaitytis.

„Be to, turime pasirūpinti, kad Rozalijai būtų grąžinta jos amžinojo poilsio vieta. Viskas nutinka dėl tam tikros priežasties, ar ne tu man visada tai sakai?"

„Taigi, kas bus toliau?" - paklausė mama.

„Mums reikia būti kartu, o E-Z namas pakankamai didelis, kad mums visiems užtektų vietos. Kiti ir Čarlzas Dikensas - ilga istorija - susitiks su mumis ten".

„Ne tas Čarlzas Dikensas?"

„Vienintelis ir nepakartojamas, bet jam tik dešimt metų. Jį atvyko ir Londone, Anglijoje, aptiko du detektorininkai. Jis buvo išsiųstas atgal į Žemę dėl tam tikros priežasties. Be to, kad jis ir E-Z yra pusbroliai. Jis yra vienas iš mūsų. Kartu mes nugalėsime tas seseris ir vėl sutvarkysime pasaulį".

„Eime!" Brendis pasakė. „Mama automobilyje turi mano kuprinę, joje yra visi reikalingi daiktai. Visada turiu susikrovusi kuprinę visam atvejui. Ji jau ne kartą pravertė. Spėju, kad namuose yra skalbyklė ir džiovyklė? O ir plaukų džiovintuvas?"

„Taip, taip ir taip, - atsakė Lija, paskui sušvilpė. Brendis ir jos mama užsidengė ausis. „Kam tai buvo?"

„Eikite į lauką, aš jus supažindinsiu su savo drauge Mažąja Dorrit - ji vienaragė - ir tuo pat metu galėsite pasiimti savo krepšį." Jos išėjo pro duris ir ji parodė į dangų, kur vienaragis artėjo nusileisti.

„Palaukit, - tarė Brendis, - mes važiuosime per šalį ant vienaragio?"

Brendžio mama sumirksėjo. Jai pasidarė silpna, o kojos pasidarė panašios į pervirtus spagečius.

„Eik ir paglostyk ją, - pasakė Lia. „Mažoji Dorrit, tai Brendi ir jos mama".

„Jos kailis gražus ir švelnus", - pasakė Brendžio mama.

„Ar norėtum nuvežti iki automobilio?" Mažoji Dorrit paklausė.

„Ne, ačiū", - atsakė Brendžio mama. Tada dukrai: „Nežinau, kaip paaiškinsiu tai tavo tėčiui. Galbūt jums visoms reikėtų grįžti su manimi namo ir kartu viską paaiškinsime bei nuspręsime, ar galite važiuoti..."

„Aš turiu eiti, - pasakė Brendis. „Tai mano likimas." Ji apkabino motiną.

„Ar padėtų, jei pasikalbėtum su mano mama?" Lia paklausė ir, nelaukdama atsakymo, pagreitintai surinko jos numerį, paaiškino situaciją ir perdavė savo telefoną Brendžio mamai, kuri šnektelėjo su Samanta, paskui atidavė telefoną atgal.

Paskui jos trys skriejo po automobilių stovėjimo aikštelę, ieškodamos automobilio, o apačioje žmonės signalizavo garso signalais, fotografavo telefonais ir atsitrenkdavo vieni į kitus automobiliais bei troleibusais.

„Štai jis, - pasakė Brendžio mama.

Mažoji Dorrit nusileido, ir ji nuslydo. „Palaukite čia, o aš paimsiu dukros krepšį".

Ji grįžo ir numetė jį Brandy. „Ačiū už kelionę", - pasakė ji Mažajai Dorrit. Brandy ji pasakė: „Brandy skambink namo. Kasdien. Kaip E.T." Ji pabučiavo ją. Paskui Lijai: „Buvo malonu su tavimi susipažinti."

„Tau taip pat", - pasakė Lija, kai Mažoji Dorrit atsiplėšė nuo žemės. „Nesijaudink, mes pasirūpinsime, kad tavo dukra būtų saugi".

Brendžio motina stebėjo, kaip jos skraido, kol nebegalėjo jų matyti. Tuo metu visi smalsūs parkelio lankytojai jau buvo susiradę, į ką pažiūrėti, todėl ji sėdo į savo automobilį ir pajudėjo namų link.

Ji važiavo ilguoju keliu namo. Jai reikėjo pagalvoti, kaip visa tai paaiškins Brendžio tėvui.

SKYRIUS 6

HARUTO

Alfredaslaukė kavinės priekyje, kol savininkas, kuris laukė naujo kliento. Haruto močiutė nepaminėjo, kad klientas buvo gulbė trimitininkė. Pamatęs Alfredą, savininkas nusivedė jį prie staliuko pačiame gale. Alfredas neprieštaravo, kad būtų nuošalyje. Tiesą sakant, jam tai labiau patiko, nes ten buvo ženklas, nurodantis, kad čia negalima laikyti naminių gyvūnų - ne todėl, kad gulbės būtų laikomos naminiais gyvūnais Japonijoje ar bet kur kitur pasaulyje, apie kurį jis žinojo.

Ramiai sėdėdamas ir laukdamas, kol atvyks Haruto tėvas, jis naudojosi nemokamu kavinės WI-FI ryšiu ir sužinojo tikrai įdomių dalykų apie Japonijos kavinių kultūrą. Pavyzdžiui, Jokohamoje buvo kavinių, skirtų kačių mylėtojams, ir kavinių, kuriose buvo švenčiami ežiai.

Po penkiolikos minučių į kavinę įėjo vyras. Alfredas iškart suprato, kad tai Haruto tėvas, nes padarytas greitai žengė link jo staliuko.

„Naze watashitachiha daidokoro no chikaku ni iru nodesu ka?" - paklausė jis kavinės savininko (išvertus tai reiškia: "Kodėl mes esame šalia virtuvės?"

„Kare wa hakuchōdakara!" - pasakė savininkas prieš atsitraukdamas nuo staliuko (kas išvertus reiškia: Nes jis yra gulbė!)

Kai po kelių minučių jis grįžo su padėklu, pilnu burbulinės arbatos, savininkas pasakė: „ Mōshiwakearimasen" (kas išvertus reiškia: Atsiprašau.)

„ Īnda yo", - su šypsena atsakė Haruto tėvas (išvertus tai reiškia: Viskas gerai.)

Alfredui arbata buvo patiekta dubenėlyje, pakankamai dideliame, kad jis galėtų įkišti snapą. Jo arbata buvo šalta - gerai, nes jis nenorėjo nudeginti liežuvio ar ilgai laukti, kol ji atvės.

„Domo arigato gozaimasu", - pasakė Alfredas (išvertus tai reiškia: labai ačiū).

„Iie", - atsakė Haruto tėvas (išvertus tai reiškia: neminėk jo.)

Kurį laiką jie sėdėjo tyliai, žiūrėdami vienas į kitą ir gurkšnodami arbatą.

„Kodėl tu čia?" Haruto tėvas staiga paklausė. „Mano žmona bijo, kad norite atimti iš mūsų sūnų, o jūs negalite jo turėti. Taip, mes jį radome, bet mes esame vieninteliai tėvai, kuriuos jis kada nors pažinojo".

„Oho!" Alfredas sušuko. „Nieko neįvyks, nebent jūs to norėsite. Beje, jūsų sūnaus anglų kalba puiki, - pasakė Alfredas. „Kaip ir jūsų."

„Paglostymai čia jums nepadės. Kaip jau sakiau, jūs negalite turėti mano sūnaus". „Jei Haruto galėtų mums padėti, išgelbėti pasaulį? Ar vis tiek atsisakytum?" „Haruto yra tik berniukas. Tu esi gulbė. Ką berniukai ir gulbės gali padaryti, ko negali padaryti vyrai? Jūs negalite jo turėti." Jis sukryžiavo rankas. „O jei be jo pagalbos negalėsime išgelbėti pasaulio? O jei jis nori mums padėti?" „Haruto nieko neišmano apie gyvenimą. Jis negali jums padėti. Surask kieno nors kito sūnų, ką nors vyresnio. Ką nors, kas gimė tam, kad išgelbėtų pasaulį. Ne berniuką. Ne mano berniuką, Haruto. Ne šiandien, ne rytoj ir ne kada nors". „O jei leistume jam nuspręsti?" Alfredas pasakė. „Po to, kai viską paaiškinsiu."

„Pasakyk man viską dabar. Ir aš nuspręsiu, ką jis turėtų žinoti. Bet pirmiausia leiskite paklausti - kodėl manote, kad toks mažas berniukas kaip mano sūnus gali jums padėti?"

„Mes manome, kad jis, kaip ir mes visi, turi dovanų, unikalių dovanų. Jis nėra toks kaip kiti vaikai, ar ne? Kai Rozalija apie jį užsiminė, jis dar buvo kūdikis. Ar jis paseno greičiau nei kiti vaikai?"

Haruto tėvas papurtė galvą. „Kai jį radome prieš penkerius metus, jis buvo kūdikis. Jis užaugo, kaip ir bet kuris vaikas."

„O, atsiprašau. Rozalija neturėjo laiko atnaujinti ar papildyti savo užrašų. Vis dėlto ar nenorite, kad jūsų sūnus būtų su kitais vaikais, kurie yra tokie pat gabūs kaip jis? Jis būtų vienas iš mūsų, mūsų priimtas. O mes gerbtume jo dovanas ir jį saugotume".

„Jūs norite pasakyti, kad aš negaliu apsaugoti savo paties sūnaus?" - "Ne.

„Ne, pone. To visai nesakau. Aš sakau, kad sakau jums, jog mums jo reikia ir galbūt, tik galbūt, jam reikia mūsų. Berniukas, kuris lieka vienas, niekada negali būti toks stiprus kaip berniukas, kuris yra komandos narys."

„Galbūt jis yra vienišas. Galbūt, bet jis jaunas ir iš to išaugs". Haruto tėvas tylėjo, kol paklausė: „Kokia tavo dovana ir kas yra priešas?"

„Turiu gydomųjų galių, žmonėms ir gyvūnams - daugiausia pastariesiems. Galiu skaityti mintis. Lia gali matyti ateitį. E-Z gelbsti gyvybes. galiu gydyti ligonius ir skaityti mintis. Mes netgi turime superherojų svetainę, kurią galiu tau parodyti, jei norėtum viską pamatyti pats kaip įrodymą."

„Aš jau mačiau jūsų svetainę, - pasakė Haruto tėvas. „Jūs esate žinomi kaip *Trys*. Argi jūs trys nesate pakankamai galingi, kad įveiktumėte bet kokius priešus, su kuriais susidurtumėte? Kaip jums gali padėti toks mažas berniukas kaip Haruto? Jis vargiai prisimena, kaip išsivalyti dantis".

„Aš tai suprantu. Aš irgi turėjau sūnų, kai buvau žmogus".

„Tu kažkada buvai žmogus? Kas nutiko tavo sūnui?"

„Jie mirė, o aš buvau paversta gulbe. Tai ilga sudėtinga istorija. Svarbiausia, kad iki šiol nežinojome, jog yra kitų vaikų. Tai buvo Rozalija. Ji buvo nuostabi moteris, mintyse gebėjusi bendrauti su vaikais. Ji kalbėjosi su Lija, Harutu, Brendžiu ir Lačiu. Ji visus suvienijo ir už tai sumokėjo didelę kainą. Furijos ją nužudė, kai ji nenorėjo joms atskleisti jokios informacijos apie vaikus. Be Rozalijos mes nebūtume žinoję, kad egzistuoja kiti, ir nebūtume čia, norėdami apsaugoti tavo sūnų ar prašydami jo pagalbos nugalint tas piktąsias seseris.

„Mane pasiuntė pasikalbėti su Harutu ir paaiškinti, su kuo susidūrėme. Žinoma, jis gali atsisakyti, tu gali atsisakyti už jį - bet be jo mums gali nepavykti įveikti piktųjų deivių, vadinamų Furijomis".

Šeimininkas pasiūlė dar arbatos. Alfredas atsisakė, tačiau Haruto tėvo rankos truputį sudrebėjo, kai jis pakėlė ką tik papildytą arbatą ir gurkštelėjo.

„Ar Haruto yra jauniausias vaikas?"

Alfredas linktelėjo galva.

„Papasakok man apie kitus du naujokus."

„Brendis miršta ir atgimsta. Lačis gali kalbėti ir būti suprastas visų būtybių".

„Tai Brandy kiekvieną kartą atgimsta kaip ji pati?"
paklausė Haruto tėvas.

„Aš taip suprantu."

„Kiek jai metų?"

„To tiksliai nežinau, bet manau, kad ji paauglė."

Kodėl tai svarbu?" Alfredas paklausė.

„Todėl, kad pakartotinai atgimdama, o išlikdama žmogaus būsenoje, Brendis įstrigo Mokymosi stadijoje. Todėl jai gerai seksis su kitais, kurie yra labiau pažengę už ją. Ji mokysis iš jų ir galbūt tai padės jai pasiekti kitą pakopą."

Alfredas šiek tiek suprato, bet nieko nesakė.

„Mano sūnus nepadidintų Brendžio gyvenimo, todėl neleisiu jam dalyvauti šioje kovoje. Atsiprašau, kad gaištu jūsų laiką".

„Na, aš atvažiavau visą šį kelią - taigi, kas man pakenks, jei pasikalbėsiu su juo, dalyvaujant tau, tavo žmonai ir motinai. Suteik jam galimybę rinktis. Leisk jam apsispręsti. Jei tai jam netinka, jei manai, kad jis per jaunas ar nepasirengęs - mes suprasime, bet prašau, bent jau pasikalbėkime su juo apie tai. Pažiūrėkime, kiek jis gali suprasti. Tegul jis būna tas, kuris pasakys „ne" - tada aš grįšiu į lėktuvą ir tu manęs daugiau niekada nebepamatysi."

„Tu esi gulbė ir skraidai lėktuvu?" - garsiai nusijuokė jis. Kiti kavinės lankytojai prisijungė prie jo, nors nesuprato, kodėl jis juokiasi. Jie juokėsi, nes Haruto tėvo juoko garsas buvo užkrečiamas.

„Papasakokite, ką ir kodėl ketina daryti jūsų komanda. Tada aš nuspręsiu. Jei pavyks mane įtikinti, galbūt leisiu tau pabandyti įtikinti Haruto".

„Kai mirštame, mūsų sielos palieka kūnus ir keliauja amžinojo poilsio į vadinamąjį sielų gaudyklę. Žinau, kad tai skiriasi nuo to, kuo mes tikime, bet tai tiesa. Furijos žudo vaikus - vaikus, kurie žaidžia kompiuterinius žaidimus, - o paskui jų sielas įdeda į kitoms sieloms skirtus Sielų gaudykles. Kai kiti miršta, jų Sielos neturi kur dingti".

Haruto tėvas kelias akimirkas tylėjo.

„Jei norės, sūnau, Haruto padės. Jis pasakys, koks jo talentas. Jis pasakys tau, ką nori, kad žinotum, ir pats nuspręs".

„Ačiū, - tarė Alfredas.

Jie atsistojo, išėjo iš kavinės ir nuėjo į Haruto namus. Kai jie atvyko, tuoj pat buvo patiekta vakarienė ir visi buvo supažindinti su misija.

„Kas nutiks kitoms sieloms? Jei jos neturi kur eiti?" Haruto paklausė, padėdamas lazdeles ir gurkštelėdamas vandens.

„To mes tiksliai nežinome, - atsakė Alfredas. Jis pažvelgė į Haruto tėvą, kuris linktelėjo galva. „Bet Rozalija. Ar prisimeni Rozaliją?"

„Taip, aš ją pažinojau ir žinau, kad ji mirė", - pasakė Haruto. Jis atsisėdo labai tiesiai: „Nori pasakyti, kad jos siela neturi namų? Kaip galėčiau jai padėti pasiekti namus?"

„Džiaugiuosi, kad nori padėti, Haruto, - tarė Alfredas. „Rozalijos sielą saugiai laiko du norintys angelai, kurie praeityje padėjo mums ir E-Z. Taigi kol kas jai viskas gerai.

„Prieš paaiškindamas daugiau, noriu pasidomėti, kokių ypatingų galių turite?" ,Ne,' atsakė Harutis.

Haruto atsistojo, pažvelgė į tėvą, kuris linktelėjo galva, tada pasakė. „Aš judu labai greitai." Ir jis ėmė suktis, vis greičiau ir greičiau, kol išnyko.

„Oho!" Alfredas pasakė. „Tu tarsi išnykstanti Tasmanijos velnio versija!"

„Mes niekada nepavargstame žiūrėti, kaip jis veikia", - pasakė jo mama. Iki šio komentaro ji buvo pastebimai rami. „Grįžk, vaikeli, - tarė ji. „Grįžk."

Jis atėjo taip pat, kaip ir dingo, tik šį kartą jie nematė, kaip jis sukosi, kol vėl pasirodė. „Aš vėl alkanas!" Haruto sušuko. Jis atsisėdo, pasipildė lėkštę ir godžiai valgė.

„Ar visada esi alkanas?" Alfredas paklausė.

„Visada", - atsakė Sobo ir pasiūlė anūkui daugiau maisto. Jis linktelėjo galva, pernelyg užsiėmęs valgymu, kad atsakytų.

Harutui suvalgius savo porciją, Alfredas paaiškino, kad E-Z's bus komandos būstinė, arba bazė. Jis stabtelėjo, ieškodamas tinkamų žodžių papasakoti apie pavojų, į kurį jie visi pateks.

„Leiskite man pasakyti, prieš jums sutinkant, - kad furijos yra piktos, baisios būtybės, kurios baudžia vaikus, nors jie nepadarė nieko blogo. Jos atiminėja vaikų gyvybes ne už blogas mintis, o už blogus poelgius ir iš kitų pagrobia sielų gaudytojus. Turime jas sustabdyti ir vėl viską sutvarkyti. O jos yra nepaprastai pavojingos ir galingos deivės".

Haruto tėvas tarė: „Draudžiu tau eiti!"

„Bet tėveli, tu mane mokai, kad mano veiksmai šiame gyvenime, persikels ir į kitą. Todėl turiu sutikti."

Jis pažvelgė į Alfredą ir tarė: „Įskaityk mane!"

„Haruto, mes, kaip tavo motina ir tėvas, norime, kad tau pasisektų, bet norime, kad būtum šalia mūsų, o ne kitame pasaulio gale su svetimais žmonėmis."

Haruto pakilo nuo kėdės ir apglėbė močiutę aplink kaklą. Abu jie šnabždėjosi pirmyn ir atgal japoniškai taip, kad Alfredas negalėjo suprasti.

„Sobo sako, kad lydės mane, bet bijo, kad jos laikas jau arti. Jei ji mirs ir nebus Japonijoje, kaip jos siela ras kelią namo?"

„Su mumis dirba keletas arkangelų ir arkangelų pagalbininkų. Jie saugo Rozalijos sielą, o jei kas nors nutiktų tavo močiutei, esu tikras, kad jie saugotų ir jos sielą. Kol jų sielų gaudytojai bus pasiruošę".

„Labai tavimi didžiuojuosi, - tarė Sobo, - ir man bus labai malonu prisijungti prie tavęs skrydžio metu. Džiaugiuosi galėdamas susipažinti su likusiais superherojų vaikais. Šis Sobo turės daugiau anūkų". Ji apkabino Haruto.

Haruto motina ir tėvas prisijungė. Tai buvo šeimyninis apkabinimas. Alfredo veidu riedėjo ašaros. Gulbės verksmas yra liūdniausias dalykas žemėje.

Jiems išsiskirščius, indai buvo surinkti ir padėti plauti. Visiems buvo patiekta arbatos, išskyrus Haruto. „Paruošiu savo krepšį", - pasakė jis. „Labos nakties." „Užsisakysiu mūsų skrydžius ir pranešiu jums detales", - pasakė Alfredas.

Jis grįžo į viešbutį ir užsisakė skrydį. Tada nusiuntė visas detales Čarlzui Dikensui. Jis tikėjosi, kad Čarlzas galės juos pasitikti Hitrou oro uoste ir jie visi kartu skris pas E-Z.

Po varginančios dienos Alfredas šoko į savo „Queen Size" dydžio lovą. Jis glamžė pagalves ir žiūrėjo televizorių, kol galiausiai užmigo.

SKYRIUS 7

EN ROUTE

Kaivisi vaikai keliavo į E-Z namus, ore tvyrojo energija, vadinama viltimi. Atrodė, kad ta energija sklinda iš vieno pasaulio krašto į kitą. Taip stipriai, kad pasiekė Furiją.

Trys blogio deivės šoko aplink ugnį, kurią buvo sukūrusios katiluose iš mirusiųjų kaulų. Į viršų kilo daugiagalvis liepsnojantis kamuolys. Prieš pat jų akis jis pasidalijo į tris ugnies kamuolius.

Deivės pripildė ugnies kamuolius vis didesnės energijos, kol atrodė, kad pikti rutuliai sprogs. Tuomet jos pasiuntė juos į kelią, kad surastų ir sutriuškintų priešų širdyse gyvenančią viltį.

Pirmasis ugnies kamuolys iškeliavo į tolimiausią tikslą, suderintą susitikti ir sunaikinti E-Z, Lačį ir Kūdikį. Ugnies objektas pakeliui skyrėsi, nuo greičio lūždamas, kol tapo boulingo kamuolio dydžio. Jis nusitaikė į nieko neįtariančią trijulę, prieš kurią judėjo.

Apie artėjantį pavojų jį perspėjo E. Z. neįgaliojo vežimėlio jutikliai, kurie buvo patobulinti Hadžio ir Reiki. GPS aptiko greitai judantį negyvą objektą, kuris judėjo tiesiai į juos. „Kažkas eina tiesiai į mus!" sušuko E-Z. „Nusileiskime ir pasišalinkime nuo jo kelio".

„Righto", - pasakė Lachie, kai trijulė nusileido. Tačiau liepsnojantis kamuolys juos sekė, tarsi turėtų savo sekimo įrenginį. Kad ir kaip žemai jie būtų nusileidę, jis nepaliaujamai juos sekė.

Jie sustojo, pakibę, susibūrę į grupelę - nežinojo, ar dabar nusileisti, ar bandyti jį pergudrauti kitu būdu. Jei jie nusileistų, o tas padaras juos sektų, jis galėtų nužudyti ar sužeisti kitus. Jie nenorėjo niekam kitam kelti pavojaus dėl to, kad jis persekioja juos.

„Ką darysime?" Lachie paklausė.

„Tu ir Kūdikis pasislėpkite, o aš ir mano kėdė susitvarkysime".

„Mes tavęs nepaliksime!" Lachie sušuko, o Kūdikis linktelėjo galva.

„Gerai, tada eikite man iš paskos", - pasakė E-Z. Jis žinojo, kad jis ir jo vežimėlis yra atsparūs kulkoms, bet ar atsparūs ugnies kamuoliams? Jis ketino tai sužinoti po 5, 4, 3, 2, 1.

Mažylis ištiesė kaklą, išleido riksmą plačiai atvėręs burną - ir ugnies kamuolys pataikė tiesiai į jį. Drakono akys išsipūtė, o lūpos virpėjo, kai jis sulaikė savyje ugninį žvėrį. Tada jis nuskrido, Lačiui laikantis už kaklo, kad šis iš visų jėgų laikytųsi, ir skrido tolyn, ieškodamas vietos, kur galėtų atsikratyti to, kas degino jį iš vidaus.

Pagaliau jie rado vietą, kur jį saugiai numesti į jūrą. Kūdikis atvėrė burną, ir jis išskrido. Vis dar degantis daiktas slydo vandens paviršiumi, tarsi būtų pasiryžęs likti gyvas, bet galiausiai pasidavė ir nuskendęs vandenyne sušnypštė.

„Taip!" E-Z sušuko. „Gerai, vaikeli!"

Kūdikis ir Lačis grįžo prie E-Z: „Kas atsitiko?"

„Kūdikis buvo nuostabus! Jis numetė ugnies kamuolį į jūrą. Dabar tai tik dar vienas akmuo".

„Ačiū, Kūdikėli", - tarė E-Z. „Tai buvo šiek tiek per arti, kad būtų patogu".

„Sutinku. Ir Kūdikis nusipelnė skanėsto. Ko nors vėsaus jo gerklei".

„Kad ir ko Kūdikis norėtų", - pasakė E-Z. „Nusileiskime į apačią ir pailsėkime prieš tęsdami".

Lašis apkabino Kūdikio kaklą ir jie nuėjo žemyn nusikratyti pirmojo ir, kaip jie tikėjosi, paskutinio susidūrimo su beprotišku ugnies kamuoliu.

„Kaip manai, ar tai buvo Furijos?" Lachie pasiteiravo.

„Nemanau, kad jie žino apie mus. Turiu omenyje, jie žino, kad mes egzistuojame, bet ne konkrečiai".

„Tas daiktas nusitaikė į mus. Bandė mus nužudyti. Kas dar galėtų norėti mūsų mirties?"

„Tu teisus, jis nusitaikė tiesiai į mus. Tikriausiai tai tik sutapimas. Tikiuosi."

„Ar neturėtume įspėti kitų?"

E-Z pažvelgė į savo telefoną. Jis turėjo nulį juostų. „Mano komanda gali susitvarkyti pati, o aš nenoriu jų išgąsdinti. Tikėkimės, nes tai vienkartinis atvejis".

***

„Furijos" pasiuntė antrą liepsnojantį diską Jokohamos kryptimi. Alfredo ir Haruto lėktuvas jau stovėjo ant pakilimo tako ir ruošėsi kilti.

Ugnies kamuolys skrido jų link, bet pasirinko nelemtą kelią - pralėkė pro 59 pėdų robotą, kuris ištiesė ranką, pagavo jį ir sutraiškė. Pelenai sudegė ant apačioje esančios platformos.

Oro uoste Alfredo ir Haruto lėktuvas saugiai pakilo, ir pora taip ir nesužinojo, kad tapo taikiniu.

Trečiasis ir paskutinis liepsnojantis kamuolys nuskriejo link Finikso, Arizonos valstijoje. Jis skriejo aplink ir aplink, kelias valandas ieškodamas savo taikinio, bet jo nerado.

Mažoji Dorita buvo išskirtinis vienaragis, turintis nuo aptikimo apsaugantį skydą, kuris visada buvo parengtas. Juk jos keleivių apsauga buvo svarbiausias Mažosios Dorrit vaidmuo.

Be tikslo skridęs aplink, liepsnojantis kamuolys, užuot su greičiu suskilęs, didėjo, kol tapo kometos dydžio. Tada jis grįžo namo pas savo teisėtus šeimininkus - Furijas.

Liepsnojantis objektas, kuris neatpažino draugo nuo priešo, kelias valandas persekiojo šaukiančias Furijas po Mirties slėnį. Jos bėgo gelbėdamos savo gyvybes, kol Tisi užkeikė burtą.

Iš pradžių kamuolys sustojo ore, o trys deivės su pasitenkinimu stebėjo, kaip jis nukrito į katilą ir apsipylė grybų troškiniu.

Alli nuskrido prie jo, užspausdama dangtį.

Tuomet Furijos atmetė galvas atgal ir ją iškeikė, nes šoko, dainavo ir juokėsi.

Kol katilo viduje pasigirdo spragsėjimas. Tarsi įkaitę popkornų branduoliai. Garsai darėsi vis garsesni, nes katilo dangtis iš vidaus įdubo ir galiausiai pakilo tiek, kad naujai gimę ugnies kamuoliai galėtų ištrūkti.

Mažieji ugnies kamuoliukai, neturėdami kur trauktis, nusitaikė į Furijas, persekiodami jas, kol viena po kitos jos užgeso.

Išsigandusios, išsekusios ir susierzinusios trys deivės kvietė Erielį ateiti ir joms padėti, bet šį kartą jis neatsiliepė.

***

Skrisdamas per dangų vienas, nes Lačis ir Kūdikis keliavo lėčiau, nes Kūdikis patyrė šalutinį poveikį, kai prarijo ugnies kamuolį, E-Z įvertino savo komandą. Porą kartų eilėje jis gavo žinučių, kurios patvirtino, kad jie taip pat apie jį galvoja.

Lija atsiuntė žinutę, kuri patvirtino Brendžio galias, o Alfredas padarė tą patį dėl Haruto gebėjimų. E-Z neatsilygino pranešdamas jiems apie Lačio galias. Vietoj to jis norėjo viską peržvelgti, kad pamatytų, kaip jam ir jo septynių žmonių komandai (įskaitant Čarlzą) seksis kovoti su trimis galingomis, bet piktomis deivėmis.

Mintyse atlikdamas inventorizaciją jis priminė savo komandos privalumus:

Aš galiu skraidyti, mano kėdė taip pat. Mes esame neperšaunami, o aš esu itin stiprus. Esu geras lyderis, esu protingas ir pasižymiu stipria empatija.

Lija yra įkvepianti, empatiška, maloni, protinga, gali skaityti mintis ir į ateitį.

Alfredas yra stiprus, protingas ir kaip vyriausias narys išmintingas su amžiumi. Jis empatiškas, kartais gali skaityti mintis ir gydyti ligonius. Lačis bendrauja su būtybėmis. Jis vienišius, bet tai ne jo kaltė. Jis empatiškas, protingas. Jis žino, kaip išgyventi prieš bet kokias aplinkybes, ir jam praverčia jo gebėjimas maskuotis.

Haruto yra jauniausias, bet jis išgyvena. Jis geba suktis nematomas.

Brendis yra miręs - kelis kartus - ir vėl grįžęs į gyvenimą. Ji tikrai yra išgyvenusi.

Paskutinis, bet ne mažiau svarbus yra Čarlzas Dikensas. Jo gebėjimai nežinomi. Tačiau jis protingas, empatiškas ir geba prisitaikyti.

Naudodamasis telefonu, kai jam užteko barų, jis internete ieškojo istorinių dokumentų, kad išsiaiškintų, kokių gebėjimų turėtų Furija:

Jis taip pat žino, kad Furijos turi: antžmogišką jėgą.

Ištvermės, įskaitant didelį skausmo toleravimą.

Gyvybingumas.

Į vorą panašus judrumas.

Atsparumas sužeidimams ir itin greito gijimo galios.

Skrydis.

Persikūnijimas - į kito žmogaus pavidalą.

Nematomumas.

Jie galėjo sukelti savo aukoms skausmą.

Megė galėjo išskirti parazitus. YUCK.

Palaukite, čia rašoma, kad furijos istoriškai atstovavo teisingumui. Rašoma, kad praeityje jos kenkdavo tik nedorėliams ir kaltiesiems... kad geriesiems ir nekaltiems nėra ko bijoti. Taigi, kas pasikeitė? Kodėl jos pajuto poreikį žudyti nekaltus vaikus, tam pasitelkdamos žaidimą?

Jis skaitė toliau, svarstydamas, kaip tiksliai jie žudė vaikus. Pasak legendos, Furijos niekada fiziškai nesužeidė nė vieno skriaudiko. Vietoj to jos naudojo kaltės jausmą - kad išvarytų juos iš proto.

Jis prisiminė berniuką, kuris bandė jį nušauti. Jos buvo įtikinusios jį, kad jei jis nedarys to, ką jos liepė, jos pakenks jo šeimai. Jis galvojo, kur tas vaikas dabar yra. Ar jis buvo viename iš Sielų gaudytojų?

Jis toliau ieškojo, norėdamas išsiaiškinti, ar Sielos furijos galėjo būti gailestingos, bet nerado jokių to įrodymų.

Į sąrašą jis įtraukė tai, ką jau žinojo, - Furijos buvo mirtingieji. Tai vienas bendras dalykas, kurį turėjo jis ir piktosios deivės, todėl jam ir jo komandai reikės rasti būdą, kaip tai išnaudoti savo naudai.

Lačis ir Kūdikis pasivijo E-Z.

„Kaip sekasi Kūdikiui?" - paklausė jis.

„Dabar jam sekasi geriau", - atsakė Lachie.

Kūdikis atmetė galvą, išleido riksmą ir spurtavo į priekį.

„Palaukite manęs!" E-Z sušuko.

SKYRIUS 8

FURIJOS

Vis dar tvyrant purvinam vilties jausmui,,,Furijos"
laukė. Jos pasitaisė sudegusius drabužius ir
nusikirpo apdegusius plaukus. Laimei, gyvatės
liko nesužeistos. Kad būtų išvaizdžios artėjančiam
svečiui atvykus.

Jis buvo jų geradarys. Tas, kuris jas sugrąžino
į žemę. Pasiūlęs jiems įkurti bazę neaptinkamoje
Mirties slėnio širdyje.

Prieš ugnies kamuolio nesėkmę jie matė ženklus.
Ženklai, kad dabar viskas atsisuka prieš juos.
Pokyčiai buvo gerai, bet tik tuo atveju, jei jie juos
kontroliavo. Artėjo jų laikas. Jie turėjo būti pasirengę
judėti. Viskas sukosi jų naudai. Jiems tereikėjo to
laukti. Tada būti pasirengusiems smogti.

„Erielis, - sušnypštė Megė.

Arkangelas, jų mylimas vadas, pagaliau atvyko.

„Kas naujo?" Tisi paklausė. „Mes nusivylę visa ta
ore tvyrančia viltimi".

„Taip, šitas vilties reikalas mus užkniso." Tisi ir Allie dainavo šokdamos aplink degančią ugnį.

Jis stebėjo jas, šokančias nuogas kaip bansėjos. Spragsėjo batais, o gyvatės, kurias jos turėjo vietoj rankų ir plaukų, šliaužė ir atsitiktinai spjaudėsi.

Erielis nusileido ant jų kaip juodas debesis, nusileido, tada užlenkė sparnus ir užsidengė. Dėl jo didžiulio ūgio Furijos atrodė kaip lėlės. Jis stovėjo rankomis ant klubų, paskui nusileido ant vieno kelio, kad atsidurtų viename lygyje su jomis. Tai buvo jo būdas nusileisti iki jų lygio ir kartu išlikti virš jų. Jis norėjo, kad jie žinotų, jog dirba jam, o ne atvirkščiai.

Jis buvo pavargęs nuo to, kad seserims tai primygtinai įteigė, tačiau baiminosi, kad tai vienintelis būdas išlaikyti jas paklusnias.

„Nėra jokios vilties - ne dabar, kai dirbame kartu, - pasakė Erielė. „Ir nesijuok. Na, aš manau, kad tu gali juoktis. Būtent taip pasielgiau, kai pirmą kartą išgirdau, kad jie siunčia vaikų komandą tavęs nužudyti."

Furijai kilo isterija. Jų balsai aidėjo visame Mirties slėnyje ir išgąsdino visus paukščius.

„Tie idiotai!" Megė ištarė.

„Mes suvalgysime tuos vaikus, pusryčiams, pietums ir vakarienei", - pasakė Tisi, apsilaižydama lūpas.

„Mes nevalgome vaikų", - pasakė Alli. „Bet tu esi juokinga, sese. Viskas, ko mes norime, yra jų sielos. Ir aš negaliu prisiminti, KODĖL mes jų norime. Paaiškink tai dar kartą, brangioji sesute".

Megė tarė: „Mes vykdome Erielės įsakymą. Jis nori sielų gaudytojų, ir mes jam jų parūpiname. Kai įvykdysime jo reikalavimus, vėl tapsime Nykso dukterimis - Gerosiomis - ir vėl valdysime naktį bei darysime, ką tik panorėsime."

„Tada, jei norėsiu paragauti vieno iš vaikų - galėsiu, tiesa?" Tisi paklausė. „Man visada buvo įdomu, koks būtų jų skonis." Ji nusuko akis ir šniurkštelėjo į orą. Gyvatė ant jos galvos linktelėjo link jo.

Erielis nusišypsojo. „Tai nėra paprasti vaikai, kaip tie, kuriuos persekioji žaidimo metu. Tai gabūs vaikai, turintys galių ir gebėjimų. Vis dėlto aš jus informuosiu, ir jums prireiks mano pagalbos".

„Tavo pagalbos? Nugalėti vaikus, paprastus kūdikius?!" - nusijuokė trijulė ir savo galingais šikšnosparnių sparnais nuskrido pakilusi nuo žemės. „Mes juos nugalėsime dar prieš jiems smogiant". Gyvatės sutartinai sušnypštė ir paplojo.

„Kaip mes padarėme baltajame kambaryje. Kaip padarėme su jų drauge Rozalija. Ji mums nesakė, kas buvo pasiųstas už mūsų. Mes norėjome žinoti ir pavargome laukti, kol tu mums pasakysi. Taigi, mes ją išvedėme, - pasakė Megė.

„Taip, ir jūs vos neišdavėte žaidimo! Be to, gaila, kad neišgavote jos sielos ir neįdėjote jos į Sielų gaudyklę, - pasakė Erielis. „Dabar yra laisvų galų. Neišspręsti galai gali tapti įkalčiais tiems, kurie jų ieško".

Jie pažvelgė į dangų ir pamatė spalvų juostą, panašią į vaivorykštę, kuri tęsėsi nuo vieno šono iki kito. Tik tai buvo ne vaivorykštė, o energija. Energija tų, kuriuos arkangelai pasamdė atlikti tai, ko jie patys negalėjo padaryti.

„Mes žinome, kad jie ateina - ir jie neturės prieš mus jokių šansų!" Tisi sušuko.

Na, jiems pavyko įveikti tuos jūsų siųstus infantilius ugnies kamuolius!" Erielis sušuko. „Toks prastas ir mėgėjiškas bandymas, koks jis buvo! Man buvo gėda dirbti su jumis! Gerai, kad niekas nežino apie mūsų ryšį".

Sugniaužusi kumščius ir dantis, Furijos nepajudėjo į priekį, kol Alis pralaužė ledus.

„Seserys, jo nuomonė apie mus nesvarbi. Mes padarėme viską, ką galėjome. Buvo verta pabandyti. Be to, mes ir taip turime daugybę sielų". Ji pamaišė puodą, gurkštelėdama sriubos ant samčio, paskui ją išpylė. „Per daug druskos, - pasakė ji. Ji įpylė vandens, tada miško grybų ir šiek tiek mažų bulvyčių. „Ir kasdien renkame vis daugiau vaikų sielų. Man jau atsibodo čia laukti, kol vaikų superherojai ateis pas mus. Kad jie susiorganizuotų. Kai jie visi susirinks, kodėl mes jų tiesiog NEŽUDOME?"

„Sese, tu turi būti kantri".

„Aš pavargau būti kantri. Aš pavargau nuo - aš paprasčiausiai pavargau, - pasakė Alli. Ji pamaišė ir įmetusi keletą laukinių žolelių bei prieskonių paragavo sriubos, ir ji buvo gera. „Vakarienė paruošta, - tarė ji.

„Būsi kantri ir nesielvartausi - nebent aš tau liepsiu veikti. Tai mano žaidimas ir aš pakviečiau tave žaisti. Be manęs būsite tik trys nenaudingos deivės, miegančios likusį gyvenimą". Jis batu smogė į smėlį. „Ir labai gaila, kad turite vartoti žmonių maistą. Gana žemas lygis - nuo šiol jums reikia maisto, kad išgyventumėte. Kai valdysiu žemę ir visi Sielų gaudytojai apsigyvens čia, paspausiu **ŽEMĖS PAUZĘ.** Aš valdysiu žemę ir, jei teisingai žaisite žaidimą. Jei darysite taip, kaip prašau, būsite šalia manęs. Dalydamasis laimėjimu. Jei eisi prieš mane, tuomet grįši į dulkes".

Ištaręs žodį dulkės, jis išskleidė rankas ir sparnus, pakilo nuo žemės ir išnyko.

Furijos gurkšnodamos sriubą kartu dainavo. Gyvatės, kurios buvo alkaniausios, ją laižė, ir nors išvalė puodą, vis tiek norėjo dar.

„Dabar, kai jo nebėra, - tarė Megė, - pakalbėkime apie mūsų pačių galutinį žaidimą".

Tisi ir Alli krūptelėjo.

„Erielis tiki, kad atkurs mūsų dieviškąją būseną, bet mes neleisime, kad tas archangelas užvaldytų žemę. Kas gali pasakyti, kad jis nepaliks mūsų dulkėse, kai mes atliksime visą darbą? Archangelai ne visada laikosi savo pažadų. Mums taip pat nereikia laikytis savųjų, ar ne, seserys?"

„Kas jis galvoja, kad yra Išrinktasis?" Alli paklausė.

Megė nusijuokė. „Jis niekieno ir niekieno neišrinktas - bet mums jo vis tiek reikia."

„Taip, - tarė Tisi. „Jo savimeilė yra jo yda". Ji nuleido balsą iki šnabždesio: - Kiekvieną kartą, kai jis kalba, silpnina save. Kiekvieną kartą, kai išduoda kitus arkangelus, jis atiduoda šiek tiek daugiau savo galios."

Seserys vėl prapliupo giesme:

„Užverbuotų vaikų kraujas bus rytojaus sriuba.

Po vakarienės pasilinksminsime su hula-hoop".

Megė perėmė dainą,

„Kūdikiai, vaikai pikti mažyliai ir kalti kaip mėšlas

Mes pasakysim, kad nuimsim jų galvas, jei mums visa laimė nusišypsos!"

Alli dainavo,

„Tamsos dukterys prieš vaikus, kurie neturi nė menkiausio supratimo.

Dangus pasipils krauju, kol mes dar nesibaigėme!"

Jie kūkčiojo ir šnypštė spragsėdami bičais ir šokdami, kai mėnulis danguje kilo vis aukščiau ir aukščiau. Išvargę jie krito ant žemės ir užmigo purve. Gyvatės mieliau rinkosi tokią padėtį ir taip pat miegojo, nei visą naktį šnypšdamos ir judėdamos.

„Labos nakties, seserys", - tarė jos ratu, lygiai taip pat, kaip matė, kaip žmonės tai darė per televiziją per palydovinę anteną rodomame filme ‚Volstrytas'. Tai buvo viena mėgstamiausių jų laidų. „O ryte dar kartą peržiūrėsime planą".

SKYRIUS 9

PAFHS9

Taibuvo varžybos Sam ir Samantai, kurios laukė, kuri vaikų grupė grįš pirmoji. Nugalėtojas visą mėnesį kas vakarą kėlėsi su dvyniais, todėl statymai buvo dideli. Samas pasirinko E-Z, Liją, tada Alfredą. Samanta pasirinko Alfredą, E-Z, tada Lia.

„Bet E-Z yra Australijoje", - tarstelėjo Samanta. „Tu taip pralaimėsi. Galvosiu apie tave - NE - kai mėnesį miegosiu naktimis".

„Tu pasirinkai Alfredą, o jis skrenda lėktuvu! Juk žinai, kaip jie visada perkrauna užsakymus ir retai laikosi tvarkaraščių. O E-Z gali įvažiuoti ir išvažiuoti, kada nori, ir jo vežimėlis keliauja nuostabiai greitai! Aš taip laimėsiu, ir esu toks tikras, kad pasaldinsiu lažybas ir nustatysiu pusmetį. Ar esi pasirengęs padidinti statymą?"

Samanta apsvarstė šį naują pasiūlymą. Tokios lažybos gali pakenkti santuokai, o jiems ir taip trūko miego, kai abu kiekvieną naktį budėdavo, kad galėtų rūpintis dvyniais. Ji apkabino jį: „Tegul tai būna paprasta. Vienas mėnuo."

„Viščiukas, - pasakė Samas, apglėbdamas žmoną. Jis pabučiavo ją į kaktą, kai Džilė išleido klyksmą, prie kurio netrukus prisijungė ir Džekas. „Aš eisiu, - pasakė jis.

„Eime kartu", - pasakė Samanta, paėmė vyro ranką į savo ir jie išėjo į koridorių.

Mažoji Dorrit sparnuota grįžo atgal didžiausiu greičiu.

„Ar negalėtume nueiti į apačią ir atsigerti?" Brendis paklausė.

„Tik ne", - pasakė Mažoji Dorrit.

„Nagi, - tarė Lia, - tai užtruks tik porą minučių".

„Nenoriu tavęs gąsdinti, - pasakė Mažoji Dorrit, - bet mane apima bloga nuojauta ir noriu, kad kuo greičiau dingtume iš plento."

„Gerai", - sutiko abi mergaitės.

Jau beveik grįžusi namo, Lia nusiuntė žinutę Samantai, kad po kelių minučių jos bus namuose.

„Ak, mes abi klydome!" - pasakė ji.

„Bet vienai iš mūsų vis tiek teks kiekvieną naktį keltis su dvyniais", - pasakė Samas.

„Pasikeisime", - pasakė Samanta, kai dabar, dvyniams vėl įsitaisius miegoti, jos su Sam išėjo į sodą. Netrukus ji išvydo Mažąją Dorrit, atskridusią nusileisti.

Lia ir Brandy iššoko iš jo.

„Tai buvo tikrai šaunu", - pasakė Brandy. „Ačiū, Mažoji Dorrit." Ji apkabino vienaragį, o šis atsakė: „Nėra už ką."

„Taip, ačiū, kad mumis pasirūpinote", - pasakė Lia.

„Ar rūpinantis jumis kilo kokių nors problemų?" Samas paklausė.

„Nieko, su kuo negalėčiau susitvarkyti, - atsakė Mažoji Dorrit. „O dabar, jei kurį laiką manęs neprireiks, norėčiau atsinešti vandens ir užkandžių".

„Tu eik, - tarė Samas, - ir ačiū, kad rūpiniesi mūsų mergaitėmis".

Mažoji Dorrit mirktelėjo Samui, tada išskubėjo ir netrukus dingo iš akių.

Po prisistatymo su Sam ir Samanta Brandy paskambino namo ir pranešė mamai, kad jos saugiai atvyko.

Po kelių valandų atvyko Alfredas, Čarlzas, Harutas ir jo močiutė. Kaip ir anksčiau, vyko prisistatymai, prie kurių prisidėjo Brandy ir Lia.

„Tu negali būti tas Čarlzas Dikensas, - pakėlusi antakius pasakė Brandy. „O tu esi tik vaikas, vos išlipęs iš vystyklų", - pasakė ji Harutui, kuris atsakydamas suvirpėjo nematomas.

„Ups!" Brandy sušuko. „O tu, tu esi didelė plunksnuota gulbė! Kaip ketini mums padėti nugalėti Furijas!"

„Pirmiausia, - pradėjo Alfredas, - tu esi daug grubesnis, nei turėtum būti. Net tokia neišprususi gulbė kaip aš turi manierų."

„Anata wa gakidesu!" pasakė Haruto močiutė, kas išvertus reiškia „Tu esi bachūras!".

Iš nematomo Haruto lūpų pasigirdo kikenimas.

Lia įsiterpė ir atsiprašė: „Aš ją užpildysiu. Ji šauni. Tik duok jai šiek tiek laiko, kad įsitvirtintų, - pasakė ji. „Aš nežinojau iki šiol, kol pati nepamačiau, ką Haruto gali". Berniukui ji tarė: „Grįžk, Haruto, prašau. Ji nenorėjo įžeisti tavo jausmų."

„Atsiprašau, - nuleidusi akis į grindis ištarė Brendis.

Haruto sugrįžo, išnykdamas ir išnykdamas. Jis stovėjo apglėbęs močiutę per liemenį. Alfredas ir Čarlzas priartėjo prie jų.

„Ką tik išlipome iš lėktuvo ir esame pavargę - taigi, einame atsigaivinti. Kai grįšime, tikiuosi, kad uždėsite jai pavadėlį arba užklijuosite burną lipnia juosta. Arba išmokysite ją manierų, - pasakė jis ir su kitais dviem išėjo į koridorių.

„Oho!" Brendis ištarė. „Tiesiog WOW! Aš pasakiau, kad atsiprašau."

„Ne, jis buvo teisus, - pasakė Lija.

Samanta pasakė: „Dabar tu esi mūsų namuose ir mes nenorime, kad su kuo nors nemandagiai elgtumeisi".

Samas sudėjo rankas ant krūtinės, kaip tik tuo metu, kai dvynės vėl pradėjo klykti.

„Jie tikriausiai yra alkani. Nesijaudink, aš susitvarkysiu, - pasakė Samanta, bet prieš išeidama žvilgtelėjo į Brendį.

„Brandy, tu esi keistoje vietoje, kur dar nepažįsti nieko, išskyrus Liją ir Mažąją Dorrit, - pasakė Samas. „Jei nori būti šios komandos dalimi, nugalėti Furijas - tuomet turi dirbti kartu. Įžeidinėti savo komandos draugus nėra veiksmingas būdas pradėti. Siūlyčiau dar kartą atsiprašyti taip, kaip rimtai galvojate, kai jie sugrįš, ir paprašyti pradėti iš naujo."

Brendžio akys prisipildė ašarų: - Tiesiog nustebau, pamatęs kitus komandos narius, su kuriais teks dirbti. Bet tu teisi, dar kartą atsiprašysiu ir paprašysiu dar vieno šanso. Tikiuosi, kad jie man atleis. Mama visada sako, kad esu per daug atviraširdė, kad man tai būtų naudinga".

Lia nusišypsojo. „Alfredą pamilsi, kai tik jį pažinsite. Tai pirmas kartas, kai ir aš asmeniškai susipažinau su Čarlzu. Čarlzas atsidūrė keistoje situacijoje. Kai jam buvo dešimt metų, tai buvo 1822-ieji. Pagalvokite apie tai. Ir aš taip pat pirmą kartą susitinku su Harutu ir jo močiute".

„Tai beprotiška! Džeimsas Monro tada buvo prezidentas - ir jis buvo penktasis mūsų prezidentas!" Brendis krūptelėjo. Ji švelniai alkūne palietė Liją: - Mama ir tėtis būtų labai sužavėti, kad prisiminiau šią informaciją! O tas vaikinukas, turiu omenyje Haruto, jis atrodo per jaunas, kad rizikuotų savo gyvybe."

Lija nusijuokė ir Samas prisijungė, tada išgirdęs, kad žmona kviečia jį padėti dvyniams, išskubėjo iš kambario.

Čarlzas atsakė: - Kai paskutinį kartą čia buvau, soste sėdėjo Jurgis IV. Bent jau nereikia jaudintis, kad kitais metais vėl grįšiu į darbovietę, - pasakė jis su šypsena, kuri greitai išblėso.

Lia nevalingai išleido šūktelėjimą, o Brendis apsipylė ašaromis ir ištarė: „Man labai gaila, Čarlzai".

„Ak, vadinasi, esi girdėjusi apie darbovietes", - pasakė jis. „Bet aš esu čia, išgyvenau ir, matyt, pasinaudojęs savo patirtimi parašiau apie tokius personažus kaip Oliveris Tvistas ir Mažoji Dorritė, jei paminėsime du. Taip, skaičiau apie save internete ir turiu jums pasakyti, kad net pats sau padariau įspūdį".

„Tu dar nesi susipažinęs su Mažąja Dorrit vienaragiu, - pasakė Lija. „Ji išėjo atsigaivinti, bet netrukus grįš".

„Kas?" Čarlzas pasiteiravo.

Pagal signalą Mažoji Dorrit vėl pasirodė sukdama ratą virš jų galvų ir greitai nusileido.

„Mažoji Dorrit, tai Čarlzas Dikensas. Čarlzai, tai Mažoji Dorrit, - pasakė Lia.

Čarlzas liko be žodžių, nes draugiškas vienaragis prisiglaudė prie jo. „Niekada nė per milijoną metų nesvajojau, kad sutiksiu vienaragį".

„Malonu susipažinti, Čarlzai, - tarė Mažoji Dorrit.

Čarlzas sudejavo: „Ir dar protingas kalbantis!" Jis norėjo užduoti jai milijoną klausimų, bet jie turėjo palaukti, nes danguje nusileido E-Z, Lachie ir Baby.

„Ar aš pabudau, ar sapnuoju?" Čarlzas paklausė.

„Paspausk mane, kad būčiau tikras."

Kūdikiui nusileidus ir Lačiui nulipus, aplinkui vyko prisistatymai, nes E-Z nuskubėjo į vidų pasinaudoti tualetu. Kai jis grįžo, prie jų prisijungė Samas ir Samanta su dvyniais, Haruto ir Alfredas.

„Visa gauja čia, - pasakė Alfredas.

„Ar galiu pasikalbėti su tavimi ir Haruto, - paprašė Brendis. Kai jie linktelėjo galva, ji pasakė: - Man labai, labai gaila. Prašau atleisti man už šiurkštumą ir suteikti man antrą šansą". Ji pažvelgė į savo kojas.

„Padarykime taip, kad pradėtume iš naujo, - pasakė Alfredas.

„Saikai suru", - pasakė Haruto, paskui išvertė: ,Tai, ką jis pasakė'.

„Anata wa yurusa rete imasu", - pasakė Haruto močiutė, o tai išvertus reiškia: ,Tau atleista'.

Kūdikis ir mažoji Dorrit, stovėdami vienas šalia kito, buvo labai keistas reginys. Mažoji Dorrit nebuvo maža, ji buvo vienaragis, kurio ūgis viršijo 8 pėdų, o Kūdikis savo ūgiu nebuvo kūdikis, nes jo ūgis viršijo 18 pėdų.

„Ech, manau, kad jums abiem - turiu omenyje Kūdikį ir Mažąją Dorrit - reikės susirasti kitą vietą miegoti, nes sodas nebus pakankamai didelis jums dviems", - pasakė E-Z.

Mažoji Dorrit pasakė: „Aš žinau vieną vietą ir mes galėsime gauti ko nors skanaus pavalgyti, taip pat vandens".

„Man skamba gerai", - pasakė Kūdikis.

Haruto močiutė paglostė kūdikiui galvą ir paklausė: „Josha wa dodesu ka?", kas išvertus reiškia: „Kaip dėl pasivažinėjimo?".

Kūdikis atsakė: „Tashika ni, tobinotte!", o tai išvertus reiškia: „Žinoma, įšok!"

Haruto pribėgo ir pasakė: „Matte watashi o wasurenaide!", kas išvertus reiškia: „Palauk, nepamiršk manęs!".

Kūdikis nusileido žemyn, kad Haruto ir jo močiutė galėtų užlipti jam ant nugaros. Jie nuskrido, o mažoji Dorrit sekė netoliese.

Samas pasakė: „Manau, kad visi turėtų įsikurti, o rytoj galėsite kalbėtis ir planuoti iki soties".

„Gera mintis, - pasakė E-Z, kai Kūdikis išlaipino Haruto ir jo močiutę. Sobo plaukai stojosi ant kojų, tarsi ji būtų įkišusi pirštą į lizdą.

Kadangi Haruto močiutė buvo be žodžių, Samanta nusivedė ją į savo kambarį. „Haruto miega mano kambaryje, - pasakė ji.

„Žinoma, tuoj grįšiu." Ji nuėjo koridoriumi į E-Z kambarį.

„Kaip sekėsi?" E-Z paklausė Haruto.

„Subaraši!" - sušuko jis, kas išvertus reiškia ,Fantastiška!'.

„Šiandien mums atvežė lovą ir dviaukštes lovas, - pasakė Samas, - taigi, Haruto, Čarlzai ir Lačis, jūs esate su E-Z ir Alfredu jų kambaryje. Alfredas miega E-Z lovos gale."

„Ačiū, - tarė E-Z, kai jie nuėjo į jo kambarį. „Beje, - pasakė jis, kai jie liko vieni, - ar kas nors iš jūsų neturėjo problemų pakeliui atgal?"

Alfredas atsakė, kad ne.

„O tu, Lia?" - mintyse paklausė jis.

„Ne."

„Taigi, kas nutiko?" Alfredas paklausė.

„Na, mūsų pėdsakais ėjo liepsnojantis ugnies kamuolys".

Lia krūptelėjo.

„Bet dėl greito Kūdikio mąstymo jis buvo sunaikintas".

„Kaip jam pavyko jį sunaikinti?" Alfredas pasiteiravo.

„Kūdikis jį nurijo, o paskui numetė į vandenyną."

„Tai baisu", - pasakė Harutas.

„Aš vis dar šiek tiek nerimauju dėl Kūdikio, - pasakė E-Z, - nes grįždamas pastebėjau, kad jis porą kartų kosėjo ir čiaudėjo."

Lašis pasakė: „Iš jo burnos ir šnervių net išskriejo viena kibirkštis. Jis sako, kad jam viskas gerai, bet aš jį atidžiai stebiu".

„Mes juk negalime jo nuvežti pas veterinarą, ar ne?" Alfredas pasakė.

Haruto nusijuokė ir nusijuokė.

„Kas čia juokingo?" E-Z pasiteiravo.

„Hyoryu Doragon", - pasakė jis. „Hyoryu Doragon!" - kas išvertus reiškia „drakonų veterinaras", - ir jis vėl riktelėjo iš juoko.

Alfredas ir E-Z gūžtelėjo pečiais, kaip ir Čarlzas, kuris pakeitė temą ir paklausė, ar kiti nemano, kad jie turėtų sugalvoti naują pavadinimą savo komandai, nes dabar jų yra ne trys, o septyni.

„Galbūt, - atsakė E-Z.

„Kokios mūsų pagrindinės savybės?" Čarlzas paklausė.

„Pažadas", - pasiūlė Haruto, nes nusiramino ir nustojo juoktis.

„Siekiamybė", - pasakė Čarlzas.

„Tikėjimas", - pasakė E-Z.

„Viltis", - pasakė Alfredas.

Samanta kelias minutes klausėsi už durų. Visi skambėjo pakankamai draugiškai, todėl ji grįžo pasikalbėti su Haruto močiute.

„Haruto įsikūrė su kitais berniukais ir jie šnekučiuojasi. Jei nori, rytoj gali jį perkelti čia. Čia jis turi savo lovelę. Jie planavo naują pavadinimą savo superherojų komandai - nenorėjau nutraukti jų smegenų šturmo sesijos".

Haruto močiutė linktelėjo galva: „Ačiū."

Dabar į pokalbį kambaryje įsitraukė Lia ir Brandy.

„Jėga x 7", - pasiūlė merginos.

„Ech, ji kartais gali skaityti mūsų mintis", - patvirtino E-Z.

Čarlzas sušuko: „O kaip dėl PAFHS7?"

„Man patinka, - pasakė E-Z, - bet ar nepamirštame dviejų pagrindinių mūsų komandos narių? Turiu omenyje Mažąją Dorrit ir Kūdikį. Jie yra neatsiejami nariai ir jau porą kartų gelbėjo mums užpakalius".

Alfredas pakartojo žodžius, kaip ir Haruto.

„O kaip dėl PAFHS9!" Lia ir Brendis susižvalgė.

PAFHS9 negalėjo susilaikyti, jie juokėsi - kol išgirdo, kad kažkas vaikšto virš jų galvų ant stogo.

„Kas, po velnių, tai buvo?" paklausė E-Z.

„Jūūūūūū! Tai mes!" Rafaelis atsakė. „Erielis ir aš.

SKYRIUS 10

TRIUKŠMAS ANT STOGO

Samaspagalvojo, kad Kalėdos atėjo anksčiau, kai su chalatu išlindo į lauką ištirti triukšmo ant stogo. Jis nematė, kas ten viršuje, kol atsidūrė viduryje vejos.

„Ššššš!" - sušnabždėjo jis. „Ką tik užmigdėme kūdikius".

Arkangelas nieko neatsakė. Vietoj to jie pakraipė galvas kaip du barami vaikai.

„Ar norėtumėte įeiti į vidų?" - paklausė jis.

„Labai ačiū", - atsakė Rafaelis.

POOF

POW

Ji ir Erielis dingo.

Samas iškart nepajudėjo iš vietos ant vejos. Jo kojos buvo šlapios nuo rasos ant žolės, ir kai jis susikišo kumščius į chalato kišenes, pastebėjo Mažąją Dorrit ir Kūdikį, besisukančius aplink namą.

„Ar viskas gerai ten apačioje?" paklausė Mažoji Dorita.

„Taip, - atsakė Samas, - bet tam atvejui neikite per toli. Aš sušvilpsiu, jei prireiks pagalbos." Jis mostelėjo ranka ir vėl įėjo į namą, kuris dabar buvo pilnas balsų ir kėdžių barškėjimo. Jis sukando dantis ir tikėjosi, kad dvyniai ramiai miega. Dabar virtuvėje jis pastebėjo, kad visi, išskyrus Haruto močiutę, yra atsibudę.

Rafaelis, kuris sėdėjo stalo priekyje, dabar priminė moterį, kuri viešbutyje buvo apsirengusi slaugytojos drabužiais, kai Alfredui buvo išgelbėta gyvybė. Jos ilga, į išleistuves panaši plazdanti suknelė didino jos statusą tarp kitų, tarsi ji būtų sėdinti profesorė ar teisėja.

Kita vertus, Erielis buvo pakeitęs savo išvaizdą taip, kad atrodė kaip miręs dainininkas, kurio firminis ženklas buvo nuo galvos iki kojų apsirengti juodai, įskaitant akinius nuo saulės su tamsiais apvadais.

„Ar mums reikia daugiau kėdžių?" Samanta pasiteiravo.

„Manau, kad mums užteks, - atsakė Samas.

„Tikiuosi, kad tai neužtruks labai ilgai. O ir E-Z, tu užimk kitą stalo galą, nes esi mūsų išrinktas vadovas."

„Ačiū", - tarė E-Z, persikeldamas į savo vietą. „Tai ką, po velnių, jūs abu čia veikiate vidury nakties?"

Brendis nusijuokė: „Ir kas sakė, kad aš esu nemandagi?"

Lia tarė: „Šššššš."

Rafaelis pažvelgė į kiekvieną iš vaikų. Tai buvo pirmas kartas, kai ji matė Haruto, Čarlzą, Brendį ir Lašį. Jie visi buvo tokie neįtikėtinai jauni, tokie drąsūs. Jos akys suspindo, kai žvilgsnis nukrypo į E-Z. Ji palenkė galvą.

E-Z palaukė, tada suprato, kad Rafaelis prašo jo leisti jai kalbėti. Jis linktelėjo galva.

Prieš pradėdama kalbėti Rafaelė pasitaisė savo naujuosius akinius. Ji privertė E-Z pakoreguoti savo senuosius akinius, kurių jis, kaip prašė jų savininkė, niekada nenusiėmė nuo veido.

Čarlzas, kuris labai neįprastai darėsi vis nekantresnis, paklausė: „Ponia, kodėl aš čia esu dešimtmetis berniukas, kai būdamas suaugęs būčiau kur kas naudingesnis šiai komandai.“

„TYLĖK!“ Erielis sušuko trenkdamas kumščiais į stalą. „Mes turime žodį. Kalbėk, sese, nes šie vaikai tampa vis nekantresni. Jų akys mirga ir trykšta po kambarį. Tarsi jie tikėtųsi, kad tu juos įmesi į karšto vaško indus!“

„Grubiai!“ Brendis sušuko. „Aš tavęs nebijau!“

Čarlzas nusišypsojo Brandy.

„Turėtum bijoti“, - tarė Erielis su grimasa. „Labai bijoti.“

„Tvarka! Tvarka!“ Rafaelis sušuko ir ji palaukė, kol visi susėdo ir tapo ramesni. „Šį vakarą mes čia susirinkome dėl JŪSŲ“. Rafaelis pasakė gana garsiau, nei ji tikėjosi.

„Čia! Čia!“ Erielė įsiterpė.

„Kaip tai?“ E-Z paklausė.

„Ji tau pasakys, jei nutilsi!“ Eriel pareiškė.

Rafaelis vėl palaukė, kol ji vėl prabilo.

„Nėra laiko įmantriems planams ar delsimui. Furijos sėja chaosą, kasdien vis dažniau pirataudamos sielų gaudyklėms. Išmeta senas sielas į atvirą tuštumą. Ten visiškas chaosas! Ir su kiekviena sekunde, kiekviena minute, kiekviena dienos valanda jos sukuria dar daugiau. Trumpai tariant, juos reikia sustabdyti. Nedelsiant."

„Bet..." Alfredas tarė: „Jūs net neužsiminėte apie vaikus."

Erielis pakilo nuo kėdės. Jis pažvelgė į Alfredą, priversdamas jį atsimerkti. „Ji dar nebaigė TIKRAI".

Šį kartą Rafaelis tęsė nesivaržydamas.

„Mes, Erielis ir aš, esame čia tam, kad duotume tau patarimų - tiesiogiai nedalyvaudami. Mūsų misija - padėti jums, padėti sau išgelbėti vaikus".

E -Z nepatiko, kaip tai skamba, visai ne. Jis trenkė kumščiais į stalą.

„Mes jau sutikome kovoti su Furijomis. Pirmiausia turime pasiruošti, sudaryti planą. Kai būsime pasiruošę, juos sunaikinsime. Jei atėjote čia mūsų skubinti, stumti į mūšį dar neatėjus tinkamam laikui, tuomet, kadangi esu išrinktas lyderiu, norėčiau pasitraukti. Mes dar tik vaikai, o jūs prašote mūsų rizikuoti savo gyvybe. Aš nesu, mes nesame pasirengę judėti pirmyn, kol nebūsime visiškai pasirengę".

Lija atsistojo pirmoji ir ėmė ploti, prie jos prisijungė ir likusi komanda.

„Ką jis ir pasakė, - sumurmėjo Alfredas, nes gulbės nemoka ploti.

„Palaukite!" Rafaelis pasakė. „Mes čia ne tam, kad tave stumdytume, mes čia tam, kad tau padėtume". Erielio spalva pasikeitė iš baltos į raudoną, itin kontrastuodama su jo juoda apranga. E-Z ir kiti žiūrėjo, kaip archangelo veido spalva toliau raudonuoja, baimindamiesi, kad jo galva gali sprogti.

„Nusiraminkite ir sėskitės!" Rafaelis įsakė. Erielis kelis kartus giliai įkvėpė ir vėl nugrimzdo į savo vietą. Rafaelis išliko ramus, iškėlęs galvą. Ji pastūmė savo kėdę atgal ir pakilo. Ir kilo tol, kol atsidūrė aukščiau už kitus. Ji įsitaisė, tarsi važiuotų stebuklingu kilimu, ir pakreipė galvą į dešinę, tarsi pozuotų asmenukei.

„Esame atsidavę jums ir užduočiai, bet mūsų galios turi ribas. Jei jums pažįstamas posakis „mes esame čia dėl jūsų dvasia", - tai mes tokie ir esame. Šiandien, atvykę čia, į jūsų namus, mes sugriovėme visas taisykles. Tai padarėme nepaisydami savo viršininkų patarimų ir sveiko proto.

„Atvykę čia, mes susidūrėme su nematytais ir nežinomais pavojais, bet jūs verti tokios rizikos. Štai kodėl nusprendėme atvykti ir pasiūlyti savo pagalbą asmeniškai".

„Be to, suprantame, kad jūs kūrėte planą, o mes esame čia kaip jūsų patarėjai. Galite jį išbandyti su mumis, pažiūrėti, ar jis pasiteisins. Jei pastebėsime kokių nors trūkumų, nurodysime juos ir padėsime jums".

E-Z pažvelgė į savo komandos narius, kurie vėl atsisėdo atgal. „Svarstome galimybę įtraukti deives į žaidimą ir ten jas nugalėti".

„Aha, suprantu, - tarė Rafaelis. „Jūs tikite, kad galite nugalėti jas jų pačių žaidime, taip sakant, gudriai. Gana protinga, bet bijau, kad nepakankamai protinga".

„Ką turite omenyje?"

„Jie sugalvojo, kaip manipuliuoti ir kontroliuoti visus žaidimų pasaulio žaidėjus. Jie žino kiekvieną triuką - nes pramonė palengvino tai, kai jau esi žaidime. Kad galėtum žaisti, turi žudyti. Norėdami tobulėti, turite žudyti. Norėdami laimėti, turite žudyti.

„E-Z" žaidimų pasaulio viduje taip pat turėsite žudyti. Kai tai padarysite, tapsite sąžiningu žaidimu „The Furies". Jos gali pagauti kiekvieną iš jūsų, vieną po kito. Ten negalėsite stovėti kaip komanda. Komandos šiame žaidime yra tik iliuzijos. Nė vienas žaidėjas nebus apsaugotas nuo jų kerštingo sąmokslo.

„Atminkite, kad deivės turi įgaliojimus - tai nubausti nenubaustuosius. Ir jos jo tiksliai laikosi, jokių „jeigu", „ir" ar „bet". Tačiau jos savo naudai išnaudoja pilkąją zoną. Niekas jų nesustabdys, jei jos laikysis įgaliojimų." Ji sustojo ir pažvelgė į Erielį: „Nori ką nors pridurti?"

„Jei būčiau tavo vietoje, - tarė jis, - atvirame lauke puldinėčiau juos iš karto. Ten, kur ir tada, kai jie mažiausiai to tikisi. Taip atsidurtum galios pozicijoje ir padarytum juos pažeidžiamus."

„Tai jei jie mūsų nepastebės arba nenujaus, kad ateiname jų paimti, - pasakė Brendis. „Vis dar nesuprantu, kaip jie žudo vaikus. Turime tai matyti, kad suprastume ir žinotume, su kuo susiduriame. Sakiau, kad padėsiu, bet tikrai tikėjausi konkretesnės informacijos".

„E-Z, - paklausė Rafaelis, - ar nori grąžinti man mano akinius? Trumpam laikui? Su jais galėsiu parodyti tau Furijų techniką. Kaip jie į žaidimą įpainioja vaikus realiuoju laiku. Brendis teisus, matyti - tai tikėti, bet aš negaliu to padaryti be savo originalių akinių. Tik tu gali priimti tokį sprendimą. Jei tikrai norite pamatyti. Jei tikrai norite sužinoti."

„Šaunu, - pasakė Brendis. „Pradėkime, E-Z."

Erielis pažvelgė į lubas. „Ophanielis mane iškvietė. Dabar turiu eiti." Jis nusilenkė.

ZIP

Jis dingo naktyje.

E-Z nusiėmė raudonus akinius ir juos sulankstė, prieš paduodamas Rafaeliui, kuris vis dar plūduriavo virš stalo. Akiniai, kai ji ištiesė ranką jų paimti, įskriejo jai į rankas.

Rafaelis nuėmė naujuosius akinius ir nupoliravo senuosius, prieš užsidėdamas juos ant veido. Ji nusišypsojo, nes ji ir visi kiti kambaryje stebėjo, kaip kraujas gyvatiškai juda aplink rėmelius, tarsi iš naujo susipažindamas su ja.

Kai kraujas akiniuose vėl pradėjo tekėti kaip Rafaelio, ji užsidėjo juos ant veido, tada nusitaikė į sieną, nes nuo akinių sklido galingos ryškios strobinguojančios šviesos, kokias galima tikėtis pamatyti kino teatre.

„Prieš pradėdami, - tarė Rafaelis, - tai ne silpnų nervų žmonėms. Tai, ką jūs pamatysite, yra įvertinta kaip suaugusiesiems skirtas palydimasis filmas. Nemanau, kad Haruto turėtų tai pamatyti".

Samanta pasakė: „Nagi, Haruto. Mes su tavimi galime šiek tiek pažiūrėti televizorių kitame kambaryje".

Abu išėjo. Ir prasidėjo spektaklis.

Ekrane pasirodė mažas berniukas. Maždaug septynerių, gal aštuonerių metų. Nors buvo vidurnaktis, jis sėdėjo prie kompiuterio. Ant galvos buvo užsidėjęs ausines. Priešais jo burną buvo mažytis mikrofonas, kuris buvo pritvirtintas prie ausinių.

„Turiu!" - pasakė jis. „Man reikia tik dar vieno nužudymo, tada pereisiu į kitą lygį."

HHIIIIIIIIIIIISSSSSSSSSS.

Ir jie taip pat galėjo jį išgirsti.

„Tu esi žudikas!"

"Žudo tik blogi berniukai - o tu esi blogas berniukas. Ar tavo mama žino, koks blogas berniukas žudikas esi?"

„Aš žaidžiu žaidimą", - pasakė jis. „Tai tik žaidimas, ir jei nežudysiu, negalėsiu žengti į priekį".

„Vargšas vaikas", - pasakė E-Z.

Tyla.

Berniukas tęsė žaidimą. Netrukus atėjo laikas jam vėl žudyti. Šį kartą jis suabejojo.

"Pirmyn. Vieną kartą nužudei, žinai, kad buvo smagu, tad pirmyn ir žudyk dar kartą. Juk žinai, kad nori".

„Ne!" - pasakė jis.

"Tai nesvarbu. Mums reikia tik vieno nužudymo!"

Tada šnypštimas vėl tapo labai garsus, vis garsesnis, garsesnis, dar garsesnis.

„Nustok!" - sušuko jis.

„Nustok, Rafaeli!" Lia sušuko.

„Aš negaliu", - atsakė arkangelas. „Tu sakei, kad nori pamatyti, kaip jie tai daro. Jei kuris nors iš jūsų per daug išsigando, išeikite iš kambario arba užsidenkite akis. Brendis buvo teisus, turite tai pamatyti patys. Iki šiol ir aš to nemačiau".

HHIIIIIIIIIIIISSSSSSSSSS.

Eikite toliau. Vieną kartą nužudei, žinai, kad buvo smagu, tad pirmyn ir žudyk dar kartą. Juk žinai, kad nori".

Eik toliau. Vieną kartą nužudei, žinai, kad buvo smagu, todėl pirmyn ir žudyk dar kartą. Žinai, kad nori."

Eikite toliau. Vieną kartą nužudei, žinai, kad buvo smagu, tad pirmyn ir žudyk dar kartą. Žinai, kad nori."

„La, la, la, la, la, - dainavo berniukas. Stengėsi užgožti balsus.

„Jis išprotėjo", - pasakė jo draugas, taip pat žaidžiantis žaidimą. „Aš išeinu. Pasimatysime rytoj mokykloje, Tommy".

„La, la, la, la, la!" Tommy toliau dainavo. Jo pulsas padažnėjo. Jo širdies plakimas pagreitėjo. Ji daužėsi ir daužėsi, tarsi norėdama ištrūkti iš krūtinės. Jis negalėjo kvėpuoti. Jis bandė atsistoti, bet kojos virto drebučiais.

Jis išgirdo balsą savo galvoje. Jis skambėjo kaip jo motinos balsas, bet taip nebuvo.

"Mums taip gėda dėl tavęs, Tommy. Mes nenusipelnėme, kad mūsų sūnus būtų žudikas!"

Antras balsas, kuris skambėjo kaip jo tėvo.

"Mūsų sūnus nėra žudikas, kas tu toks? Tu nesi mūsų sūnus."

Tommy verkė.

„Aš esu žudikas", - pasakė jis, kai nusirito nuo kėdės ir susmuko į kamuoliuką ant grindų.

Dabar iš ekrano pasigirdo dar du balsai. Jo brolis Aleksas, jo sesuo Katie, kartu su tėvais dainuojantys dainą, dainą, kuri skambėjo pagal populiarią vaikišką melodiją apie šilkmedžio krūmą. Jų versija skambėjo taip:

„Tommy is a mur-der-er; mur-der-er, mur-der-er, mur-der-er, mur-der-er, Tommy is a mur-der-er, And we don't love him anymore."

Dabar vargšas Tomis buvo visiškai vienas.

„Nepasiduok", - šaukė Lija, nors žinojo, kad jis jos negirdi.

Ant grindų susisukęs į kamuoliuką jis įsivaizdavo, kad mama, tėvas, sesuo ir brolis šoka aplink jį. Jie sukosi aplink jį kaip grifas aplink grobį.

„Tommy yra mur-der-er; mur-der-er, mur-der-er, mur-der-er, mur-der-er, Tommy yra mur-der-er, Ir mes jo nebemylime".

Tomio širdis buvo sudaužyta. Ji išsiveržė iš jo kūno ir išskrido.

Furijos ją pagavo ir įkišo į Sielų gaudyklę. Jos užtrenkė duris.

Rafaelis nusiėmė akinius. Tuoj pat baigėsi sieninis projektorius. Kai ji atidavė akinius E - Z, jos skruostu nuriedėjo ašara.

Aplink stalą stojo kurtinanti tyla.

Prieš jas raganos, apie kurias Šekspyras rašė „Makbete", atrodo malonios, - pasakė Alfredas.

„Nesuprantu, kaip mano gebėjimas maskuotis ar kalbėtis su gyvūnais padės, ne prieš juos, - pasakė Lačis.

„Aš nužudyčiau vieną, numirčiau, grįžčiau, nužudyčiau antrą, numirčiau, grįžčiau ir nužudyčiau trečią", - sakė Brendis. „Leiskite man juos sučiupti!"

„Palaukite minutėlę", - pasakė E-Z. „Dabar, kai jau pamatėme, turime apie tai pasikalbėti. Prieš pasinerdami į vidų. Gal turėtume iš naujo balsuoti? Mūsų dalyvavimas turi būti vienbalsis".

Samas prabilo. „Nereikia gėdytis, pasakyti ne. Niekas jūsų nepaskyrė pasaulio gelbėtojais".

„Jis teisus, - pasakė Rafaelis. „Niekas jūsų nepaskyrė - tačiau nėra kito, kuris galėtų tai padaryti.“

„Kodėl jūs, archangelai, negalite to padaryti?“ Brendis paklausė.

„Išbandėme viską, ką žinojome, ir nepavyko. Todėl ir atėjome pas jus, - pasakė Rafaelis. „Ir vieną dalyką noriu jums visiems paaiškinti... Jei kada nors ateis akimirka, kai baiminsitės, kad artėja pabaiga, būtent tada mes ateisime jums padėti.“

„Kaip tada ketinate mums padėti, kai ką tik pasakėte, kad esate nenaudingi?“ Čarlzas paklausė.

„Būtent to ir norėjau paklausti“, - tarė Brendis.

„Jei, kai, pabaiga bus arti... mums, archangelams, bus suteiktos kitos galios. Kol jų prireiks, tos galios miega giliai žemės gelmėse.

„O kol kas, E-Z, tu žinai stebuklingus žodžius, kuriais gali pasikviesti Erielį į savo pusę. Tais pačiais žodžiais iškviesi mane ir kitus, jei tau mūsų prireiktų.

„Mes ateisime. Mes kovosime kartu su jumis. Bet prašau, nepraleiskite progos kviesti. Kad senovės jėgos pabustų, turi būti neabejotinų įrodymų, jog žmonių rasės pabaiga neišvengiama.“

„O kas bus, jei mes jus pakviesime, o galios, kurias sakote, kad turėsite, neatvyks. Kas tada?“ E-Z paklausė.

„Tada mes mirsime kartu su jumis“.

E-Z trenkė kumščiais į stalą.

„Matant juos veikiant, man užverda kraujas. Turime juos nugalėti.“

„Čia! Čia!" Čarlzas sušuko.

„Bet pirmiausia, - tarė Samas, - prieš siųsdamas juos į mūšį, turi papasakoti šiems vaikams. Tiksliai papasakok jiems, kaip tu ir kiti arkangelai bandėte nugalėti Furijas".

„Kai sužinojome, kad jos grįžo, paspendėme joms spąstus. Jis mus išdavė, išdavė, o tada jie persikėlė į Mirties slėnį. Dabar Mirties slėnis archangelams yra uždraustas".

„Už ribų? Kas jį tokį padarė?"

„Tai klausimas, į kurį negaliu atsakyti. Žinau tik tiek, kad nepaprastai galingų archangelų komanda nesugebėjo pralaužti jų įrengtų apsauginių barjerų."

„Tai ir viskas?" Brendis paklausė. „Tai viskas, ką bandėte, ir norite, kad dabar mes perimtume valdžią. Tikrai."

Rafaelis uždėjo rankas ant klubų: „Mes esame archangelai ir mūsų galios žemėje ribotos." Ji nusijuokė: „Mūsų galios kitur irgi ribotos."

„Gerai, gerai", - tarė E-Z. „Mes suprantame. Neturime pasirinkimo, ne visai, bet palikite tai mums".

„Labai gerai, - tarė Rafaelis. „Bet prieš išeidamas, Čarlzai, norėjau atsakyti į tavo klausimą. Archangelai tavęs neiškvietė ir neišleido. Manome, kad jūsų buvimas čia yra atsitiktinis.

„Mes taip pat nemanome, kad Furijos apie tave žino. Galbūt tu esi slaptas ginklas. Gali būti, kad savyje turite milžiniškų galių.

„Sakėte, kad norėjote, jog būtumėte atgabentas kaip suaugęs žmogus. Jūsų amžius šiandien yra reikšmingas. Mes tikime, kad vaikai savo rankose laiko žmonijos ateitį. Tik vaikai gali nugalėti grynąjį blogį".

„Bet kodėl tik vaikai?" Čarlzas pasiteiravo.

„Todėl, kad jie gimsta tyros širdies", - atsakė Rafaelis.

Čarlzas šiek tiek aukščiau atsisėdo savo vietoje.

Rafaelis tęsė: - Čarlzai Dikensai, nebijok eksperimentuoti ir atskleisti savo tikrojo „aš". Tavyje gali būti durys, kurias tik tu gali atidaryti. Raktas.

„Pats faktas, kad tarp tavęs, E-Z ir Semo yra kraujo linija, yra reikšmingas. Nebijokite rizikuoti, rizikuoti viskuo, kad surastumėte tą raktą. Esate čia tam, kad padėtumėte išgelbėti žmoniją. Dėl to nėra jokių abejonių. Išmintingai išnaudokite čia praleistą laiką. Padarykite pokytį."

Čarlzas verkė, nes iki šiol; jis jautėsi nereikalingas. Kiti jį guodė ir ramino.

„Sėkmės jums visiems, - tarė Rafaelis.

POW.

Ir ji dingo.

„Kai tai išgyvensime, - pasakė Lija, - o mes išgyvensime, surengsime didžiausią pergalės vakarėlį".

„Čarlzas, - pasakė E. Z. „Jei Rafaelis teisus, tu gali tapti svarbiausiu komandos nariu. Prašau, skirk laiko truputį panagrinėti savo sielą".

„Kaip galima ieškoti sielos?" - pasiteiravo jis.

„Vienas iš būdų - meditacija, - atsakė Brendis.

„Arba pasivaikščiojimas gamtoje", - pasakė Lačis.

„Laikas vienam, tiesiog mąstymas, - pasiūlė Alfredas.

„Išsimiegokime, o ryte tęsime šią diskusiją", - pasakė E-Z.

„Nemanau, kad daug miegosiu po to, kai žiūrėjau į vargšą Tomį", - pasakė Lia. „Tai buvo dar blogiau, nei įsivaizdavau."

„Taip, vargšas Tomiukas", - pritarė Alfredas.

„Taigi, visi vis dar viduje?" E-Z paklausė.

Iš visų pasigirdo „AYE".

„O kaip dėl Haruto?"

„Manau, kad jis vis tiek bus, - pasakė E-Z, - bet aš viską paaiškinsiu Sobo, ir ji galės su juo pasikalbėti. Visiškai suprasčiau, jei jie atsisakytų dalyvauti".

„Tačiau nemanau, kad jie atsisakys, - pasakė Samanta. „Haruto miega. Jam gėda, nes jis per jaunas, kad pamatytų tai, ką tu matai. Tarsi jis būtų buvęs mažiau svarbus komandos narys".

„Pasielgei teisingai, išvesdamas jį iš kambario, - pasakė Samas. „Tai, ką matėme, buvo siaubinga."

„Sutinku, - tarė E-Z.

Čarlzas tarė: „Taigi, visi už vieną ir vienas už visus. Visai kaip „Trijuose muškietininkuose".

„Man visada patiko ta knyga!" Alfredas pasakė.

Net ir baisiausiose situacijose knygos visada suvienydavo žmones. Kiekvienas PAFHS9 narys tikėjosi, kad tai buvo vienas dalykas pasaulyje, kuris niekada nepasikeis.

SKYRIUS 11

DEJA VU

E-Z ir Samas nebeturėjo daug laiko pabūti vieni, bet nė vienas dėl to nesiskundė. Samanta nerimavo, kad jie praranda ryšį, ir buvo pasiryžusi viską ištaisyti nustebindama juos ankstyvaisiais pusryčiais Anos kavinėje.

Į virtuvę jie atvyko tuo pačiu metu - mat abu buvo gavę žinutes, kad tuoj pat apsirengtų ir ateitų į virtuvę.

„Kaip sekasi?" paklausė Samas.

„Taip, kas atsitiko?" E-Z pasiteiravo.

„Nieko blogo", - atsakė Samanta. „Jūs abu turite užsakymą pas Ann's, tad keliaukite ten dabar pat - kol visi nepabudo ir nenori prie jūsų prisijungti".

Samas pabučiavo žmoną.

„Maniau, kad ir jums laikas vėl kartu pusryčiauti."

E-Z stipriai apkabino Samantą.

„Mes patys nueisime ten?"

„Tikrai, dėde Samai."

Samas pasiėmė kuprinę su nešiojamuoju kompiuteriu ir jie išvyko.

Buvo gražus pavasario rytas su daugybe paukščių giesmių, kurios skambėjo kaip serenados pakeliui į kavinę.

„Ta tavo žmona yra ypatinga."

„Taip, ji viena iš milijono."

Netrukus jie atvyko į kavinę. Ji buvo beveik tuščia, o Ann niekur nebuvo, tačiau E-Z atpažino jos seserį Emiliją. Jis nebuvo jos matęs nuo tada, kai buvo mažas vaikas.

„Tu nelabai pasikeitei, - pasakė Emilija ir apglėbė jį rankomis.

„Tu taip pat", - prislopintu balsu atsakė E-Z, nes ji dusino jį savo stambiu megztiniu. „O tai yra dėdė Semas."

„Matau panašumą, - pasakė Emilija ir tvirtai paspaudė jam ranką. „Turiu tau puikų stalą, sek paskui mane".

Kai jie praėjo pro jų įprastą staliuką, jis suabejojo ir pažvelgė į dėdę. „Gal galėtume atsisėsti prie šio stalo, Emili?"

„Žinoma!" Emilija ištiesė sidabrinius įrankius ir padavė meniu. „Kavos?" Samas linktelėjo galva, ji įpylė jam pilną puodelį karštos kavos.

„Ar norėsi įprastos?" - paklausė ji E-Z. Mano sesuo man pasakė, kokie jie gali būti".

„Tikrai."

„Ir tai buvo šokoladinis tirštas kokteilis, ar aš teisi?" "Ne.

Ji buvo vietoje.

„O tu, Samai?" - paklausė ji. „Ką šiandien valgysi?" „Padaryk, kad būtų du iš to, ką mano sūnėnas valgo, - pasakė jis, - bet pasilik tirštą kokteilį. Kava yra vienintelis gėrimas, kurio man šį rytą reikia."

„Teisingai!" - tarė ji ir nuėjo į virtuvę.

Samas atsidarė nešiojamąjį kompiuterį, paskui vėl jį uždarė.

„Malonu ateiti į vietą, kur viskas visada taip pat, - pasakė E-Z.

„Vieną dieną turėčiau čia atsivežti Samą ir dvynius. Norėčiau paremti vietinį verslą, be to, tai geras pavyzdys Džekui ir Džil."

„Tikrai. Ši vieta man kelia tik gerus prisiminimus, - pasakė E-Z. „Bet vieną iš šių dienų aš ketinu išeiti iš proto ir užsisakyti ką nors kito. Turiu rodyti gerą pavyzdį savo pusbroliams ir pusseserėms, ar ne?"

Samas nusijuokė ir gurkštelėjo kavos. Po akimirkos priėjo Emilija ir vėl pripildė puodelį. „Atrodo, lyg ji turėtų akis pakaušyje."

E-Z nusijuokė. Jo mintyse sukosi tam tikra tema, kurią norėjo aptarti: Furijos. Kartu jis nenorėjo iš karto leistis į sunkų pokalbį.

„Taigi." ,Taigi.' Mano žmona turės pilnus namus svečių, kuriuos reikės pamaitinti, kai visi atsikels.

„Sobo padės".

„Tiesa, bet nemanau, kad turėtume tuo pasinaudoti. Norėčiau, kad galėtume pakartoti, jei supranti, ką turiu omenyje."

„Tikrai taip. Taigi, kibkime į tai".

Samas vėl atsivertė nešiojamąjį kompiuterį. Šį kartą jis jį įjungė ir įvedė į paieškos sistemą:

Kaip nugalėti Furijas.

E - Z linktelėjo galva, nes priešais jį buvo padėtas jo šakotis. Jis iškart pabandė gurkštelėti truputį tiršto kokteilio, bet jis buvo per tirštas, kad ką nors ištrauktų per šiaudelį - o jam kaip tik taip ir patiko. „Ką nors naudingo?"

„Sako, kad Erinijas, arba Furijas, galima nuraminti tik ritualiniu apsivalymu."

„Ką tai reiškia?"

„Manau, tai reiškia, kad turėtum atlikti veiksmą - jų prašymu, kaip atgailą".

„Argi atpirkimas nereiškia to paties, kas atgaila? Man nepatinka, kaip tai skamba, - tarė E-Z. „Mes nepadarėme nieko, už ką galėtume jiems atlyginti žalą."

„Tai gali reikšti ir Atpirkimą. Atpildas. Atpildas. Restitucija."

„Keturios R", tai skamba skambiai, bet vėl klausiu, už ką mes jiems atsilyginsime?

„Galvokite nestandartiškai, - pasakė Samas. „O jei galėtum ką nors padaryti, paskatinti juos pasivaikščioti ir palikti vaikus bei sielų gaudytojus ramybėje?"

E-Z nusijuokė. „Jei būtų koks nors būdas, tai būtų puiku. Be to, per daug paprasta."

Samas pasikrapštė galvą. „Čia rašoma, kad Furijos baudė vyrus ir moteris už nusikaltimus po mirties ir per gyvenimą. Ką jos ir daro dabar - vaikus, o ne suaugusiuosius. To nežinojau."

„Nesuprantu, kodėl. Kodėl jos grįžo dabar? Kas pasikeitė..."

„Visi puikūs klausimai, į kuriuos negaliu atsakyti, - pasakė Samas. „Bet, o, štai kas įdomu. Rašoma, kad būdamos likimo deivės, jos neleido žmogui sužinoti apie ateitį".

„Kaip būtent?"

„Nepasakyta", - pasakė Samas, kaip tik tuo metu, kai Emilija vėl atėjo atsigaivinti kavos puodelio. „Tik šiek tiek, - pasakė jis. Jis bijojo, kad plauks namo, jei išgers dar daugiau kavos.

„Tavo pusryčiai tuoj bus, - pasakė ji. „Tikiuosi, kad esi alkanas!"

„Tikrai esame", - pasakė E-Z, kai vėl bandė išgerti tirštą kokteilį ir jam šiek tiek pavyko ištraukti šiek tiek per šiaudelį.

Emilija nusišypsojo ir nuėjo pasisveikinti su naujais klientais.

„Prieš visa tai, - pasakė Samas, - net nebuvau girdėjęs apie „The Furies". Čia rašoma, kad tiek graikų, tiek romėnų mitologijoje jos buvo teisingumo ir keršto dvasios. Kitas jų vardas Erinyes reiškia piktosios".

Jis nuslinko žemyn. „Matau keletą paminėjimų

žaidimų pasaulyje. Nė vienas jas apibūdinantis būdvardis neprieštarauja tam, ką jau žinome, t. y. Furijos yra piktos grėsmingos būtybės, nerodančios gailestingumo."

„Norėčiau, kad PJ ir Ardenas grįžtų su mumis. Turėdamas jų žaidimo burtininkų žinių, lažinuosi, kad jie žinotų, ką daryti. Nuo to laiko, kai jų netekome, aš kankinuosi, kad praradome ryšį. Viskas dėl to, kad tapau per daug įsitraukęs į save ir tapau superherojumi. Tikrai pasiilgau tų vaikinų."

„Jie nenorėtų, kad tu sau pakenktum. Ir man taip pat jų trūksta."

Emilija padėjo maistą ant stalo: „Skanaus!" - pasakė ji.

E-Z ir Samas godžiai valgė ir kurį laiką nekalbėjo. Po daugybės garsų mėgaudamiesi maistu jie vėl pradėjo pokalbį.

„Kaip tik galvojau apie planą - nugalėti juos žaidimo viduje. Jis tikrai skambėjo gerai - arba mes taip manėme, kol Rafaelis mums nepasakė kitaip. Gerai, kad ji mums pasakė tiesiai šviesiai, kitaip... na, net nenoriu galvoti, kas galėjo nutikti kuriam nors iš vaikų."

„Vis dėlto vis galvoju, kad „Furijos" turi turėti Achilo kulną. Ar prisimeni tą istoriją?"

„Prisimenu. Jei jos turi silpną vietą, nežinau, kokia ji. Mes žinome, kad jos tokios pat mirtingos kaip ir mes. Jei jos gali mirti, kaip ir mes, tada bent jau bus vienodos sąlygos."

„Šiek tiek daugiau dėmesio skirkime jų silpnybėms: pykčiui, nuoskaudoms, kerštui".

„Tai tie patys dalykai, už kuriuos jie baudžia kitus, tad kaip tai gali būti jų silpnybės?" paklausė E-Z, įsidėdamas į burną saują blynų. „Taigi, gerai." Samas linktelėjo galva: „Tikrai taip." Jis dar kartą gurkštelėjo kavos. „Tiesa, o tai reiškia, kad mes galime prieš juos panaudoti tuos pačius dalykus, už kuriuos jie baudžia kitus."

„Bet kaip?"

„To aš nežinau - TAI."

„Mums gali prireikti daugiau nei vieno tokio seanso kartu, kad viską išsiaiškintume", - pasakė E-Z. Ant stalo priešais jį buvo padėta antra lėkštė su blynais.

„Ką tik paskambino Anė ir liepė pasirūpinti, kad tau atneščiau antrą blynų porciją, - pasakė Emilija.

„Ačiū. Ir perduok Ann, kad tikiuosi, jog ji greitai pasijus geriau."

„Taip ir bus. Dar kavos?"

Samas linktelėjo galva, todėl ji pripildė jo puodelį. Kai Emilija išėjo, jis pasakė: „Tuoj grįšiu" ir nuėjo į vonios kambarį.

E. Z. pasuko ekraną į jį ir įvesdavo:

KAIP NUŽUDYTI FURIJAS?

Pasirodė keletas atsakymų, bet visi jie buvo susiję su tuo, kaip nugalėti tris deives kaip veikėjus žaidimų pasaulyje.

Samas grįžo. „Ką nors radai?"

„Nieko naudingo. Nors ten rašoma, kad Furijų šaknys gali siekti priešistorinius laikus."

„Na, Kūdikio kilmė taip pat siekia gana toli atgal".

„Turėjai matyti, kaip greitai jis prarijo tą ugnies kamuolį! Nė sekundės nesuabejojęs."

Baigę valgyti, jie padėkojo Emilijai ir iškeliavo namo. Jie buvo tokie sotūs, kad nemanė, jog dar kada nors valgys.

„Buvo tikrai malonu praleisti rytą su jumis", - pasakė E-Z. „Jaučiausi kaip senais laikais."

„Tikrai taip. Greitai tai pakartokime. O kol kas daugiau pagalvokime apie tai, ko šiandien išmokome, nes, kaip sakoma sename posakyje, kur yra noras, ten yra ir kelias."

„Tiesa, tiesa, dėde Samai. Tikra tiesa."

SKYRIUS 12

GRĮŽTI Į NAMUS

Kaijie grįžo į namus, Samas pirmiausia apkabino žmoną. Ji apsidžiaugė jį pamačiusi, bet jos rankos buvo užimtos ruošiant pusryčius.

„Džiaugiuosi, kad tau patiko, - sušnibždėjo Samanta.

„Ar galiu kuo nors padėti?" Samas paklausė įvertinęs dvynių situaciją.

„Viskas suvaldyta, - pasakė Samanta, kai už jos nugaros dvyniai išleido klyksmą.

Daugiausia dėl to, kad Harutas akimirkai buvo nutraukęs savo žaidimo hon no piku versiją, kuri išvertus reiškia peekaboo. Haruto versijoje jis darydavo veidą, tada labai greitai sukdavosi, kol išnykdavo, paskui vėl pasirodydavo, o dvyniai kikendavo.

„Tai labai išradinga!" pasakė Samas, kai Lačis įsiterpė ir perėmė linksmintojo vaidmenį.

Lačis iš karto perėjo prie kelių gyvūnų imitacijų ir sulaukė dvynių liaupsių, kai juokėsi kaip kuokaburra:

Koo-koo-koo-koo-kaa-kaa-KAA!-KAA!-KAA!-KAA!

Paskui atėjo Čarlzo eilė linksminti su savo istorija „Trys rieduliai".

„Iwa?" Haruto paklausė, kas išvertus reiškia rieduliai.

„Taip", - atsakė Čarlzas, kai E-Z ir Samas taip pat pasitraukė prie durų pasiklausyti istorijos, o Alfredas, Sobo, Brendis, Lia ir Samanta toliau ruošė maistą.

„Kartą, - pradėjo Čarlzas, - aukštai virš Lamanšo sąsiaurio buvo kalva. Ant jos buvo daugybė, daugybė riedulių. Tiesą sakant, jų buvo per daug, kad būtų galima suskaičiuoti.

„Šią dieną į kalną riedėjo didelis ir sunkus sunkvežimis, girgždėdamas ir girgždėdamas savo krumpliaračiais. Pasiekęs viršūnę, jis įjungė riedulių keltuvą, kuris sunkiai susidorojo su kiekvieno akmens svoriu. Per kelias valandas jam pavyko surinkti kuo daugiau akmenų. Kol sunkvežimio galas buvo pilnas. Tačiau ne per pilnas. Perpildymas reiškė, kad rieduliai judant sunkvežimiui išriedės iš jo, o to reikėjo vengti bet kokia kaina.

„Sunkvežimis nuvažiavo nuo kalno. Jis išpylė riedulius į kitą didesnį sunkvežimį. Sunkvežimį, kuris buvo per didelis, kad apskritai galėtų įvažiuoti į kalną, ir neturėjo pakėlimo mechanizmo. Kai mažesnis sunkvežimis vėl buvo tuščias, jis grįžo atgal į kalną. Netrukus jis vėl buvo pilnas riedulių.

„Šis procesas buvo atliktas kelis kartus, kol didesnis sunkvežimis buvo pilnas iki pat viršaus. Visus likusius riedulius reikėjo gabenti mažesniu sunkvežimiu.

Dabar, kai abu sunkvežimiai buvo pilni, sunkusis darbas buvo baigtas. Taigi, atėjo pietų metas. Vyrai valgė sumuštinius ir gėrė termosus, pilnus karštos saldžios arbatos.

„Grįžus į uolos viršūnę, liko tik trys vieniši rieduliai. Jie buvo liūdni, netekę draugų, jautėsi atstumti, nepageidaujami, nereikalingi ir gana pikti vienu metu. Vienu metu jaučiant per daug emocijų gali būti painu, tačiau dalijimasis jausmais su draugais gali padėti, todėl trys rieduliai aptarė savo sunkią padėtį."

„Ką jie daro su visais mūsų draugais?" - paklausė pirmasis riedulys, kurio vardas buvo Rokis.

„Nežinau", - atsakė antrasis riedulys, kurio vardas buvo Akmenėlis. „Galbūt ten, kur jie keliauja, jiems taip pat reikia draugų. Aš tikrai jų pasiilgsiu."

„Ne", - pasakė trečiasis riedulys, kuris buvo vyresnis ir išmintingesnis ir kurio vardas buvo Kragis. „Jie neišveža jų pamatyti pasaulio. Nei tam, kad būtų jų draugai. Argi nežinai, kad jie mus sutraiško, kad padarytų savo kelius".

„Ne!" Rokis ir Žvirbliukas sušuko. „Jie negali sutrinti mūsų draugų į košę!"

„Norėčiau, kad jie ir mane paimtų, - pasakė Kregždutė. „Aš jau per senas, kad galėčiau toliau sėdėti čia, esant tokiam atšiauriam orui. Atšiaurūs vėjai pralaužia mano išorinį sluoksnį, ir aš neprieštaraučiau, kad savo ateitį praleisčiau kelyje. Tada bent jau turėčiau tikslą".

„Tikslą?" Rokis sušuko. „Tikslu vadini tai, kad kiekvieną dieną ir kiekvieną naktį tave drasko ir per tave pervažiuoja transporto priemonės?"

„Tai geriau nei amžinai sėdėti čia, tik mums trims. Aš pavargau nuo vėjo, lietaus ir viso kito, - pasakė Kregždė.

„Na, jei tau taip norisi, - pasakė Pebbles, - tuomet tau tereikia nuskrieti nuo krašto. Nukrisi tiesiai į apačioje esančio sunkvežimio galą ir išvažiuosi kartu su kitais mūsų draugais".

„O, tai per toli", - pasakė Rokis ir pasisuko šiek tiek arčiau krašto. „Ar tikrai taip labai nori mus palikti? Ar negalėtum rasti tikslo pasilikdamas čia su mumis? Mums tavęs reikia. Tu vyresnis ir išmintingesnis."

Kregždė priartėjo prie krašto ir žvilgtelėjo per šoną. Tai buvo tiesa, sunkvežimis buvo visai čia pat. Nusidriekė keli prakaito lašeliai. Arba tai buvo prakaito lašeliai, arba ašaros.

„Tai siaubingai ilgas kelias žemyn", - pasakė Kreigis. „Ir nebūtų teisinga iš mano pusės palikti jus du jaunuolius vienus".

Akmenukas tarė: „O kas, jei jūs nepastebėsite sunkvežimio ir ten apačioje sudušite į gabalus! Mes būtume čia, viršuje, su šiuo nuostabiu vaizdu, o jūs liktumėte ten, apačioje, visiškai vieni."

„Be to, - pasakė Rokis, - vieną dieną jie gali grįžti mūsų ieškoti. O kol kas galime pasikalbėti, pasigrožėti vaizdu ir grynu oru."

Žemiau jų vėl užsivedė sunkvežimis.

CHUGGA CHUGGA VROOM, VROOM.

„Dabar arba niekada", - pasakė Kregždė, kai sunkvežimis pajudėjo iš vietos.

„Bent jau esame kartu", - pasakė Rokis.

„Trys rieduliai susigrūdę petys į petį. Jie atsuko nugaras vėjui, įkvėpė gaivaus oro ir pažvelgė į nuostabų horizonte besileidžiančios saulės vaizdą.

„Istorijos moralas toks, - pradėjo Čarlzas...

Tai buvo paskutiniai žodžiai, kuriuos E-Z išgirdo prieš vėl atsidurdamas prakeiktame bunkeryje.

SKYRIUS 13

SILO

„Sveiki sugrįžę!" - balsas sienoje ištarė su tokiu pasipūtimu, kad E-Z pečiai įsitempė, tarsi kas nors būtų ant jų užlipęs. Nenorėdamas atsakyti, jis suraukė pečius iš pradžių į priekį, paskui atgal, tikėdamasis sumažinti įtampą.

„DOT. DOT, - pasakė antrasis balsas sienoje, bet šį kartą balsas buvo tylesnis, beveik šnabždesys.

Jis pravėrė burną, norėdamas atsakyti, bet nieko neprisiminė, todėl tylėjo, išskyrus spragsėjimą pirštais, kuris, tikėjosi, palengvins įtemptą kūną.

Pirmasis balsas ramesniu tonu paklausė: „Matau, kad jautiesi įsitempęs, susirūpinęs. Ar yra kas nors, ko galėčiau tau duoti, kad prastumtum laiką laukimo metu? Gėrimo? Knygą? Kelionę mintimis?"

Ji buvo labai įžvalgi kaip balsas sienoje, ir tai padėjo jam šiek tiek atsipalaiduoti, tačiau jis nenorėjo priimti jos pasiūlymo, nes neįsivaizdavo, ką reiškia kelionė mintimis.

„Matau, kad dvejojate..."

Jis atsisėdo tiesiai ir aukštai ant kėdės ir pabumbino pirštais į ranktūrius, tarsi grodamas „Deep Purple" dainą „Smoke on the Water". Jis ir jo tėvas buvo ją sugroję pasenusioje „Guitar Hero" versijoje, ir jiems buvo smagu. Dabar prisiminęs tą akimirką jis pasijuto taip, tarsi tėvas būtų kartu su juo bunkeryje.

„Ar tikrai nenori kelionės mintimis?" - vėl paklausė moteris sienoje. „Tu turėsi sprogimą!"

Sprogimas. Jis ką tik mintyse pavartojo šį žodį, norėdamas apibūdinti Gitaros herojų su tėvu. Be abejo, moteris sienoje galėjo skaityti jo mintis.

„O kas tiksliai?" - pasiteiravo jis. „Nesakau, kad noriu tai išbandyti, ne tol, kol nesužinosiu daugiau apie tai, kas tai yra".

„Kodėl, tai vieta, į kurią galiu tave nusiųsti. Ypatinga vieta, kur galėsi gyventi svajonę".

Tai skambėjo neįtikėtinai... ir jam nespėjus atsakyti...

DUH DUH DUH DUH,
DUH DUH DUH DUH DUH
DUH DUH DUH DUH
DUH DUH DUH.

Jis buvo scenoje, grojo pagrindine gitara su grupe, kurią iškart atpažino kaip originaliąją „Deep Purple".

Pagrindinis vokalistas, palikęs grupę, bet grojęs originalia pagrindine gitara „Smoke in the Water", regis, neprieštaravo, kad E-Z dabar grojo jo partiją ir taip pat neblogai ją atliko. Dainininkas parodė jam į viršų nykščius, tada perėjo per sceną prie tos vietos, kur E-Z sėdėjo neįgaliojo vežimėlyje. Kartu jie sugrojo kelis rifus, o publika rėkė, džiūgavo ir plojo. Paskui jis vėl atsidūrė bunkeryje, bet anksčiau patirtas įtemptas jausmas dabar buvo visiškai išnykęs.

„Ačiū! Tai buvo velniškai fantastiška! Negaliu apsakyti, kiek daug tai man reiškė. Niekada to nepamiršiu. Niekada!" Jis dvejojo ir pagalvojo, kad vienintelis dalykas, dėl kurio būtų buvę dar geriau, tai tėvas, kuris būtų buvęs kartu su juo ant scenos.

„Atsiprašau, kad negalėjau įtraukti tavo tėvo... bet tai buvo tik peržiūra. Ir labai prašau jūsų. O dabar sėdėk ramiai. Laukimo laikas - viena minutė."

„Manau, kad tada tikrasis spektaklis išmuštų mane iš vėžių!" E-Z pasakė atlošęs galvą atgal ir dar kartą išgyvenęs šią patirtį jau jautėsi toks visiškai atsipalaidavęs, kad galėjo ir užsnūsti.

PFFT.

Šį kartą kvapas buvo kitoks - pipirmėčių ir dar kažko, ko jis negalėjo įvardyti.

„Tai rozmarinas, - pasakė balsas sienoje.

„Gana gaivus." Jo akys buvo užmerktos ir jis mintimis jau dreifavo, kai stogas virš galvos žiojėjo. Jis papurtė galvą, atmerkė akis, ruošdamasis tam, kas turėjo įvykti.

Šviesos spinduliai smigo į metalinę talpyklą, atšokdami ir atsispindėdami nuo sienos iki sienos. Jis užsidengė akis, kad apsaugotų jas nuo nerimą keliančio šviesos šou. Kai atsispindinčios šviesos baigėsi, pro atvirą stogą į vidų įkrito figūra. Koks buvo jos įėjimas. Tai buvo Rafaelis. „Sveiki, - tarė jis. „Tai buvo įspūdingas įėjimas."

„Mane paaukštino, - prisipažino arkangelas, - ir reikia tam tikro puošnumo. Galbūt šiuo atveju šiek tiek per daug, bet tai palyginti naujas paaukštinimas. Visi paaukštinimai turi mokymosi kreivę."

„Sveikinu su paaukštinimu."

„Ačiū, o dabar pereikime prie klausimo, kodėl čia esi".

„Žinoma."

E-Z kantriai laukė, kol Rafaelis vėl prabils, bet kurį laiką taip ir nesulaukė. Vietoj to ji skraidė aplink, tarsi paukštis, pirmą kartą išbandantis savo sparnus. Ar ji puikavosi? Jei taip, tai kodėl? Tada jis pamatė, kad ji dėvi visiškai naujus akinius. Šie buvo didesni, išraiškingesnės išvaizdos, su didesniais rėmeliais ir storesniais lęšiais, todėl ji atrodė tarsi moteriška pono Makgou versija.

„Ech, gražūs akiniai, - sumelavo jis.

„Jie nebuvo mano pirmas pasirinkimas, - prisipažino Rafaelis, - bet jie turės tikti". Ji priėjo arčiau prie jo sėdimos vietos ir pasilenkė. „Atrodo." Ji sustojo ir nepatogiai sujudėjo.

SKIDOO

Priėjo kėdė, ant kurios ji sekundę pasėdėjo.

SKIDOO

Ir ji dingo. Ji vėl pakibo. Uždėjo atvirą delną ant veido šono. „Mūsų dėmesį patraukė keli dalykai. Turiu omenyje ne karališkąja prasme, o visų arkangelų".

„Pavyzdžiui?"

Ji vėl susiraukė.

„Ar turėčiau paprašyti, kad siena išpurkštų levandų, kad tave atpalaiduotų? Atrodai gana įsitempęs."

Tuomet ji jam į akis sušvokštė: „Levandos neveikia archangelų! Tai bjaurus, žmogiškas..." Ji giliai įkvėpė. „Labai atsiprašau."

„Viskas gerai. Suprantu, tu turi man pasakyti blogų naujienų. Geriau nuplėškite pleistrą. Ką noriu pasakyti, tiesiog pasakyk man tiesiai šviesiai".

„Labai gerai. Štai taip."

E-Z pasilenkė arčiau: „Gerai, šaudyk".

Iš sienoje esančių garsiakalbių pasigirdo daina, kažkas apie šerifo nušovimą.

Iš pradžių jis niūniavo kartu: „Nustok!" E-Z įsakė. „Ir pasakyk, kodėl aš čia esu".

„Jis nori iškart pereiti prie reikalo", - tarė sau Rafaelis. „Ką gi, tada štai kaip. Aš pereisiu tiesiai prie reikalo."

„Gerai, tu taip ir padaryk." E-Z pasakė, norėdamas, kad ji tai padarytų.

„Trumpai tariant, - pasakė ji, - Erielis buvo pagautas už rankos - žaidė abiem pusėms".

„Ką?" Tada jo galvoje kažkas suvirpėjo. „Ne, juk negali turėti omenyje, kad jis mus išdavė?"

Ji bakstelėjo kaulėtu pirštu į smakrą, o E-Z atvėrė ir užčiaupė burną kaip minia iš vandens.

„Taip." Erielis buvo asmeniškai atsakingas už tavo draugės Rozalijos žūtį. Jis taip pat buvo atsakingas už Baltojo kambario sunaikinimą. Visą jį. Visas Erielis."

E-Z viską įsidėmėjo. Vargšė Rozalija. „Palaukite! Ar jis nedirbo jums? Turiu omenyje, ar ne tu buvai už jį atsakinga? Kaip tai galėjo nutikti tau stebint? Esu skaičiusi kai ką apie archangelus, bet išduoti vaikus, kurie savanoriškai tau padeda, yra žemiausias lygis, kokį tik galima pasiekti. Manau, kad leopardai nekeičia savo dėmių".

„Aš nebuvau atsakingas už Erielį. Mes su juo buvome bendradarbiai, bičiuliai. Dirbome kartu ir, manau, gerbėme vienas kitą. Klydau."

„Ir vis dėlto tave paaukštino."

„Buvau, bet šie du dalykai nebuvo tiesiogiai susiję. Galiu pasakyti tik tiek, kad Erielis kažkada buvo vienas iš mūsų, dabar jis nėra. Po to, kai išdavė mus ir tave. Atsukęs nugarą savo principams - viskam, už ką mes pasisakome, - jis pasitraukė. Visam laikui."

E - Z užgniaužė kvapą. „Nori pasakyti, kad Erielis mus demaskavo? Sakydamas mus, turiu omenyje mane ir mano komandą?"

„Maiklas, kuris yra mūsų lyderis, apklausė Erielį. Prireikė nemažai pastangų, kad jis prabiltų. Bet jis prisipažino, kad sugrąžino Furiją į Žemę. Naudojęsis jomis savo postui plėtoti. Jokio atpirkimo nėra. Erieliui nėra atleidimo."

„Esu be žodžių. Kaip tai atsitiko?"

„Kaip?" - "Na, jei žinotume kaip, tada žinotume ir kodėl, o to nežinome. Žinome tik tai, kad jis yra Erielis, o Erielis visada daro tai, kas geriausia Erieliui. Žinojome, kad jis turi problemų, ir vis dėlto vis suteikdavome jam galimybių įrodyti savo vertę - o kai jis mus nuvylė - atleisdavome jam ir duodavome dar vieną šansą ir dar vieną šansą. Mes juo tikėjome iki šiol. Jis baigtas. Baigta."

„Baigta? Norite pasakyti, kad miręs? Ar archangelai miršta? Ir kodėl jam suteikėte tiek daug progų? Argi nežinai posakio: „Tris kartus suduodi, ir esi pašalintas?"

„Taip, esu girdėjęs šią beisbolo terminologiją, bet mes esame archangelai ir iš mūsų visų tikimasi nesėkmės arba tam tikro lygio atkato. Ir tu teisus dėl incidento Edeno sode. Mūsų istorija siekia gilią praeitį... bet mes manėme, kad mums sekasi geriau, tobulėjame. Aš pats esu jaunų žmonių, tokių kaip tu ir tavo draugai, globėjas.

„Todėl ir pasiūliau bendradarbiauti su jumis, kad įveiktume tas baisiąsias furijas. Kodėl, juk tai padaryti mane paskatino Erielis. Tai jis tave atrado. Kuris pasiuntė pas tave Hadą ir Reikį. Iki tol, kol neatvyko tos baisiosios seserys, mes į visų jūsų gyvenimus įnešdavome kažką teigiamo... Suteikdavome jums tikslą. Prisimenate tuos laikus, kai norėjote pasiduoti? Jūs to nepadarėte, nes mes padėjome jums nesustoti".

„Gerai, suprantu, kad Erielė yra blogiukė. Ką tai reiškia man ir mano komandai? Iš to, kur sėdžiu, mūsų misija buvo sukompromituota. Taigi, mes pasitraukėme ir, manau, jums reikėtų pereiti prie plano B".

„Problema ta, - tarė Rafaelis, paskui sustojo, nes viršuje vėl atsivėrė lubos ir Ophaniel be jokio kivirčo atplaukė žemyn link jų.

„Seniai nesimatėme, - tarė Ophaniel, nukreipta į E-Z. Tada Rafaeliui: „Ar jis spartus?"

„Taip, yra. Ir tikrai džiaugiuosi, kad esi čia, nes jis nori sužinoti, koks yra mūsų planas B".

Ophanielis linktelėjo galva. „Labai gerai. Kalbant kuo aiškiau, mes neturime plano B, C ar D - nes tu ir tavo komanda buvote visi mūsų planai viename."

E-Z netikėdamas papurtė galvą. „Argi jūs, archangelai, nesate girdėję frazės „nedėk visų kiaušinių į vieną krepšį"?"

Ophanielis nusijuokė. „Taip, jos kilmė - iš Cervanteso personažo Don Kichoto, bet man ji niekada neturėjo prasmės. Galbūt todėl, kad mes, archangelai, nevalgome kiaušinių. Vien nuo minties apie jų želė jovalą - fui - man norisi vemti."

„Man irgi, - pasakė Rafaelis, užsidengdamas burną ranka. „Be to, kad jie bjauriai atrodo, kodėl apskritai reikėtų dėti kiaušinius į krepšelį? Kodėl ne į dubenį? Jei ruošiate kiaušinius..."

„Sutinku, - tarė Ophaniel. „Mačiau, kaip Džeimis Oliveris gamina omletą. Jis iš pradžių naudoja dubenį, o paskui juos kepa".

„O, brolau, ir aš negaliu patikėti, kad jūs, archangelai, žiūrite kokią nors televiziją, jau nekalbant apie Džeimį Oliverį". Jis papurtė galvą. „Tai reiškia, kad jei sudėsi visus kiaušinius kartu, į vieną vietą - pavyzdžiui, į krepšelį, dubenį ar keptuvę, ar kaip nori, - jei numesi krepšelį, dubenį ar keptuvę - visi kiaušiniai suduš ir sugadins lukštus - taigi pusryčiams neturėsi kiaušinių."

„Bet argi vištos nededa kiaušinių kiekvieną dieną? Taigi, jei šiandien negausi kiaušinių, tiesiog ateik rytoj", - pasakė Ophanielis.

„Ką reiškia viena diena be kiaušinių?" paklausė Rafaelis.

E-Z atkišo ranką ir trenkė ją sau į galvą. „Argghh!" Arkangelai žiūrėjo į jį ir laukė, kol jis labai giliai įkvėps, paskui labai garsiai iškvėps. „Ką darysime su šia Erielio situacija?"

„Pirmiausia, - tarė Ophanielis, - šiandien jūsų ypatingu prašymu pas jus sugrįžta, būgnelis - du jūsų draugai..."

POP
POP

Atvyko Hadzė ir Reikis, arba tai, kas buvo panašu į du norinčius tapti angelais. Jie nuo galvos iki kojų buvo juodi nuo suodžių. Jų žiedlapiai buvo kreivi, suplėšyti, kai kurie atsivėrė ir pakilę, kai kurie negyvi ir sudžiūvę. Jų sparnai buvo nusvirę, tarsi jie būtų pamiršę, kaip skraidyti, arba nebeturėjo noro skraidyti, o jų veidai, jų veidų išraiška bylojo apie didžiulę neviltį.

„Kas jiems atsitiko?" - paklausė jis.

Ophanielis priėjo arčiau dviejų išstumtų norinčių tapti angelais, ir jie atsitraukė.

„Dabar jūs saugūs, - švelniu motinišku balsu tarė Rafaelis, todėl jie pratrūko verksmu, peraugusiu į aimanas.

Ofanelė užsidengė ausis, tada priėjo arčiau E-Z ir sušnabždėjo. „Erielis juos įkalino. Šį kartą mums prireikė šiek tiek laiko, kol juos suradome. Vargšeliai negalėjo sau padėti, nes jis atėmė iš jų galias".

„Vargšeliai", - tarė E-Z.

E-Z, Ophanielis ir Rafaelis pasuko link būtybių. Hadzė ir Reikis bandė nusišypsoti. Jie net nepriartėjo prie jų.

Jie grūmėsi, tarsi gindamiesi nuo pulko grifų.

„Būkite ramūs, - tarė Ophanielis.

Hadzė ir Reikis nustojo judėti. Dabar jie sėdėjo kaip purvinos lėlės, įsmeigę akis į nieką ir į nieką. Jie buvo tik savo buvusios savasties šešėlis.

„Nenoriu būti nemandagus, - sušnabždėjo E-Z, - bet dabartinės būklės jie mums nelabai padės. Tai yra, jei sugebėsite mus įtikinti tęsti šį planą tokiomis aplinkybėmis".

E-Z žodžiai abiem norėjusiems tapti angelais smogė kaip pliaukštelėjimas per veidą.

POP

POP

„Koks labai nemandagus ir nereikalingas žiaurumas!" Ophaniel papriekaištavo prieš dingdama.

ZAP

„Parodėte mums labai žiaurią savo charakterio pusę E-Z Dikensas, ir jei jūsų motina ir tėvas būtų čia, jiems būtų gėda dėl jūsų".

„Atsiprašau, - tarė E-Z, - bet niekada nekalbėk su manimi apie mano tėvus. Jums, archangelams, jie yra užribis. Supratai?"

Rafaelis linktelėjo galva.

„Be to, nenorėjau įžeisti jų jausmų. Žinoma, mes galime jais pasinaudoti. Jei turėsime kovoti su Furijomis, mums prireiks bet kokios pagalbos. Grįžkite, prašau, Hadzė ir Reikis. Suteikite man dar vieną šansą."

Nieko.

E-Z pabandė dar kartą. „Grįžkite, ir jūs būsite labai laukiami mūsų komandos nariai".

POP

POP

Pora dabar buvo švari ir tvarkinga kaip seniau.

„Sveiki sugrįžę", - pasakė E-Z.

Prie jo pripuolė Hadžis ir Rikis. Kiekvienas užėmė vietą ant vieno iš jo pečių. Jie nevalingai sudrebėjo, išsigandę savo pačių šešėlių.

„Viskas bus gerai", - pasakė jis. „Dabar, kai esate mūsų komandos nariai, mes jums ginsime nugaras".

Jie stengėsi šypsotis, ir jis įvertino pastangas.

„Taigi, - tarė E-Z, - ką tiksliai Erielis pasakė Furijoms apie mus?"

„Jis jiems pasakė, kad mes siunčiame vaikus, kad juos nugalėtume, - štai ir viskas".

„Štai ką jis jums pasakė? Iš kur mums žinoti, kad jis nemeluoja? Ir kaip sužinosime, koks yra Furijų galutinis tikslas?"

„Manome, kad žinome, jog Furijų ir Erielio galutinis žaidimas buvo kontroliuoti Žemę. Jie ketino paspausti ŽEMĖS PAUZĘ ir paversti ją Naujuoju Hadu, t. y. pragaru žemėje. Kur jie galėtų valdyti, suformavę sielų, kurios būtų jų malonėje, komandą. Taip, jie būtų išleidę sielas laisvai klajoti, bet kartą gavę laisvę - jie būtų turėję jos atsisakyti".

„Kodėl jie sutiktų jos atsisakyti?" - paklausė jis.

„Todėl, kad žmonės, net žmonių sielos negali suvokti laisvės sąvokos. Vietoj to jie mieliau renkasi būti suvaržyti. Laisvės trūkumas yra žmogaus saugumo antklodė".

„Tai melas", - tarė E-Z. „Mane taip pykina! Mes, žmonės, galime vertinti savo laisvę. Mums patinka gamta, galimybė kvėpuoti oru, dalytis mintimis ir jausmais su kitais, vertinti pasaulį ir viską, ką jame turime."

„Pyksti pakankamai, kad kovotum už savo ir kitų laisvę?" - "Pyksti pakankamai, kad kovotum už savo ir kitų laisvę? Ophanielis paklausė.

E-Z net nepastebėjo, kad ji grįžo.

„Taip, - tarė jis. „Bet pasakyk man, kad šiame naujajame jų pasaulyje jie rinktųsi tik tas sielas, kurias galėtų kontroliuoti. Kas nutiktų kitoms?"

„Jos amžinai plūduriuotų be namų", - pasakė Rafaelis. „Šiame naujajame jų pasaulyje pomirtinis gyvenimas būtų panaikintas. Žemė amžinai būtų pauzės būsenoje. Sielos liktų kūnuose, kurie nebebūtų nei gyvi, nei mirę. Širdys daugiau nebekiltų. Nebebūtų nei meilės, nei vaikų, kurie gimtų. Jokių sielų, kurios pakiltų - daugiau - niekada".

E-Z tylėjo, mąstė, viską įsisąmonindamas.

Balsas sienoje paklausė: „Ar kas nors norėtų atsigaivinti?"

„Ne, ačiū", - pasakė jis, bet džiaugėsi, kad jį pertraukė, nes tai sugrąžino jį į šią akimirką. „Aš suprantu, kam Erielis naudojo „Furijas". Faktas lieka faktu, kad jis yra archangelas kaip ir tu, ir tu žinojai, kad jis turi problemų, vis tiek suteikdavai jam šansą po šanso, net kai jis to nenusipelnė. Taigi dabar man įdomu, kodėl mes, aš ir mano komanda, turėtume taisyti tai, ką sugadino vienas iš jūsų pačių archangelų?"

„Nes..." Rafaelis pradėjo.

„Aš dar nebaigiau, - tarė E-Z, - prieš tai, kai tu ir Erielis apsilankėte mano namuose, kai jis susipažino su mano šeima ir kitais komandos nariais, mes manėme, kad jis yra mūsų pusėje. Jis matė, kur mes gyvename. Jis viską apie mus žino. Dėl jo mums gresia didelis pavojus".

„Tai tiesa, - pasakė Ophanielis.

„Nepaneigiama ir mums labai gaila, - tarė Rafaelis.

„Tegul Erielis juos atšaukia. Jis sukūrė šią netvarką ir turėtų ją ištaisyti". Jis sugniaužė sugniaužtus kumščius į kėdės porankius, priversdamas Hadą ir Reikį pašokti ir sudrebėti. Jis paplekšnojo norinčius tapti angelais angelams per galvą. „Viskas gerai, atsiprašau, kad jus nuliūdinau".

„Bravo!" Hadžė nudžiugo.

„Ura!" Reikis sušuko.

Rafaelis ir Ophanielis vienbalsiai tarė: „Erielis suvaržytas giliai žemės gelmėse. Jis yra ten, kur joks žmogus neturėtų drįsti eiti. Trumpai tariant, jo neįmanoma pasiekti".

„Bet juk kartą mes pabėgome iš kasyklų, - pasakė Reikia.

„Du kartus, - pasakė Hadžas.

„Jis ne kasyklose, jis kitoje vietoje, dar giliau, ne taip giliai, kaip gaisruose, bet kitoje vietoje, kur taip šalta, kad viskas virsta ledu, net kraujas, tekantis venomis. Vieta, kurioje joks žmogus negalėtų išgyventi!

„Erielis ten taip pat bejėgis, nes jo buvo atimta. Jis yra užrakintas ir niekam nematomas. Nieko negirdi. Jis niekada nebus išleistas iš tos vietos - niekada."

„Noriu su juo pasikalbėti, - tarė E - Z. „Man reikia užduoti jam klausimus - klausimus, į kuriuos tik jis gali atsakyti".

Rafaelis ir Ophanielis sušuko: „Tu negali! Negalima!"

„Tada aš atsiimu savo komandos paramą. Prašau grąžinti mane į mano namus. Haruto ir kiti gali grįžti pas savo šeimas." Jis nutilo, nes jo galvoje blykstelėjo

PJ ir Ardeno vaizdas. Jei jis nieko nedarys, jie įstrigs komoje, galbūt visam laikui. Jis prisiminė visus kartus, kai jie jam padėjo. Pirmąją dieną, kai jis grįžo į mokyklą neįgaliojo vežimėlyje. Tą kartą, kai jie vėl jį supažindino su beisbolo žaidimu - visi komandos vaikinai išėjo į aikštelę jo pasveikinti. Kaip jie padėjo jam išgyventi, kai mirė jo tėvai. Jo skruostu nuriedėjo ašara. Jis ją nušluostė.

„Paimkite jį!" - nugriaudėjo balsas sienoje.

Tada staiga pasidarė labai, labai šalta. Taip šalta, kad įsivaizdavo, jog tikrai jaučia, kaip kraujas jo venose virsta ledu.

SKYRIUS 14

ERIEL ANT LEDO

Visiškaivienas. Toks labai vienišas. Ir taip šalta, taip labai šalta. Tarsi jis būtų buvęs ledo kubelio viduje. Kai jis įkvėpė, ledas užpildė plaučius. Jis atsidūrė prie krašto. Jis įkvėpė į jį. Jis užsiliepsnojo. Tai nebuvo ledo kubas, tai buvo stiklo kubas. Ir ten buvo rankena. Atrodė, kad ji pagaminta iš medalio. Baimindamasis, kad jo oda prie jo prilips, jis pasinaudojo marškiniais ir jį atidarė.

Viduje buvo šiltų antklodžių, antklodžių, megztinių, kepurių, pirštinių - daugybė. Jis pasiekė vidų ir susisluoksniavo.

Kai įsisupo į megztinį, mintimis nukeliavo į tuos laikus, kai tėvas slidinėjimo kelionėje vilkėjo panašų megztinį. Jis buvo žalios spalvos, kaip ir šis, ir iš išorės buvo šiurkštus liečiant, bet viduje buvo šiltas kaip skrebučiai. Kai jis vilkėjo jį aplink save ir užsisegė sagą priekyje, jo šnerves užpildė ąžuolinis tėvo mėgstamo skutimosi losjono kvapas. smelled his father's shaving lostion in it. Jį užvaldė stiprus déjà vu jausmas, kai įkišo pirštus į porą juodų aksominių pirštinių - pirštinių, kurios, prisiekė, priklausė jo tėvui. Tačiau jos negalėjo būti, nes viskas buvo sunaikinta per gaisrą. Jis apsivyniojo rankas aplink save, mėgindamas sušilti. Manė, kad šaltis užvaldė jo kūną ir protą.

Atstūmęs kitus daiktus, dėžės dugne aptiko antklodę, kurią iškart atpažino. Rankomis megztą, jo motinos kasnakt ant sofos, o kai ji buvo baigta, užėmė savo vietą - ant odinės sofos atlošo. Kino vakarams ir tam, kad užsidengtų akis, jei nutiktų kas nors baisaus.

Jis nusimovė pirštines ir palietė ją, norėdamas įsitikinti, ar ji tikra, o tada prisilietė prie skruosto. Gėlėtas motinos kvepalų kvapas pasiekė jį, paguodė. Jo skruostu nuriedėjo ašara, kai jis vėl užsidėjo pirštines, tada apsivyniojo mamos antklodę, apvilko tėvo megztinį. Jis užsidėjo antklodę kaip gobtuvą ir apžvelgė aplinką.

Virš jo galvos, bet nukreipti žemyn aštriais smaigaliais buvo įvairaus dydžio ir formų stalaktitai iš ledo. Jei vienas iš jų nukristų, jie pradurtų jo kaukolės viršų ir tęstųsi per jį iki pat kojų pirštų. Jis norėjo turėti statybininko kepurę -

BINGO

Ir ant jo galvos atsirado geltona statybinė kepurė, paskui dar viena, ir dar viena, ir dar viena. Jis pasijuto kaip smalsusis Džordžas ir nusišypsojo. Dabar jis buvo pasiruošęs viskam.

Jis ieškojo durų, slinkdamas palei kubo sienas. Jokios rankenos nebuvo matyti. Į kokį kalėjimą jie jį įmetė? Pagaliau jis rado kraštus dešiniosios sienos viduryje. Jis nusimovė pirštinę ir nagu subraižė paviršių, kuris, kaip netrukus suprato, buvo langas. Tai, ką pamatė, nesumažino jo nerimo. Jo kubas buvo vienas iš daugelio, besitęsiančių išilgai tunelio, kiek tik akys užmato. Už įstiklintų savo kabinų langų nesimatė nė vieno gyventojo.

Jis kvėpavo į stiklą ir užrašė žodį „HELP!", parašytą atvirkščiai, jei kas nors jį pamatytų. Paskui greitai jį ištrynė prisiminęs, pas ką atėjo: Erielis.

E - Z pajudėjo palei kubo priekį, į kitą pusę, ir vėl rado rėmą, kuris, jo įsitikinimu, buvo langas. Jis nušveitė paviršių ir netrukus rado, ko ieškojo: išdaviką.

Kadaise galingas archangelas atrodė apgailėtinai, tarsi kas nors būtų smeigęs jam smeigtuką ir išleidęs visą orą. Jo kūnas buvo pritvirtintas prie sienos. Iš pradžių E-Z pagalvojo, kad jį laiko gravitacija ar kažkokia nematoma jėga, bet atidžiau įsižiūrėjęs suprato, kad visas Erielio kūnas yra storame ledo luite. Erielio kubas buvo suformuotas pagal jo kūną, todėl ledo vanduo užpildė kiekvieną jo formos kampelį ir jis, kitaip nei E-Z, neturėjo galimybės naudotis antklodėmis.

KLAUSIMAS. CLANK. CLANK.

E-Z pakreipė kaklą į kairę, kai išgirdo aidint žingsnius. Jis jautė, kad tas daiktas artėja, bet jo nematė.

CLANK. CLANK. CLANK.

E-Z papurtė galvą. Jis turėjo susikaupti, išlikti šioje akimirkoje, bet vis dėlto jį apėmė dar vienas keistas déjà vu jausmas.

Jo mintys nuklydo į prieš kurį laiką sapnuotą sapną apie gimtadienio vakarėlį su PJ ir Ardenu. Tame sapne buvo atėjusi figūra su gobtuvu, skleidžianti panašų garsą. Sapne buvo kalbama apie dingusios beisbolo kepuraitės paieškas.

Kai garsas tapo kurtinantis, jis įžvelgė figūrą, kuri buvo karys, didesnis nei gyvenimas, su dviejų suaugusių klevų dydžio sparnais. Vienoje rankoje arkangelas nešė auksinį skydą, kitoje - kardą. E-Z užsidengė akis, kai šviesa atsitrenkė į kardo korpusą. **KLAUSIMAS. CLANK. CLANK.**

Archangelas karys sustojo priešais Erielį, kuris nepakėlė akių, kad sutiktų atvykėlio žvilgsnį.

Kol jis nesustojo, E-Z nepastebėjo didžiulių arkangelo sparnų, kurie, kol jis ėjo, buvo ramybės būsenoje. Dabar karys pakilo, kad jo ir Erielio veidai būtų viename lygyje.

„Jūs turite svečią, - tarė jis.

Erielės akys liko nuleistos.

„Tavo akys manęs neapgauna", - tarė karys. „Tu pati save sugėdinai. Tu sugėdinai mus visus - ir vis tiek nesigaili, neatgailauji. Kalbėk su manimi. Pasakyk man, kodėl apskritai turėčiau leisti tau turėti svečią".

Erielis toliau žiūrėjo į grindis, nes kažką negirdimai murmėjo.

„Kalbėk!" - pareikalavo karys.

„Aš atgailauju!" Erielis išpyškino. „Gailiuosi, kad nesugebėjau..."

„Tylėk!" - pareikalavo karys.

KLAUSIMAS. CLANK. CLANK. Dabar karys stovėjo kitoje stiklo pusėje, akis į akį su E-Z.

„Aš esu Maiklas", - pasakė jis.

„Sveiki, aš esu E-Z." Jis pažino to vyro balsą. Jis buvo tas, kuris įsakė Rafaeliui ir Ophanieliui leisti jam pasikalbėti su Eriel.

„Kelkis, - tarė Maiklas.

„Aš negaliu vaikščioti", - pasakė jis.

„Tu gali, jei aš taip pasakysiu, - atskleidė Maiklas, - ir aš taip sakau. Kelkis E-Z Dikensas!"

E-Z pasijuto tarsi vienas iš tų, kurie ruošiasi būti išgydyti per pamaldas televizijoje. Nenoromis jis pakilo nuo kėdės. Jo kojos šiek tiek klibėjo, daugiausia iš baimės, o ne iš netikėjimo. Juk Mykolas buvo galingiausias arkangelas. Po kelių sekundžių E-Z stovėjo aukštielninkas ledo sienos viduje.

„Prašėte pasikalbėti su, tuo, tuo nukritusiu daiktu ten, ant sienos. Jis tau nepadės, nes yra supuvęs iki kaulų smegenų. Ir vis dėlto jis TURĖTŲ tau padėti. Jis TURI padėti mums visiems, kad išgelbėtų save nuo virtimo ledo skulptūra - nuolatine šios vietos puošmena."

Su kiekvienu ištartu žodžiu Maiklo balsas vertė E-Z pasijusti stipresniam ir labiau pasitikinčiam savimi.

Erielis pakėlė akis.

Sekundę E-Z kažką ten įžvelgė. Ar tai buvo pralaimėjimas? Ar tai buvo gailestis? Erielis užmerkė akis, kai jo kūnas susilpnėjo jį laikančiame ledo kalėjime.

„Manau, kad jis prarado sąmonę", - pasakė E-Z. **KLAUSIMAS. CLANK. CLANK.** Maiklas grįžo, kad atidžiau apžiūrėtų savo ledo kalėjimą. Iš jo bato viršaus išlindo gyvatė ir ėmė šliaužti Erielės veido link. Daiktas šliaužė aukštyn, aukštyn, šakotu liežuviu judėdamas pirmyn ir atgal, tarsi trokšdamas kraujo.

Maiklas tarė: - Mano draugo kūnas tirpsta pakeliui link tavo veido, Eriel. Ar neketini atverti akių ir pasisveikinti?"

Erielis iš tiesų atvėrė akis ir, pamatęs gyvatę, besiskinančią kelią jo kūnu, išleido šauksmą.

„GARUUUUUUUUUUUUUMMMMMMMMM!"

Maiklas spragtelėjo pirštais ir gyvatė nustojo judėti. Maiklas nagu nušveitė ledą. Jame vibravo Erielės kūnas. Tarsi jį būtų nutrenkusi elektra.

„MMMMM,hhhhh,MMMMMMMMM!"

„Sustok!" E-Z sušuko užsidengdamas ausis. „Prašau!"

Maiklas nustojo skardžiai kūkčioti. Jis pakėlė ranką, o gyvatė apsivijo ir nuslinko atgal į jo bato vidų.

„Šis berniukas rodo tau gailestingumą, Eriele. Tai daugiau, nei tu nusipelnei."

Erielis toliau dejavo iš nevilties.

Maiklas tęsė, atsisukęs į E-Z: „Duodu tau penkias minutes, kad galėtum užduoti Erieliui bet kokius klausimus".

Paskui kreipėsi į Erielį: „Galime priversti tave kalbėtis su juo, bet man labiau patiktų, jei savo noru nuspręstum jam padėti. Kadaise jūs nusprendėte išgelbėti šio berniuko gyvybę. Jis savo ruožtu grąžino skolą. Dabar jūs mus išdavėte ir turite iš naujo pelnyti mūsų pasitikėjimą".

Maiklas pakėlė koją ir spyrė į ledo struktūrą, kurioje buvo įkalintas Erielis. Ji sudrebėjo, bet nesutrūkinėjo ir nesuskilo.

„Tu man kelia pasibjaurėjimą! Tikitės, kad šis žmogiškas berniukas ištaisys jūsų klaidas. Iš tikrųjų ištaisyti jūsų klaidas. Vis dėlto jis nori suteikti tau galimybę atsakyti į jo klausimus. Taigi padėk jam. Tai tavo vienintelis šansas, vienintelė galimybė įrodyti mums, kad vis dar turi savyje kažką, ką verta išgelbėti. Kažkuri tavo dalis dar nėra supuvusi iki kaulų smegenų".

Erielis pakėlė akis: „Sire." Jis vėl jas nuleido.

„Jums gali būti atleista, bet jei nuspręsite jam nepadėti - jūsų nebendradarbiavimas bus deramai pastebėtas."

Erielio akys liko įsmeigtos į grindis.

„Ar supratote?" Maiklas paklausė. Kai Erielis neatsakė, Maiklo balsas griausmingai prabilo: „Ar tu supranti?"

E. Z. atrodė, kad ledas aplink jį virpėjo ir drebėjo vien nuo Maiklo balso garso, ir jis vėl buvo dėkingas už visus šalmus, saugančius jo kaukolę. Jis tikėjosi, kad jų užteks, antraip jis amžiams būtų palaidotas šioje vietoje kartu su Eriel ir Maiklu ir niekada daugiau nepamatytų nei dėdės Semo, nei savo draugų.

Erielis linktelėjo galva.

„Penkios minutės, - pasakė Maiklas.

KLAUSIMAS. CLANK. CLANK.

Ir jis dingo.

Jis ir Eriel liko vieni.

E-Z priėjo arčiau Eriel ir paklausė: „Kaip mes galime įveikti ‚Furiją'?"

Erielis pravėrė burną kalbėti, bet nieko nepasakė. Jis užmerkė akis.

„Prašau", - maldavo E-Z. „Prašau, padėkite mums."

KLAUSIMAS. CLANK. CLANK.

Maiklas jau buvo grįžęs. Negalėjo praeiti penkios minutės - dar ne. Jis nieko, visiškai nieko nesužinojo iš Erielės.

Erielis sukąstais dantimis ir žvengdamas sušnabždėjo tris žodžius: „Naudokis Rafaelio akiniais".

„Ką?" E - Z sušuko, daužydamas kumščiais į ledo sieną. „Kaip?"

Kitą akimirką jis vėl atsidūrė virtuvės tarpduryje. Jis nebeturėjo tėvų drabužių, bet išliko bendri tėvo skutimosi losjono ir motinos kvepalų kvapai. Jis apkabino save ir klausėsi, kaip Čarlzas aiškina savo istorijos moralą.

„Mano istorijos moralas yra toks, - pasakė Čarlzas, - kad viskas yra geriau, kai turi draugų, su kuriais gali tuo dalytis."

„O, - pasakė E-Z, kai Samanta pranešė, kad pusryčiai jau patiekti.

„Išsirikiuokite čia. Pasiimkite lėkštę, servetėlę ir stalo įrankius. Apsitarnaukite patys, - pasakė ji. „Tai švediškas stalas."

Sobo pasakė: „Sumogasubodo!" Haruto iš džiaugsmo sušvokštė.

„Aš pagaminau suši, - pasakė Samanta. „Tai buvo mano pirmas kartas."

Sobo linktelėjo galva: „Ačiū, bet kitą kartą leisk man tau padėti."

Samanta linktelėjo galva: „Būtų puiku."

E-Z pasistūmė savo kėdę į priekį.

Dėdė Samas sušnabždėjo eidamas greta jo: „Kur nuėjai? Turiu omenyje, kad tu buvai ten, ir tavo kėdė buvo ten, bet buvai ir kažkur kitur, ar ne?"

„Eee, taip, paaiškinsiu vėliau. Man reikia laiko apdoroti viską, kas įvyko. Duok man kelias minutes. Beje, ačiū."

„Už ką?" Samas paklausė.

„Už pusryčius, buvo kaip senais laikais. Smagu."

„Pasistenkime, kad netrukus tai pakartotume".

„Be abejo", - pasakė jis ir nuėjo į savo kambarį.

SKYRIUS 15

NAMAI SALDŪS NAMAI

Dabar, kaijie**buvo**vieni, buvo gera žinoti, kad Erielis nebekelia jiems fizinės grėsmės. Maiklo dėka jis buvo neįgalus, bet tik po to, kai visus išdavė. Erielis nuėjo per toli, bet kodėl? Kodėl jis išdavė savo rūšį? Puikiai žinodamas, kad Maiklas už jį galingesnis. Tai neturėjo jokios prasmės.

POP.

POP.

„Sveiki atvykę namo!" - pasakė jis.

Hadzė ir Reikis nusileido priešais jį ant lovos: „Ačiū, E-Z. Visada maloniai su mumis elgiesi."

„Atsiprašau, kad Erielis tau buvo toks baisus. Gerai, kad dabar jis uždarytas. Jis to nusipelnė."

„Ką apie juos manai?" Paklausė Hadzė.

„Nežinau, ką turi omenyje."

„Mes išsiuntėme dėžę."

„Aha, gal tai nepadėjo, - pasakė Reikia.

„Tai buvote jūs?" E-Z akys suspindo ašaromis.

„Džiaugiuosi, kad ji saugiai atkeliavo", - pasakė Hadžas, kai poros norinčių tapti angelais šypsenos išsitempė per veidus taip, kad atrodė, jog kiti jų bruožai sumažėjo.

„Labai ačiū. Maniau, kad viskas, kas priklausė mano tėvams, buvo sunaikinta per gaisrą". Jis giliai įkvėpė kovodamas su ašaromis. „Tik gaila, kad negalėjau visko parsivežti čia su savimi. Nors tai labai daug reiškė, kad jį turėjau..."

ZAP.

„Viskas, ką tau reikėjo padaryti, tai ištarti žodį. Juk jie tavo, - pasakė jie.

Ji buvo ten, jo lovos gale. Jo tėvų dėžė, arba tai, ką jie vadino savo antklodžių dėže. Joje buvo sudėti lobiai, kuriuos jis išvydo vaikystėje. O dabar jos buvo jo. Apčiuopiama lobių skrynia, pilna prisiminimų apie tėvus.

„Bet kaip?" - paklausė jis.

„Mums pavyko išgelbėti kelis daiktus, įšokus ir iššokus, kai namas degė", - pasakė Hadžas.

„Nusprendėme juos saugoti tau, kol būsi pasiruošęs juos susigrąžinti. Tikimės, kad laikas buvo tinkamas."

Jis lyg sapne priartėjo prie skrynios ir atidarė dangtį. Tėvo muskuso ir medienos kvapo po skutimosi, susimaišiusio su motinos saldžiai citrininiais kvepalais, dvelksmas pasitiko jį tarsi apkabinimas. Stengdamasis, kad viskas neišsisklaidytų vienu metu, jis atsargiai uždarė dangtį.

„Negaliu jums abiem pakankamai padėkoti. Niekada nesugebėsiu jums atsidėkoti. Viską perprasiu, kitą kartą. Dar kartą labai jums abiem ačiū". Jis ištiesė rankas ir abu norintys angelai į jas įskrido.

„Jis darosi per daug sopulingas, - pasakė Hadžas.

„Kas nors tau sakė; tau reikia kirptis?" Reiki paklausė.

E-Z pirštu perbraukė plaukus ir patrumpino vidurinę dalį, kuri dėl buvimo šaltose žemės gelmėse stūksojo kaip šepetėlio šeriai. „Geriau?"

„Šiek tiek", - atsakė Hadžas.

„Gerai, man reikia susikaupti. Netrukus čia ateis kiti ir pateiks naujausią informaciją apie Erielės situaciją. Turiu jiems papasakoti apie Maiklą. Kaip manai, ar jie bus sužavėti, kad su juo susipažinau?"

„Nesvarbu, ar jie bus sužavėti, - pasakė Hadžas.

„Svarbu, ar Erielis tau pasakė ką nors vertingo?"

„Taip, bet vis dar bandau suprasti, ką jis turėjo omenyje."

„Papasakok, gal mums pavyks įminti mįslę!"

„Ką kas turėjo omenyje?" Paklausė Alfredas, įkišęs snapą į kambarį.

„Įeikite", - tarė E-Z.

Alfredas įėjo. Buvo lijundros metas, todėl už jo nugaros šmėkštelėjo kelios plunksnos. „Sveiki, Hadz, sveiki, Reiki".

„Sveiki", - atsakė jie.

„Ilga istorija, bet kad pereitume tiesiai prie reikalo, buvau iškviestas atgal į bunkerį, kur Rafaelis ir Ophanielis supažindino mane su situacija dėl Eriel.

Jis veikė iš visų pusių. Apsimetinėjo esąs mūsų, archangelų ir Furijų sąjungininkas. Nesijaudinkite, jo išdavystė buvo atskleista, jis buvo sugautas ir įkalintas. Jį saugo vyriausiasis arkangelas Mykolas, kuris leido man trumpai pasikalbėti su Erieliu".

„O ką pasakė Erielis?" Alfredas pasiteiravo.

„Turėjau laiko užduoti jam tik vieną klausimą. Taigi paklausiau jo, kaip galėtume įveikti Furijas. Todėl ir atėjau čia, kad pagalvočiau apie tai, ką jis pasakė".

„Aha, vadinasi, norėjai pabūti vienas?" Alfredas paklausė. „Eikite, Hadz ir Reiki, suteikime E šiek tiek ramybės". Jis pajudėjo link durų, bet jie liko stovėti vietoje.

„Išspręsta problema yra bendra problema", - dainavo jie.

„Tiesa. Ir tai buvo Čarlzo istorijos moralas".

„Gerai, susirinkite." Jis padarė pauzę, tada tarė: „Erielis sakė, kad turėtume pasinaudoti Rafaelio akiniais."

„Teisingai, ir viskas?" Alfredas pasakė. „Suprantu, kodėl nesi tikras, ką jis turėjo omenyje. Jis labai neaiškus."

„Aš žinau. Ir jis nepasakė, kaip juos naudoti".

Hadzė pasilenkė ir kažką sušnibždėjo Reiki.

POP.

POP

Ir jie dingo.

„Galbūt pradėkime nuo pradžių. Papasakok, ką tiksliai tau pasakė Erielis."

„Aš jau pasakiau. Jis liepė naudotis Rafaelio akiniais. Štai ir viskas. Maiklas mus įjungė į laikrodį. Iš pradžių maniau, kad Erielis nepasakys nė žodžio. Jis pasakė tuos tris žodžius ir laikas baigėsi. Kitas dalykas, kurį žinojau, buvo vėl čia".

Alfredas žengė žingsnį ir pastebėjo antklodės dėžę lovos gale. „Tai kas tai?"

„Ji priklausė mano tėvams, - kovodamas su verksmais pasakė E-Z. „Hadzė ir Reiki išgelbėjo ją iš gaisro. Jie man tik pasakė, kad išgelbėjo ją dėl manęs - net rizikavo savo gyvybe".

„Tai buvo taip, - jis apsipylė ašaromis, - rūpestinga iš jų pusės. Ar tu jau buvai ją išgyvenusi?"

„Ne, bet aš tai padarysiu."

„Koks buvo Maiklas?"

„Jis daug klykė eidamas. Tai man priminė sapną, kurį sapnavau apie PJ, Ardeną ir giljotiną".

„O, prisimenu, kaip pasakojote mums apie tą sapną. Ar jis buvo toks pat baisus, kaip ir katorgininkas?"

„Maiklas labai supyko ir teisingai. Erielis jį išdavė, visi arkangelai ir mes. Nesuprantu tik to, kas galėjo būti verta tokios rizikos?"

„Galia - kai kurie žmonės padarytų bet ką, kad ją gautų. Bet mums reikia išsiaiškinti, kaip, pasinaudojus Rafaelio akiniais, sustabdyti Erielės ir Furijų pradėtą planą."

E-Z nuėmė juos nuo veido. Kai jis juos dėvėjo, kraujas nepulsavo ir nejudėjo rėmeliuose, kaip tai darydavo, kai juos dėvėjo Rafaelis. Ant jo jie buvo kaip bet kurie kiti akiniai.

„Įsakyk akiniams ką nors daryti, - pasiūlė Alfredas.

„Akiniai išnyksta", - įsakė E-Z.

Jis juos numetė ir jie nusileido ant grindų.

E-Z atsiduso. Šiuo atveju dvi galvos tikrai nebuvo geriau nei viena. Jis nusijuokė.

„Gera buvo matyti sugrįžusius Hadžą ir Reikį. Ar jie čia pasiliks? Turiu omenyje, padėti mums?"

„Jie yra, bet pastaruoju metu daug išgyveno ir gali būti, kad kenčia nuo potrauminio streso sutrikimo - tai potrauminio streso sutrikimas."

„Taip, aš žinau. Kas atsitiko?"

„Įvyko Erielis, štai kas. Iš to, kas girdisi, jis Žemėje ir visur kitur kėlė chaosą ir sumaištį." E-Z padarė pauzę. „O jei panaudočiau akinius, kad pakeisčiau savo pavidalą?"

„Ir ką?"

„Jei galėčiau pakeisti savo pavidalą, galėčiau aplankyti Furiją kaip Erielis".

„Tai suveiktų tik tuo atveju, jei jie nežinotų, kad jis sugautas, - pasakė Alfredas.

„Taip, bet jei jie nežinotų. Pagalvok, kokią žalą galėčiau padaryti. Galėčiau ten įeiti. Jie manytų, kad esu jų pusėje. O aš galėčiau atsisukti prieš juos. BAM, galėčiau išmušti juos iš vėžių!"

POP.
POP.

„Tai būtų per daug pavojinga!" Hadžė sušuko.

„Labai per daug pavojinga!" Reiki pakartojo.

„Be to, mes turime kitą idėją."

„Papasakokite mums", - tarė E-Z.

„Jie atkūrė Baltąjį kambarį, todėl grįžome ten pažiūrėti, ar nėra knygų apie Rafaelio akinius".

„Ir? Ar buvo knyga?"

„Ne", - pasakė Hadzė.

„Bet mes radome šitą, - pasakė Reikia.

Tai buvo mažytė knygelė, maždaug E-Z rodomojo piršto galo dydžio. Ant nugarėlės buvo užrašyta: *Rafaelio pirmoji Henocho knyga.*

Hadzė ir Reikis vartydavo puslapius, nes knyga buvo idealaus dydžio, kad jiedu galėtų ją laikyti kartu.

„Čia rašoma, - garsiai perskaitė Hadzė, - kad Rafaelio tikslas buvo išgydyti žemę, kurią išniekino puolę angelai".

„Pameni, Rafaelis sakė, kad galiu ją kviesti tik tada, kai artėja pabaiga? Galbūt ir akiniai atskleis man savo galias tik tada, kai jų prireiks."

„Būtent taip", - pritarė Hadzė ir Reikia.

„Manau, kad mums reikia smegenų šturmo su kitais, bet tavo idėja pakeisti savo išvaizdą į Erielės yra gera, - pasakė Alfredas. „Mums tik reikėtų sugalvoti, kaip tave palaikyti, kai tai darysi - kad būtum saugi."

„Tai bloga idėja, - pasakė Hadžas.

„Labai bloga idėja!" Rikis pasakė.

„Kaip tai?" Alfredas pasiteiravo.

„Pirma, tu nežinai, ką žino Furijos".

„Arba nežino."

„Antra, tai gali būti spąstai."

„Spąstai, kuriuos surengė Erielis ir Furijos."

„Trečia, ir svarbiausia..."

„Erielis bijo Maiklo."

Jie vienu balsu tarė: „Rafaelio akiniai turi būti raktas į viską. Erielis siekia Mykolo ir kitų arkangelų atleidimo ir atpirkimo. Tai vienintelė jo viltis. Tu esi jo vienintelė viltis. Todėl mes tikime, kad jis jums pasakė tiesą".

„Bet kas, jei Furijos nežino apie Erielio - situaciją? Kol jie nežino, mes čia turime pranašumą, - tarė Alfredas.

„Aš sutinku, - tarė E-Z.

Lija įkišo galvą į kambarį, o paskui ją ir likusi gauja. „Kas atsitiko?" - paklausė ji.

„Įeikite ir aš paaiškinsiu. Ir uždaryk už savęs duris."

„Skamba abejotinai", - pasakė Lia. Ji pastebėjo Hadžą ir Reikį ir pamojavo jiems ranka. Tada uždarė už jų duris ir užrakino.

SKYRIUS 16

KAS TOLIAU?

„Atsisėskite, patogiai įsitaisykite", - pasakė jis, kai visi sulipo į jo lovą. „Pirmiausia tiems, kurie su jais dar nesusipažino, - tai Hadžis, o tai - Reiki. Jie yra draugai ir norintys tapti angelais. Jie buvo paskirti mums padėti".

Harutas nusilenkė, Lačis tarė: „Laba 'diena!" Čarlzas ir Brendis paspaudė jiems rankas.

Visiems oficialiai prisistačius, komanda susėdo palei lovos šoną. E-Z pagalvojo, kad jie atrodo kaip autobuso laukiantys keleiviai.

„Mes visi čia, kad nugalėtume „Furiją". Tačiau turime atsižvelgti į tam tikrą aktualią informaciją. Prieš pradėdami judėti į priekį."

„Ką turite omenyje?" Lia paklausė. „Siūlote, kad mes galėtume atsisakyti?"

E Z išsiviepė.

„Geriausia, jei leisite man viską papasakoti, tada galėsite užduoti klausimus. Tikriausiai turėjau pradėti nuo to. Bet aš vis dar pats viską apdoroju." Jis suabejojo. „Noriu pasakyti, kad duokite man šiek tiek laisvę, nes tai sudėtinga situacija, o dar sunkiau ją paaiškinti."

Visi linktelėjo galva, todėl jis tęsė.

„Erielį sulaikė archangelai. Jis išdavė juos ir išdavė mus. Jis nebekelia mums grėsmės, bet jis sukompromitavo mūsų misiją. Problema ta, kad mes nežinome, kiek. Tačiau žinome daugiau apie jo ketinimus - bet kokiomis priemonėmis įgyti Žemės kontrolę. Norėdamas tai padaryti, jis ėmėsi tam tikros rizikos - net ir tada, kai jo pusėje buvo Furijos."

Prieš tęsdamas jis akimirką ar dvi padarė pauzę, kurią išgirdo visi.

„Arkangelai nusigręžė nuo jo. Buvau susitikęs su archangelams vadovaujančiu Maiklu, ir jis buvo pasibjaurėjęs Ereliu. O Erielis jo baisėjosi".

Pasigirdo daugiau duslių atodūsių.

„Mūsų planas A buvo įvilioti Furiją į spąstus žaidimų aplinkoje. Erielis žinojo apie šį planą. Tiesą sakant, jis skatino mus jį įgyvendinti. Taigi turime pereiti prie plano B. Vien to, kad jis žinojo apie planą A, pakanka, kad jį atmestume."

Dar daugiau atodūsių ir „O ne!"

„Taigi, planas B. Žinau, kad galvojate akivaizdų dalyką: t. y. mes neturime plano B. Na, neturėjome. Bet dabar turime. Ar jus šokiruos žinia, kad mūsų planas B atsirado iš mūsų išdaviko lūpų?"

Visi linktelėjo galva.

„Kaip jau sakiau anksčiau, buvau susitikęs su Maiklu. Būtent jis pasiūlė Erieliui, kad jam gali būti taikomas atlaidumas, jei ir tik jei jis mums padės.

„Maiklas davė mums tik penkias minutes kartu. Ir didžiąją to laiko dalį Erielis nieko nesakė. Paskui, vos tik ji baigėsi, jis pasakė tris žodžius: „Naudokis Rafaelio akiniais" - ir viskas. Kiek vėliau prisiminiau, kad Rafaelis sakė, jog Čarlzas gali būti mūsų slaptas ginklas, taigi su akiniais mes galime turėti du ginklus, apie kuriuos jie nežino."

Čarlzas užgniaužė kvapą.

E-Z pripažino Čarlzą palinkčiojimu.

„Bet prieš susiaurindami ir atlikdami smegenų šturmą, turime pažvelgti į bendrą vaizdą ir nuspręsti, ar tai mūsų kova. Ar tai yra kažkas, ką mes vis dar norime, kaip komanda, dalyvauti.

„Erielės dėka šiandien esu gyvas. Jis mane išgelbėjo, o paskui pasakė, kad esu skolingas jam ir kitiems archangelams. Norėdamas grąžinti šią skolą, atlikau kelis išbandymus. Kartu atėjo Alfredas ir Lija, ir mes kartu sudarėme Tris. O tada jų prašymu išsiskyrėme.

„Įkūrėme savo superherojų svetainę ir padėjome žmonėms. Iki tol, kol archangelai paprašė mūsų pagalbos nugalėti „Sielų gaudytojų" piratus. Laikui bėgant sužinojome, kas jie tokie: Furijos - galingos ir piktos graikų deivės, kurios sugrįžo.

„Hadzė" ir ‚Reiki' pasiėmė mane į žvalgybą, kad parodytų savo būstinę Mirties slėnyje. Ten savo akimis pamačiau, kaip kaupiami konteineriai su vaikų sielomis. Vėliau iš mūsų buvo paimti PJ ir Ardenas. Jų būklė nepasikeitė. Rafaelio dėka mes savo akimis pamatėme, kaip dirba tos bjaurios deivės. „Furijos yra vertos priešininkės. Jei su jomis kovosime, galime žūti. Žinoma, tai nėra naujausia informacija, bet ar verta rizikuoti gyvybe dabar, kai Erielis mus išdavė?

„Atsižvelgdami į viską, o ypač į tai, kad savo pusėje turime du slaptus ginklus. Nors ir ginklus, kuriuos nežinome, kaip galime panaudoti. Galbūt esame geroje padėtyje laimėti šią kovą. Tai yra, jei laikysimės kartu ir jei palaikysime vienas kitą. Jei dėl didesnio gėrio vis dar esame pasirengę rizikuoti savo gyvybe. Žemės labui, gelbėdami Žemę. Ką jūs sakote?“

Toliau visi - išskyrus Alfredą - šokinėjo ant lovos ir kartojo: „Vienas už visus ir visi už vieną!“

E-Z pakėlė ranką. “

„Visi už kovą su „Furijomis“, sakykite „Taip“.

Sprendimas buvo vienbalsis.

Sobo pasibeldė į duris ir paklausė: „Galbūt ir aš galiu padėti?“.

SKYRIUS 17

PAKLAUSKITE CHARLES DICKENS

Brendisgarsiai nusišypsojo, todėl visi kambaryje pažvelgė į ją. Dabar, kai visi atkreipė į ją dėmesį, ji paklausė: „O kaip tu, senjorė, ketini padėti mūsų superherojų vaikų komandai nugalėti tris galingas piktąsias deives?"

Visame kambaryje pasigirdo atodūsis, privertęs Haruto greitai pasitraukti į savo Sobo pusę. Jis sugriebė jos ranką ir prispaudė ją prie širdies.

Sobo, kurios nesuglumino Brendžio neišmanymas, šnabždėjo anūkui raminančius žodžius japoniškai.

„Atsiprašyk, - pareikalavo E-Z.

„Viskas gerai", - pasakė Sobo. „Ji teisi, gal aš ir nesu toks superherojus kaip jūs visi, bet kiekvienas šiame gyvenime turi ką duoti".

„Atsiprašau, Sobo, - tarė Brendis. Ji nesustojo. „Aš norėjau pasakyti..."

„Užsičiaupk!" Lia sušuko. „Įeik, Sobo."

„Mums praverstų bet kokia pagalba, - pasakė E-Z.

Čarlzas atsistojo, siūlydamas savo vietą Sobo ir Haruto.

„Ačiū", - pasakė Sobo ir kelias akimirkas nekalbėdami su anūku sėdėjo greta.

„Ar jaučiatės pakankamai gerai?" Haruto paklausė.

„Taip, mažyli, - atsakė Sobo. „Aš irgi turiu supergalią. Ta supergalia vadinasi transformacija. Aš nugyvenau daugybę gyvenimų ir suvaidinau daugybę vaidmenų... Kiekviename gyvenime išmokstu kažko naujo. Esu atviras mokymuisi, juk tai ir yra gyvenimo esmė. Siūlau savo gyvenimą; padaryčiau viską, kad išgelbėčiau tave. Visus jus."

„Net mane?" Brendis paklausė.

Sobo nusijuokė. „Ypač tave, vaike."

Brandy perėjo per kambarį ir apglėbė Sobo kaklą. „Ačiū. Bet kodėl būtent man?"

Haruto atsistojo ir, užsidėjęs rankas ant klubų, sušuko: „Todėl, kad esi kvaiša!"

Visi nusijuokė, įskaitant Brandy.

Sobo atsakė: „Nes esi bebaimis. Taip, būti bebaimiu yra galinga emocija, bet tu turi išmokti kantrybės. Reikia ir vieno, ir kito, kad išgyventum šiame pasaulyje. Turėdamas ir viena, ir kita, tapsi dar didesne jėga, su kuria reikia skaitytis. Gyvenimas - tai keitimasis, savęs iš vidaus į išorę, iš išorės į vidų. Mokykitės. Augkite. Turime būti kaip medžiai, besikeičiantys kartu su metų laikais, lankstomi vėjo."

„Taip gražu, - pasakė Čarlzas.

„Bet pasaulyje yra ir gėrio, ir blogio, - pasakė Sobo. „Taip ir turi būti. Vienas turi egzistuoti, kad galėtų būti kitas. Ir mes, tu, aš ir visi čia esantys, turime kovoti tik gėrio pusėje. Šiame pasaulyje gali būti tik vienas nugalėtojas. Tas nugalėtojas turi būti visos žmonijos labui."

Sobo nutilo. Kol ji gaudė kvapą, kiti tylėjo ir laukė, kol ji tęs.

„Kodėl aš čia esu, - tęsė Sobo, - norėdama perduoti sveikinimus nuo Rozalijos".

„Tu ir Rozalija, Sobo, bet kaip?" Lia pasiteiravo.

„Rozalija atėjo pas mane sapne. Iš kur aš žinojau, kad tai ji? Nes ji man taip pasakė. Sapnai yra galingi vienetukai. Dvasios kerta pasaulius ir susimaišo su mumis, kad būtų su mumis arba pasakytų mums tai, ko nežinome, pavyzdžiui, įspėjimus, nuojautas. Rozalija norėjo padėti mums kovoti, kovoti ir laimėti".

„Taip, - tarė E-Z. „Aš dažnai sapnuoju savo tėvus. Kartais jie man atskleidžia dalykus arba pasakoja tai, ko negalėjo žinoti. Nebent jie dalytųsi su manimi mano gyvenimu".

„Taip, meilė yra galingas jausmas, kuris neturi ribų. Tie, kuriuos myli, ieškos tavęs, suras tave, padės tau net tamsiausiais laikais."

„Ar ji, - paklausė Lija, - laiminga?"

Sobo nusišypsojo. „Laimė - dar ne viskas. Leiskite man tik pasakyti, kad ji yra savimi. Tai viskas, ką jums iš tikrųjų reikia žinoti. Ir būdama savimi, kaip laivas, kuris irgi kovoja tik gėrio pusėje, ji tiki jumis, pone Čarlzai Dikensai. Jūs esate mūsų jėga."

„Aš?" Čarlzas paklausė.

„Taip, Čarlzai. Nusiveskite mus į biblioteką. Į biblioteką debesyse."

„Niekada nesu apie ją girdėjęs. Negaliu jūsų ten nuvesti. Ji turbūt sumaišė mane su vienu iš kitų".

„Kokia biblioteka?" Brendis paklausė.

„Ir kodėl ji yra debesyse?" Lia pasiteiravo.

„Aš ten buvau, - pasakė Sobo. „Ji labai sena ir saugoma... žino tik tie, kurie žino".

„Aš nesu vienas iš jų", - pasakė Čarlzas.

„Tau tiesiog reikia šiek tiek padėti, - pasakė Sobo. „Duok jam Rafaelio akinius, ir tada jis, bus žinantis".

„Palaukite minutėlę, - pasakė E-Z. „Kaip jūs ten patekote?"

„Ar tu manimi netiki?" Sobo nusišypsojo. „Rozalija mane ten nuvedė sapne... ji dvasia... ir vedė mane kaip sapnų vaikščiotojas."

„Ar esi tikras, kad tai nebuvo prisiminimai, kuriais ji dalijosi apie Baltąjį kambarį?"

„Tikrai ne. Iš kur aš tai žinau?" Sobo paklausė.

„Nes Rozalija man sakė, kad niekada nenorėjo grįžti į vietą, kur ją nužudė tos piktosios seserys."

„Tai logiška, ir vis dėlto kažkas, ką Rafaelis pasakė apie tai, kad niekada ir niekam neperduos akinių, verčia mane nerimauti dėl to, kad galiu pasipriešinti jos norams."

„O kas, jei Rozalija nėra viena iš tų, kurie žino?" Sobo pasiteiravo. „Ar turėtume praleisti šią galimybę padidinti savo šansus nugalėti Furijas, atmesdami naujausią Rozalijos, patikimos draugės ir patikėtinės, informaciją?"

„Pirmiausia papasakok man, - tarė E-Z, - kokia ji buvo?"

Sobo užmerkė akis. „Įsivaizduok laiką, kai karštą vandenį įjungdavai tik duše ar vonioje, be ventiliatoriaus ir be atviro lango. Išeidavai iš kambario ko nors pasiimti ir uždarydavai duris. Kai vėliau jas atidarėte, kambarys buvo pilnas garų, o kai įėjote, nieko negalėjote matyti - iš pradžių. Tačiau akys prisitaikė ir tada viską matėte. Man buvo tas pats, kai pirmą kartą įėjau į Debesų biblioteką".

Ji atmerkė akis. „Įsivaizduokite debesies vidų, kuriame egzistavo knygos. Kiekviena parašyta, išleista knyga - viskas ten, priešais jus. Galima skaityti, imti, mokytis. Būtent taip buvo Debesų bibliotekoje. Ir mums visiems skirta dabar nueiti ir pamatyti tai savo akimis. Šiandien."

„Skamba stebuklingai, - pasakė Čarlzas. „Noriu nueiti. Noriu jus visus ten nusivežti."

„Skamba pernelyg gerai, kad būtų tiesa, - pasakė Brendis.

Sobo nusišypsojo.

E-Z suabejojo prieš nuimdamas akinius ir paduodamas juos Čarlzui.

„E-Z, - pasakė Sobo, - Rozalija man sakė, kad Rafaelio taisyklės išimtis yra Čarlzas. Prisimeni? Ir būtent ji atskleidė, kad Čarlzas yra mūsų slaptasis ginklas".

E-Z linktelėjo galva ir padavė akinius Čarlzui.

Čarlzas nedvejodamas juos užsidėjo. Kai jis užsikišo juos už ausų, ant rėmelių esančios spalvos pulsavo visomis žmogui žinomomis spalvomis. Visomis spalvomis, išskyrus raudoną. Kai akiniai nusistovėjo žalios spalvos žolės atspalvyje, Čarlzo kaklas pasisuko kairėn dešinėn kairėn dešinėn kairėn. Jis išsitiesė, įsistebeilijo į priekį.

„Aš pasiruošęs, - pasakė jis. „Laikykitės už rankų, kad visi būtume susijungę, ir aš jus ten nuvesiu".

„Palaukite mūsų!" Šaukė Hadžė ir Reikis, šokdami ant E'Z pečių ir laikydamiesi už jų. Po akimirkos ir niekas niekur nedingo.

SKYRIUS 18

KAS NUTIKO NE TAIP?

„Nesuprantu, - pasakė Čarlzas. „Galėjau tai matyti mintyse. Galbūt man reikia instrukcijų arba stebuklingų žodžių. Ar Rozalija tau pasakė ką nors ypatingo, ką turėčiau padaryti, be to, kad uždėti akinius Sobo?" Čarlzas pasiteiravo.

Sobo papurtė galvą. „Pabandyk ką nors kita."

„Vesk mus į Debesų kambarį!" - pareikalavo jis.

Šį kartą kaip grupė visi susiūbavo, tarsi kažkas būtų atidaręs langą.

„Užmerkite akis, - pasakė Čarlzas. „Visi pasiruošę?" Visi linktelėjo galva. Jis užmerkė akis, kai superherojų grupė ir Sobo susiskaldė.

„Kažkas jaučiasi, kitaip", - pasakė Lačis ir atmerkė akis. „Aš jaučiuosi kitaip."

E-Z taip pat pasijuto keistai, kai atmerkė akis. Dabar Hadžė ir Reiki knarkė. Atrodė keistas metas jiems snausti. O kas dar buvo kitaip? Rafaelio akiniai buvo be spalvų. Kodėl? Anksčiau taip niekada nebūdavo. Ir kas dar? Alfredas - kur, po velnių, buvo Alfredas?

„Alfredas? Kur tu esi?"

Lia apsipylė ašaromis.

„Kodėl verki?" E-Z paklausė.

„Todėl, kad nieko nematau, ne savo rankomis. Jau nebe."

„Čarlzas. Akiniai, - pasakė Brendis.

„O kaip dėl?" Jis juos nuėmė.

Jie užsidengė ausis, nes Sobo atmetė galvą ir klykė kaip banshee, kol švelni orkestro muzika užgožė jos klyksmą ir visi užmigo.

***

Dabar, kai dvynukai miegojo, Samanta ir Samas domėjosi, kaip sekėsi susitikimas E-Z kambaryje. Kai jos atvyko, durys buvo užrakintos, o joms pasibeldus niekas neatsakė.

„Tai keista", - pasakė Samas. „E-Z" niekada neužrakina durų.

„Paimk raktą, - pasakė Samanta.

Samas, įkišęs raktą į spyną, pajuto blogą nuojautą.

Samas ir Samanta žiūrėjo, kaip Sobo, Brendis, Lija, Lačis, Haruto, Čarlzas ir E-Z žvelgia į priekį kaip manekenai parduotuvės vitrinoje.

„Jie vos kvėpuoja, - pasakė Samas.

„O kur Alfredas?"

„Ir kodėl Čarlzas nešioja Rafaelio akinius?"

„Man baisu", - pasakė Samanta ir paėmė vyro ranką į savo.

„Nemanau, kad turėtume čia ką nors trikdyti, - pasakė Samas. „Jaučiu, kad vyksta kažkas, apie ką mes nežinome".

„Tai baisu."

„Kas tai?" Samas paklausė, pastebėjęs dėžutę E-Z lovos gale. „Aš tuo netikiu! To negali būti." Jis pasilenkė, pakėlė skrynios, kurią ne kartą matė brolio kambaryje, dangtį. Skrynią, kurią, kaip jis manė, sunaikino gaisras. Kaip ir nutiko su E-Z, viduje esančių kvapų sukelti prisiminimai pakilo ir jį užplūdo emocijos.

„Eikime iš čia, - pasakė Samanta. „Lauke galėsi papasakoti daugiau apie skrynią".

„Duokime jai šiek tiek laiko. Jie netrukus atsibus ir..."

„Nemanau, kad turime kito pasirinkimo, - pasakė Samanta, kai jie uždarė už savęs duris.

SKYRIUS 19

DEBESŲ KAMBARYS

Čarlzas akimirką pastovėjo ir apžiūrėjo aplinką. Ar jis atvedė juos ne ten, kur reikia? Jis ir kiti (kurie visi miegojo) buvo aukštai danguje, nesimatė nė vieno debesėlio. Jie buvo nusileidę viduryje platformos, pagamintos iš stiklo. Jis neįsivaizdavo, kaip ji laikėsi. Jis pastebėjo, kad E-Z vežimėlis riedėjo į priekį, todėl nuskubėjo prie jo ir pažadino.

„Kur mes esame?" - paklausė jis, šmurkštelėjęs į Hadzę ir Reikį, kurie vis dar kietai miegojo jam ant pečių, ir pažadino.

„Atsibusk! Atsibusk!" Čarlzas įsakė.

Jie vienas po kito atvėrė akis, paskui, supratę, kaip aukštai yra, prisiglaudė vienas prie kito, stengdamiesi nejudėti. Stengėsi nežiūrėti žemyn pro stiklą, kuris neleido jiems nukristi ant žemės.

„Norėčiau, kad čia būtų turėklai!" Lia sušuko. Dabar ji viską matė, bet dalis jos norėjo, kad taip nebūtų.

„Kas jį laiko, štai ko negaliu suprasti", - pasakė Čarlzas.

„Niekada nebuvau b-labai mėgstanti aukštį", - pasakė Brendis ir griebė artimiausią laisvą ranką, kuri priklausė Čarlzui.

„O, - pasakė jis, pajutęs, kokia šalta jos ranka.

„Aš ten nuskrisiu ir pažiūrėsiu, - pasakė E-Z ir nuskrido, judėdamas aplink platformą, kuri atrodė tarsi išaugusi iš oro, niekas jos nelaikė ir joks inkaras nelaikė vietoje.

Haruto laikėsi už močiutės rankos. Ji atsibudo lėčiau nei kiti. Kai atrodė, kad ji visiškai pabudo, ji pasakė tik: „O ne", - buvo viskas, ką ji pasakė. Vėl ir vėl.

„Tai ne Debesų kambarys, į kurį tave nusivedė Rozalija, ar ne?" Čarlzas paklausė.

Sobo žengė vieną, du žingsnius, o vaikai prigludo prie jos. Ji užmerkė akis, stipriai jas užspaudė ir vėl atmerkė.

„Ką tu darai?" Brendis pasiteiravo.

„Ieškau knygų", - pasakė Sobo. „Jei tai ta vieta, tai čia turėtų būti knygų. Daug knygų. Aš jų nematau. Nė vienos."

E-Z, kuris vis dar tyrinėjo platformos struktūrą, paklausė: „Ar jaučiasi, kad esame tinkamoje vietoje? Ar knygos gali būti užmaskuotos? Ar kas nors gali jas pamatyti?"

Visi pritariamai papurtė galvas, net Hadžis ir Reiki, kurie iki šiol tarpusavyje nebuvo ištarę nė žodžio.

„Turiu blogą, blogą nuojautą dėl šios vietos", - vienbalsiai dainavo Hadžas ir Reiki.

Čarlzas suabejojo prieš pradėdamas kalbėti. „Kai užsidėjau akinius, galvoje mačiau biblioteką, ir ji buvo tokia, kokią mums apibūdino Sobo. Nebuvo jokios stiklinės platformos. Ši vieta ne tokia, kokią įsivaizdavau. Iš pradžių maniau, kad akiniai padarė klaidą, bet dabar, jei Hadž ir Reiki turi blogą nuojautą, taip pat ir Sobo, manau, kad". Sobo linktelėjo galva ir pastebėjo, kad ji dreba. „Manau, kad mums reikia iš čia dingti - ir greitai".

E-Z pastebėjo, kad trūksta Alfredo. „Ar kas nors žino, kas nutiko Alfredui? Kai čia atvykome, visi buvome sujungti prisilietimu. Kaip jis galėjo prisirišti?" Dabar jis pastebėjo, kad Hadžis ir Reikis atrodė ne savo vietoje. Beveik lyg būtų apsvaigę nuo narkotikų, nes jų akys buvo atmerktos į galvą ir jiems sunkiai sekėsi išlikti budriems.

„Gulbės neturi pirštų, kuriuos galėtų paliesti", - unisonu dainavo abu norintys tapti angelais. Jie pratrūko juoktis ir sukosi ratu, kol apsvaigo per daug, kad išsilaikytų ant vandens, ir su šleikštuliu nukrito ant stiklinių grindų.

„Gerai, Čarlzai, man užtenka įrodymų. Parvežk mus atgal namo - dabar pat".

Čarlzas, kuris buvo nusiėmęs Rafaelio akinius, dabar vėl juos užsidėjo, ketindamas įvykdyti E-Z įsakymą, sušuko: „O, štai jie!"

„Dabar jau matai knygas?" Sobo paklausė.

„Kai atvykome pirmą kartą, negalėjau, bet dabar galiu. Ką man dabar daryti?"

„Tai neturi jokios prasmės, - pasakė Sobo, - kodėl jos tau būtų užmaskuotos, o paskui atskleistos? Rozalija apie šiuos dalykus neužsiminė."

„Manau, kad oras čia, viršuje, veikia mūsų smegenis", - pasakė E-Z. „Aš pradedu jaustis ne savo vietoje, man svaigsta galva. Geriau iš čia dingti ir kuo greičiau, nes kitaip atsidursime veidu žemyn ant platformos kaip Hadžis ir Reikis."

Čarlzas ištiesė ranką ir į ją įskriejo knyga, kurią jis įsidėjo į marškinius. „Vesk mus atgal!" - sušuko jis. Kaip ir pirmą kartą, kai jie pabandė tai padaryti, nieko neįvyko.

„Galbūt mums reikia laikytis už rankų, - pasakė Sobo. „Ir vėl užmerkti akis."

Jie padarė ir viena, ir kita, ir tuoj pat didžiuliai vėjo gūsiai ėmė juos blaškyti po platformą. Jie susiglaudė, kaip futbolo komanda prieš svarbų žaidimą, įsikibę vienas į kitą. Stumdami kojas į platformą, tikėdamiesi, kad jos neišskris.

E-Z suko galvą, bandydamas sugalvoti, kaip ištrūkti. Ar vienintelė išeitis buvo pasinaudoti vienintele galimybe iškviesti Rafaelį, kad šis ateitų į pagalbą? Jis pažvelgė į Čarlzą, kuris, atrodė, išnyksta ir išnyksta. „Čarlzai!" - sušuko jis ir tada per petį pastebėjo, kad link jų sparčiai artėja Kūdikis, Mažoji Dorita ir Alfredas.

Alfredas sušuko: „Turime jus iš čia ištraukti - dabar pat. Ši vieta - tarsi švyturys, apšviečiantis tave visam pasauliui, taip pat ir Furijoms!"

Sobo verkė: „Nežinojau, kad jie naudojo Rozaliją kaip spąstus."

„Čarlzas tikrai matė knygas, ir net vieną gavo. Nusigabenkime save į saugią vietą. Niekas nėra kaltas. Visi jūsų ketinimai buvo geri, - pasakė E-Z.

„Ačiū, - tarė Sobo, pradėdama blaškytis, kaip ir Čarlzas. Brendis paėmė jos ranką ir tvirtai laikė, kol Sobo nebeišbluko.

Alfredas pasakė: „Nagi!"

Lašis užšoko ant Kūdikio nugaros, tempdamas drebantį Čarlzą su savimi į laivą, ir jie nuskrido. Jo marškinėlių viduje išsiplėtė knyga, kurią jis ten laikė, ir dvi marškinėlių sagos išskrido. Viena ranka jis tvirtai laikė knygą, o kita - Lačį, nes Kūdikis didino tempą.

Mažoji Dorrit pasilenkė neliesdama platformos, kad likusieji galėtų įlipti, o E - Z griebė Hadą ir Reikį. Jie skrido, o Alfredas ir E-Z skrido greta, nes dangus iš mėlyno virto juodu, iš juodo - mėlynu, iš juodo - juodu, ir pasirodė žvaigždės, bet tai nebuvo žvaigždės. Tai buvo akių obuoliai. Būgno šaudančios akys, panašios į tas, su kuriomis jis buvo susidūręs Mirties slėnyje, kai pirmą kartą susidūrė su Furijomis.

SPLAT. SPLAT. SPLAT.
SPLAT. SPLAT. SPLAT. SPLAT.
SPLAT. SPLAT. SPLAT. SPLAT. SPL-

Čarlzas iš visų jėgų sušuko: „NAMAI!" Ir šį kartą tai pavyko. Jie vėl buvo namuose. Saugūs.

Harutas apglėbė močiutę.

„Taip džiaugiuosi, kad vėl grįžau namo", - tarė vienas kitam.

Po akimirkos atvyko Samas ir Samanta.

✳✳✳

„Matėme jūsų kūnus, miegančius jūsų kambaryje. Nežinojome, ką daryti, - pasakė Samas.

„Tai ilga istorija, - pasakė E-Z.

Sobo paklausė Čarlzo: „Ar pavyko išlaikyti knygą?"

„Žinoma, kad pavyko, - pasakė Čarlzas, laikydamas ją rankoje. Tai buvo didelis tomas, kietais viršeliais, stora nugarėle, kurią galėjo matyti ir skaityti visi - Čarlzo Dikenso „**Didieji lūkesčiai**".

„Tu atsinešei vieną iš savo knygų?" - ,Taip,' - atsakė Dikensas. Brendis sušuko.

Lačis nusišypsojo.

„I..." Čarlzas pasakė. „Tu liepei man pasirinkti bet kurią knygą, o šią paėmiau atsitiktinai."

„Viskas vyksta dėl tam tikros priežasties, - pasakė Lija.

„Bet tai tikrai ištempta", - sušuko Brendis.

„Visi nusiraminkite, - pasakė E-Z. „Čarlzas tokiomis aplinkybėmis padarė viską, ką galėjo - ir bent jau JIS galėjo pamatyti knygas. Nė vienas iš mūsų negalėjo."

„Didieji lūkesčiai", - pasakė Alfredas, - "tai grrr-žalioji knyga!" Jis skambėjo tarsi britų Tigriuko Tonio iš dribsnių reklamos versija.

„Jis teisus, - pritarė Sam ir Samanta. „Tai vienas geriausių kada nors parašytų romanų".

Čarlzas nusiėmė Rafaelio akinius ir grąžino juos E-Z, kuris tuoj pat juos užsidėjo. Jis papurtė galvą, bet knygos, kurią Čarlzas vis dar laikė rankose, pavadinimas buvo kitoks. Jis garsiai perskaitė naująjį pavadinimą,

„Svajonių laukas", W. P. Kinsella.

„Leisk man pabandyti, - pasakė Lija, siekdama Rafaelio akinių.

„Palauk!" E-Z sušuko, kai Lia juos nuėmė nuo jo veido. „Nedėk jų. Prisimink, Rafaelis sakė, kad juos turėčiau nešioti tik aš, bet aš padariau išimtį Čarlzui dėl Sobo sapno, bet nemanau, kad turėtume juos perduoti. Be to, mes jau žinome atsakymą į klausimą, kurį visi sau užduodame. Tai knyga, kuri tampa tokiu pavadinimu, kokį skaitytojas nori matyti".

„Arba turi pamatyti, - tarė Sobo.

„Bet aš nenorėjau ir man nereikėjo matyti „Didžiųjų lūkesčių". Niekada net nebuvau apie ją girdėjęs!"

„Bet įsivaizduok, - pasakė Samas, - kokia biblioteka ji galėtų būti ateityje. Tereikia sugalvoti knygos pavadinimą, ir voila, ir mes jau laikome ją savo rankose."

„Tačiau autoriams tai nebūtų labai gerai, turiu omenyje, kaip jie gautų atlyginimą?" Samanta pasiteiravo.

„Nežinau, kaip visa tai veiktų, o gal mes čia kažko labai pasigendame, - pasakė Alfredas.

„Didelio, pavyzdžiui, ko?" E-Z pasiteiravo.

„O kas būtų, jei knyga pasirinktų skaitytoją, o ne atvirkščiai?"

„Doo-doo-doo-doo-doo-doo", - dainavo Brandy, o tai buvo muzika iš 'Saulėlydžio zonos'.

„Apibendrinkime. Sobo sapnavo sapną, kuriame Rozalija jai parodė Debesų biblioteką ir su Rafaelio akiniais Čarlzas galėjo mus ten nuvesti. Ką jis ir padarė, bet vieta nebuvo tokia, kokios tikėjomės. Knygas galėjo matyti tik Čarlzas, jis vieną pasiėmė, o grįžtant atgal mus užpuolė kankorėžius šaudantys akių obuoliai, panašūs į tuos, kurie Mirties slėnyje užpuolė mane ir Hadžą Reikį." "Štai ir viskas trumpai, - pasakė Brendis.

„Man įdomu, ar Erielė pasakė Furijai apie tai, kad Rafaelis davė E-Z jos akinius?" - paklausė Lačis.

„To galbūt niekada nesužinosime, - pasakė E-Z, - nes Maiklas suteikė Eriel tik vieną progą pasikalbėti su manimi". Jis priėjo prie lango ir pažvelgė pro jį. „Įdomu, - tarė jis.

„Kas įdomu?" - sušuko visi.

„Ar Furijos žino apie akinius ir jų galias. Jei jie per Rozaliją įkalbėjo mus apsilankyti Debesų bibliotekoje, vadinasi, jie turi žinoti apie Čarlzą. Vadinasi, jis nebėra slaptas ginklas. Kaip jie galėjo žinoti? Ir dar, akių vyzdžiai - tai per didelis sutapimas".

„Erielis juk liepė tau naudoti akinius, - pasakė Alfredas.

„Mačiau, kaip jis buvo sulaikytas, ir niekaip, jokiu būdu, jokiu įmanomu būdu jis negalėjo siųsti žinučių Furijoms... ne tada, kai Maiklas saugojo kiekvieną jo žingsnį." E-Z nusisuko atgal, kur buvo kiti. „Beje, Alfredai, kaip tu atsiskyrei nuo mūsų?"

„Buvau pasiklydęs juodo debesies viduje, kol pasikviečiau į pagalbą Mažąją Dorrit ir Kūdikį, o visa kita žinote."

„Tai buvo taip keista", - pasakė Čarlzas. „Vieną akimirką nemačiau knygų, nusiėmiau akinius, vėl juos užsidėjau, ir jos buvo visur. Vis dėlto buvau vienintelis, kuris galėjo jas matyti".

„Aš galėjau jas matyti, - pasakė Kūdikis. „Šita skriejo link manęs." Jis metė ją Čarlzui, kuris dviem pirštais ją pagavo.

Tai buvo miniatiūrinė knygelė su mažyčiu pavadinimu ant nugarėlės, kurį visi garsiai perskaitė: **"Viskas, ką kada nors norėjote sužinoti apie furijas, bet bijojote paklausti** ", autorius - Anonimas.

„Įskaityta!" Brendis sušuko.

Jie susibūrė aplink mažytę knygelę, o Čarlzas kaskart atsargiai ją vartydavo. Priekinis viršelis buvo tuščias, kaip ir pirmasis puslapis. Jis atsivertė kitą puslapį, kur buvo žodžiai, kurie tuoj pat ėmė judėti, šmėžuoti. Žodžiai plaukiojo po puslapį, persimaišydami ir persimaišydami, tarsi būtų pamiršę, kokius žodžius ir kokią kalbą jie turėjo vaizduoti.

E-Z, kuris vis dar nešiojo Rafaelio akinius, pajuto svaigulį, kai žodžiai persikreipė, ir juos nusiėmė.

„Tu pabandyk, - pasakė jis Čarlzui, paduodamas akinius.

Čarlzas juos užsidėjo ir vėl greitai nusiėmė, skubėdamas prie lango pakvėpuoti grynu oru. Jis grąžino juos E. Z.

„Dabar tu, - tarė jis Sobo, kuris, kaip ir Harutas, atsisakė išbandyti akinius."

„Aš pabandysiu, - pasakė Lija, bet netrukus prisijungė prie Čarlio prie lango.

„Lašis?" E-Z paklausė.

„Žinoma, - pasakė jis, užsidėdamas akinius ir tuoj pat vėl juos nusiimdamas. „Neišeina", - pasakė jis, griūdamas ant lovos.

„Leisk man pabandyti!" Brandy pasakė, kai E-Z įdavė akinius jai į ranką, o ji juos užsidėjo ant veido. „Palauk, - tarė ji, - man atrodo, kad kažką matau, tai it..." ir išpylė žalią medžiagą, kuri, laimei, pataikė į sieną, o ne į žmogų.

„Eik su mumis, - pasakė Samas ir Samanta Brandy, - mes padėsime tau apsivalyti".

„Ech, ačiū, - pasakė E-Z, pasisukdamas kėde į Alfredą, paskui užsidėjo akinius ant snapo.

„Gulbė nešioja akinius. Juokinga!" Alfredas pasakė.

„Tu atrodai labai mokytas!" Čarlzas pasakė.

„Atrodai kaip profesorius Liudvikas fon Drakas!" Brendis sušuko.

Samas pasakė: „Jis buvo ančiuko Donaldo mokytojas".

„O," - pasakė tie, kurie buvo per maži, kad būtų girdėję apie ančiuką Donaldą.

„Oho, - pasakė Alfredas, kai žodžiai nustojo virpėti ir grįžo į tokią formą, kokią juos parašė autorius. Jis perskaitė pirmuosius du puslapius, paskui kitą, dar kitą ir dar kitą. Jis perskrido visą knygą lengvai kaip greitasis skaitytojas, o kai baigė, knyga užsitrenkė.

POOF

Ir jos nebebuvo.

„Na, buvo įdomu, - pasakė Alfredas, grąžindamas akinius E-Z ir sulaikydamas save nuo kritimo.

„Nori pasakyti, kad perskaitei visą?" Samas paklausė. „Tie akiniai nepaprasti."

„Viską atsimenu, bet man reikia apdoroti informaciją ir pailsėti. Nenoriu sėdėti čia ir perskaityti tau viską ištisai. Bus geriau, jei aš sutvarkysiu tai, ką sužinojau, o tada apie tai pasikalbėsime".

„O kas, - paklausė Brendis, - jei praleidai ką nors, ko vienas iš mūsų nebūtų praleidęs? Nieko asmeniško."

Alfredas nusijuokė. „Tai, kad dabar esu gulbės pavidalo, nereiškia, kad per savo gyvenimą nesu perskaitęs daugybės, daugybės knygų. Tiesą sakant, jaunystėje lankiau Oksfordo universitetą ir jį baigiau su pagyrimu. Studijavau literatūrą ir menus".

E-Z pasakė: „Ne tu pasirinkai knygą - knyga pasirinko tave. Nė vienas iš mūsų nesugebėjo perskaityti nė vieno jos žodžio".

„Ačiū, kad tikite manimi".

Lija tarė: „Kiek laiko nori mulkinti? Gal galime nueiti ir pažiūrėti tą filmą?"

Samanta pasakė: „Man reikės pasigaminti dar popkornų. Kitą dubenėlį jau suvalgėme".

„Stresas valgant", - šyptelėjo Samas.

„Ačiū, - tarė Alfredas. „Grįšiu pas tave, kai tik galėsiu."

„Skirk sau laiko, kiek tau reikia, - pasakė E-Z, - ateik ir prisijunk prie mūsų, kai būsi pasiruošęs".

Gauja nuėjo į svetainę ir pasiruošė filmą. Samanta mikrobangų krosnelėje pasigamino dar popkornų. Visi susirinko žiūrėti filmo.

Alfredas kurį laiką miegojo savo įprastoje vietoje, bet sapnavo sapnus, daugiausia košmarus, ir galiausiai iškeliavo į sodą pakvėpuoti grynu oru. Visi priklausė nuo jo, ir spaudimas jį slėgė, nes mintyse sukosi miniatiūrinės knygelės turinys.

SKYRIUS 20
ŽINUTĖ IŠ PRANCŪZIJOS

E-Z kartu su kitais žiūrėjo pirmąją filmo pusę, o paskui, jausdamasis neramus, nusprendė pasidarbuoti. Jis užsuko į savo kambarį, tikėdamasis rasti kietai miegantį Alfredą, bet jo niekur nebuvo. Susirūpinęs nuėjo prie galinių durų ir pažvelgęs į lauką pamatė gulbę, kietai miegančią išsitiesusią ant vejos kėdės. Jis uždarė duris ir grįžęs į savo kambarį atsivertė nešiojamąjį kompiuterį ir prisijungė.

Kelis kartus mintyse grįžo pirmyn ir atgal, spręsdamas, ar gali susitelkti į romano rašymą, ar šį laiką turėtų praleisti daugiau tyrinėdamas jų priešus Furijas. Sprendimą jam padėjo priimti žinutė, kuri įkrito į jo pašto dėžutę. Ji buvo pažymėta raudona varnele, reiškiančia skubumą, ir nors joje nebuvo priedų, jis jos nepaspaudė. Vietoj to jis perskaitė ją per išankstinę peržiūrą. Arba pabandė perskaityti. Žinutė buvo visiškai kita kalba. Jis pastebėjo porą žodžių, kuriuos atpažino kaip prancūziškus, todėl nukopijavo tekstą, įėjo į paieškos sistemą ir į internetinį vertėją įklijavo šią žinutę:

Cher E-Z Dickens,

Je m'appelle François Dubois et j'ai sept ans. J'habite à Paris, en France, et j'aimerais faire partie de votre équipe de Superhéros. Vous vous demandez peut-être quelles compétences j'apporterais à l'équipe. C'est une bonne question et je serai heureux d'y répondre. Mais je me demande si ce site est sécurisé.

Si vous souhaitez me parler davantage, vous pouvez m'envoyer un courriel directement. Mon adresse de courriel est jointe. J'ai hâte d'avoir de vos nouvelles.

Votre ami,

Francois

Jis paspaudė „siųsti" ir atėjo toks vertimas:

E. Dickensas,

Mano vardas Francois Dubois, man septyneri metai. Gyvenu Paryžiuje, Prancūzijoje, ir norėčiau būti jūsų superherojų komandoje. Galite paklausti, kokių įgūdžių galėčiau suteikti komandai. Tai geras klausimas ir aš mielai į jį atsakysiu. Bet man įdomu, ar ši svetainė yra saugi?

Jei norėtumėte su manimi pasikalbėti plačiau, galite parašyti man tiesiogiai. Mano el. pašto adresas pridedamas. Laukiu jūsų atsakymo.

Jūsų draugas,

Francois

Suintriguotas, jis kelis kartus perskaitė žinutę, galvodamas apie jos laiką. Svarstė, ar jis nesielgia paranojiškai, manydamas, kad šis vaikinas, atvykęs iš Prancūzijos, gali būti sąmokslininkas su Furija. Net jei buvo pernelyg atsargus, jis turėjo teisę būti atsargus, o kaip komandos lyderis, jis turėjo įsitikinti, kad tokios užklausos yra teisėtos. Jam prireiks dėdės Semo pagalbos, kad tai patikrintų, bet kol kas jis išsiuntinės keletą užuominų ir pažiūrės, kas grįš.

Jis parašė trumpą žinutę jos neišvertęs. Vaikinas galėjo pasinaudoti paieškos sistema, kaip ir jis, ir susirasti vertėją, o kelis kartus perskaitęs paspausti Siųsti.

Mielasis Fransua,
Dėkojame už jūsų žinutę. Kaip apie mus sužinojote?" Nuoširdžiai,
E-Z.

Francois atsakymas grįžo taip greitai, kad E-Z pasijuto dar įtartinesnis. Šį kartą jis buvo parašytas anglų kalba:

Gerbiamasis E-Z,
Dėkojame už greitą atsakymą.
Mano mokytoja matė jūsų svetainę, o mes apie jus ir jūsų komandą mokėmės per dabartinių įvykių pamoką.
Tikiuosi, kad netrukus iš jūsų išgirsiu.
Jūsų draugas,
Francois.

Tai tikrai skambėjo teisėtai. Jis įvedė dar vieną žinutę, klausdamas Francois, kokias superherojaus galias jis gali pasiūlyti savo komandai, kad galėtų tai su jais aptarti. Po kelių akimirkų Francois nusiuntė jam tokią žinutę:

Gerbiamasis E-Z,

Dėkoju už suteiktą galimybę papasakoti apie savo superherojaus gebėjimus.

Pirma, kaip ir jūs, aš ne visada buvau superherojus. Tai yra kažkas, kas mus sieja. Štai kodėl pamaniau, kad gerai tiktų jūsų komandai.

Užuot tau pasakojęs, norėčiau tau parodyti. Pridedamas privatus kvietimas peržiūrėti mūsų „YouTube" kanalą - man padėjo tėtis. Nuoroda prieinama tik jums, o kvietimas peržiūrėti baigsis po dvidešimt keturių valandų.

Tikiuosi sulaukti jūsų atsakymo po to, kai jį pamatysite.

Jūsų draugas,

Francois.

Smalsiai ir nedvejodamas E-Z spustelėjo nuorodą. Pasirodė žinutė, kurioje buvo prašoma atsakyti į klausimą, į kurį jam nebuvo sunku atsakyti, nes jis buvo susijęs su beisbolu.

Įsijungęs jis spustelėjo klipą, padidino garsą ir jis iškart prasidėjo.

Pirmasis žmogus, kurį jis pamatė, buvo vaikas, prisistatęs kaip septynmetis Fransua Dubois per tekstą, kuris buvo išverstas iš jo ekrano apačioje.

Vaikas buvo aukštas, labai aukštas. Tiesą sakant, jis stovėjo šalia kelių matavimo lazdelių. Jo tėvas priartino vaizdą ir parodė, kad septynerių metų Francois jau buvo 163 cm ūgio. Be ūgio, Francois atrodė kaip bet kuris kitas septynmetis: rausvai rudi plaukai, stori akiniai su tamsiais rėmeliais ant nosies, languoti marškinėliai, mėlyni džinsai ir juodi bėgikai. „Bonjour E-Z!" Francois tarė švytėdamas šypsena, kuri atskleidė, kad jam trūksta dviejų priekinių dantų.

E-Z nusišypsojo atgal, tada stebėjo, kaip Francois ir jo tėvas aptarinėja kažkokį reikalą prancūziškai be jokio vertimo. Jų diskusija atrodė karšta, sprendžiant iš rankų gestų ir veido išraiškų. Jis tikėjosi, kad Fransua neketina bandyti padaryti ko nors pavojingo.

E-Z stebėjo, kaip Francois toliau eina link žinomiausio Paryžiaus (Prancūzija) simbolio - Eifelio bokšto. Lauke esantis užrašas rodė, kad įėjimo kaina 12-24 metų amžiaus asmenims yra 5 eurai. Fransua užmerkė akis, paskui vėl jas atmerkė. Palaukite minutėlę. Kažkas pasikeitė, galbūt tai buvo apšvietimas.

Jis toliau stebėjo, kaip Francois atsidūrė šalia kito ženklo, ant kurio buvo užrašyta:

Paryžiaus pasaulinė paroda, 1889 m. gegužės 15 d.

„OHO!" E-Z sušuko bandydamas suvokti, ką ką tik matė. Kelionė laiku?

Fransua užmerkė akis ir vėl atsidūrė šalia originalaus ženklo 12-24 metai 5 eurai.

Fotoaparatas tapo visai neryškus. Palei ekrano apačią pasirodė žodžiai: „Prašom akimirką".

Spragtelėjusi kamera vėl pradėjo filmuoti, bet šį kartą Fransua stovėjo šalia Paryžiaus Notre-Dame de Paris katedros. Nuo didžiojo 2019 m. gaisro ji buvo atstatoma, įtemptai dirbo pastoliai ir kranai.

Kaip ir anksčiau, Francois užmerkė akis, paskui vėl jas atvėrė.

„Jokiu būdu!" E-Z sušuko.

Francois buvo 1163 m., tą pačią dieną, kai buvo padėtas pirmasis didžiosios Notre Dame katedros akmuo.

E-Z paspaudė pauzę. Ar tai gali būti klastotė? Žinoma, galėjo. Su šiandienos technologijomis bet kas gali suklastoti bet ką. Ir vis dėlto kažkas jo nuojautoje kuždėjo, kad tai tikra. Tačiau jam reikėjo antros nuomonės. Jam reikėjo dėdės Semo.

Pažvelgęs į ekrane sustabdytą Fransua, E-Z paspaudė „Start". Pasibaigus klipui Francois pamojavo ranka.

E-Z spustelėjo ir grįžo į savo pašto dėžutę. Jis paspaudė atsakyti ir parašė tokį laišką Francois:

Gerbiamasis Francois,

Ačiū, kad leidai man pamatyti tavo supergalią. Man reikia pasikalbėti su komanda. Jei nuspręsime tave priimti, kaip greitai galėsi prie mūsų prisijungti?

Jūsų draugas,

E-Z

Prieš paspausdamas „siųsti" jis sekundę palaukė ir dar kartą perskaitė savo žinutę. Jis svarstė, ar nevertėtų pakeisti ŽODŽIO į KADA. Neapsisprendęs, jis apsvarstė Francois keliavimo laiku supergalimybę. Vaikinas būtų nuostabus komandos papildymas. Vis dėlto jam reikėjo sužinoti antrą nuomonę. Prieš pradėdamas galvoti apie tai toliau. Jis parašė žinutę Samui: „Ar turi sekundę?".

Į jo pašto dėžutę įkrito naujas elektroninis laiškas su žodžiais:

SAMAS PARAŠĖ: „SVEIKI, E-Z,

Jei priimsi mane į komandą, ar galėtum atvažiuoti manęs pasiimti?

Tavo draugas,

Francois.

Apie tai jam teko šiek tiek pagalvoti.

Jis atsakė:

Jis atsakė: „Greitai grįšiu pas tave.

Jūsų draugas,

E-Z.

Samas įžengė į virtuvę: „Kaip reikalai, vaikeli?"

„Atsiprašau, kad atitraukiau tave nuo filmo."

„Aš ir taip buvau užsnūdęs, todėl džiaugiuosi, kad atitraukiau dėmesį."

„Per mūsų svetainę gavau elektroninį laišką iš vaikino iš Prancūzijos, kuris paprašė prisijungti prie mūsų komandos. Jis ir jo tėtis sukūrė klipą, aš jį jau pažiūrėjau. Jis turi įspūdingų įgūdžių. Pažiūrėkite ir praneškite man, ką manote".

Samas visą laiką tylėjo. Pasibaigus filmui, jis paprašė jį pažiūrėti dar kartą.

Kai jis baigėsi antrą kartą, E-Z paklausė: „Ką manai?"

„Manau, kad tai, ką matome, yra įspūdinga. Keliaujantis laiku berniukas iš Prancūzijos".

„Mums tikrai praverstų tokia supergalia mūsų komandoje".

„Būtent", - pasakė Samas. „Ir būtent todėl jis man kelia įtarimų. Ar susirašinėjote su tuo vaikinu?"

E-Z perskaitė, kas iki šiol buvo pasakyta.

„Iš kur jis žino, kad visą gyvenimą neturėjai supergalių?" - paklausė jis.

„Taip, aš irgi taip maniau. Bet manau, kad tai pagrįsta prielaida. Jis protingas vaikas."

„Tiesa", - pasakė Samas. „Neprieštarausi, jei paskaitysiu, ką rasiu?"

E-Z linktelėjo galva, ir Samas perėmė nešiojamojo kompiuterio valdymą. Jis patikrino IP adresą, kuris atrodė teisėtas. Jam nebuvo sunku susekti jo buvimo vietą Paryžiuje.

Jis ieškojo Fransua vardo, sužinojo, kokią mokyklą jis lanko. Išsiaiškino, kad jis žaidė krepšinį. Sužinojo, kad jam sekėsi gudriai rašyti. Neatrodė, kad būtų patekęs į bėdą.

Tada Samas rado Francois motinos, kuri mirė, kai jam buvo penkeri, mirties pranešimą. Mirties priežastis nebuvo nurodyta, bet buvo prašoma paaukoti Paryžiaus krūties vėžio fondui.

„Viskas atrodė teisėta, - pasakė Samas.

„Vis dėlto, kaip galime būti tikri? Nenoriu be reikalo rizikuoti".

„Vienintelis būdas tai sužinoti - asmeniškai apklausti vaikiną." Jis suabejojo: „Hm, jis paklausė, kada galėsi atvažiuoti jo pasiimti. Dabar, kai apie tai pagalvoju, tai gana keistas pasiūlymas keliaujančiam laiku vaikui."

„Taip, apie tai negalvojau."

„Viena yra tikra, E-Z, jei kas nors jį ir pasiims, tai būsiu aš. Tu esi čia reikalingas."

„Vertinu pasiūlymą, dėde Same, bet tavo gyvybė pavojuje - ne išeitis".

„Gerai", - tarė Samas. „Ar ką nors girdėjai iš Alfredo?"

Alfredas įžengė į virtuvę. „KAS?" - paklausė jis.

ZAP

Atėjo mažytis baltas pūkuotas kačiukas.

„Bonjour E-Z, je m'appelle Poppet. Francois m'envoie."

„Ohoho", - tik tiek pasakė E-Z.

Tuoj pat pingtelėjo Francois elektroninis laiškas, kuriame buvo parašyta:

„Ar ji saugiai atvažiavo?"

Dėdė Samas atsakė: „Na, tai atsako į mūsų klausimą".

E-Z parašė: „Taip, ji čia".

ZAP

Poppet dingo.

„Tai taip šaunu", - parašė Francois. „Kai būsite pasiruošę, jei norite, kad būčiau jūsų komandoje, aš pats ją išbandysiu."

„Kol kas laikykis tvirtai", - pasakė E-Z.

„Iš kur Poppet sužinojo, kur mes gyvename?" Samas pasiteiravo.

„To aš nežinau."

SKYRIUS 21

FRANCOIS SPRENDIMAS

Kitądieną „E-Z" sušaukė skubų grupės susirinkimą. Kai tik visi susėdo, jis iš karto ėmėsi darbo.

„Potencialus naujas narys paprašė prisijungti prie mūsų komandos. Samas ir aš išnagrinėjome jo prašymą ir viskas atrodo teisėta".

„Pritariu šiai nuomonei", - pasakė Samas.

„Fransua yra keliautojas laiku", - linktelėjo galvą E-Z.

„Oho!" Lia ištarė.

„Nuostabu!" Lachie pasakė.

Kiti turėjo panašių pastabų, išskyrus Čarlzą, kuris paklausė: „Kas yra keliautojas laiku?"

„Tu esi!" Brendis pasakė.

„Tai žmogus, kuris keliauja iš vieno laiko į kitą", - pasakė Lia.

„Galbūt tereikia pažiūrėti šį klipą, ir jūs geriau suprasite, o mes visi geriau suprasime, ką jis gali."

Jis žvilgtelėjo į Alfredą: - Bet prieš kalbėdamas apie Fransua, norėčiau perduoti žodį Alfredui, kad jis galėtų mus supažindinti su tuo, ką atrado knygoje. Perduodu tau, Alfredai."

Gulbinas trimitininkas pravėrė gerklę, nes visų akys nukrypo į jį.

„Peržiūrėjau viską, iš priekio, iš nugaros, iš šono, ir bijau, kad tai nelabai padės. Kadangi Furijoms buvo suteiktas konkretus mandatas - ir jos jo laikosi (nors ir iškraipo taisykles), net nemanau, kad Dzeusas galėtų jas nubausti už tai, ką jos daro."

„Nori pasakyti, kad tai beviltiška?" Brendis paklausė.

„Ne, nesakau, kad tai beviltiška, bet tiesiog nematau išeities. Tai yra, nebent jie nežino to, ką žinome mes".

„O tai yra?" Brendis paklausė.

„Erielės planas. Kaip jis jais naudojosi. Kur yra Erielis. Kaip jis yra nesusijęs."

„Tiesa, jiems turi būti įdomu, kodėl jis su jais nebendrauja, - pasakė Lačis.

„O tai gali sukelti nepasitikėjimą, - pridūrė Brendis.

„O kas, jei, - tarė Samas, - ta informacija jiems nutekėjo?" "Aš galvojau apie tą patį, - pasakė Samanta. „Gal be jo jie pasuktų uodegą ir pabėgtų".

„Tačiau gali būti ir atvirkščiai. Be jo, laikančio juos ant pavadėlio, jie galėtų. Na, kas žino, ką jie darytų!" E-Z pasakė.

„Jie jau surinko daugybę sielų, - pasakė Lija.

„Manau, kad E-Z yra teisus. Žinodami, kad jis nebeturi įtakos, jie gali tapti drąsesni".

Alfredas pastebėjo, kad pokalbis atsitrenkė į sieną: „Taigi, pakalbėkime apie Fransua supergalių įgūdžius. Jis keliauja laiku. Kaip jis galėtų mums padėti?"

„Dar vienas dalykas, - pradėjo E-Z, - ir tai pastebėjo dėdė Samas, todėl galbūt jis būtų geriausias žmogus, galintis tai paaiškinti."

„Ne, tu eik į priekį, - pasakė Samas.

„Fransua čia atsiuntė kačiuką".

„Kačiuką?" Sobo paklausė.

„Taip. Jos vardas Poppet, ir ji atkeliavo į virtuvę. Iš karto gavau žinutę iš Francois ir paklausiau, ar ji saugiai atkeliavo. Ji pasisveikino - taip, ji moka kalbėti. Gavusi patvirtinimą, kad atvyko saugiai, ji vėl iššoko. Vėliau Samui kilo klausimas, iš kur ji žinojo, kur mes gyvename?"

„Palaukite, - tarė Čarlzas. „Argi kažkas man nesakė, kad jūsų adresas skelbiamas internete?"

„Aš irgi tai girdėjau, - pasakė Brendis.

Samas tarė: „Oho, atrodo, kad tai įvyko prieš visą amžinybę, bet tai tiesa".

Jie susirinko aplink Semą ir pamatė, kad jų namas internete prijungtas prie tinklalapio, kad jį galėtų pamatyti visi pasaulio žmonės.

„Na, dėl to nekyla jokių abejonių. Jei jie žino, kas mes esame, vadinasi, žino ir kur esame, - pasakė Samas. „Nebent…"

„Nebent kas?" E-Z paklausė.

„Nebent jie nėra tokie techniškai išprusę, kaip mums atrodo."

Sobo tarė: - Niekada nenuvertink priešo. Taip nevykėliai piktadariai tampa didvyriais".

„Gerai, pirmiausia pažiūrėkime, kaip Fransua keliauja laiku, o tada pasidarykime smegenų šturmą, kaip jis galėtų mums padėti nugalėti „Furijas", - pasakė E-Z.

Jie tylėdami žiūrėjo klipą. Kai jis baigėsi, E-Z pasakė: - Aš surašysiu sąrašą. Kas nori pradėti?"

„Ne", - pasakė Samas. „Manau, kad turėtume jį surašyti senoviniu būdu. Žinai, su rašikliu ir popieriumi." Jis įkišo ranką į virtuvės stalčių ir išsitraukė užrašų knygelę, kurią jie naudojo maisto produktų sąrašams, ir rašiklį. „Tu eik į priekį ir burk smegenis, o aš būsiu sekretorė. Ir tau net nereikės mokėti man atlyginimo."

Keletas juokų ir šypsenų, tada idėjos ėmė lietis:

#1. Fransua galėtų grįžti į praeitį, sužinoti, kas nutiko PJ ir Ardenui, ir tai sustabdyti.

#2. Fransua galėtų grįžti į praeitį ir sustabdyti visų vaikų žudymą.

#3. Francois galėtų grįžti į praeitį ir sustabdyti E-Z tėvų žūtį, sustabdyti jo nelaimingą atsitikimą.

#4. Taip pat ir dėl Lijos nelaimingo atsitikimo.

#5. Ditto: Alfredo šeimos nelaimingas atsitikimas.

#6. Lachlanas buvo uždarytas narve.

Interliudija.

Haruto džiaugėsi savo naująja šeima. Istorijos pabaiga.

Brendis neprieštaravo, kad galėtų mirti ir vėl grįžti į gyvenimą, nors ir teiravosi, ar grįžti į atrankos dieną yra realus variantas. Šis prašymas buvo vienbalsiai atmestas.

Čarlzas taip pat nesigailėjo.

Smegenų šturmo sesija buvo atnaujinta:

#7. Fransua galėtų grįžti į laikus prieš Furijų sukūrimą, kad užtikrintų, jog joms būtų suteiktas Achilo kulnas.

#8. Fransua galėtų grįžti į praeitį, į pirmąją dieną, kai Erielis susitiko su Furijomis. Jis galėtų būti šnipas. O gal jis galėtų pasirūpinti, kad jos apskritai niekada nesusitiktų?

#9. Jei Poppet galėjo įeiti ir išeiti, ar Francois galėtų padaryti tą patį?

Alfredas tarė: „Palaukite minutėlę. Tai visiškai beprotiška, bet kas būtų, jei Fransua grįžtų atgal ir atšauktų „Furiją".

„Oho, puiki idėja!" E-Z pasakė. „Bet visose istorijose, kurias skaičiau apie keliones laiku, žaisti gyvenimais ir keisti įvykius visada smerkiama."

„Taip, prisimenu tai iš „Atgal į ateitį". Bet iš asmeninės patirties, - aiškino Brendis, - kai mirštu ir vėl sugrįžtu, atrodo, tarsi įvykiai, lėmę mano mirtį, niekada neįvyko. Tai tarsi sapnas, jei supranti, ką turiu omenyje."

„Samas išsitempė ir užsimerkė. „Kūdikiai netrukus pabus. Nenoriu peržengti E-Z vadovavimo ribų, bet manau, kad prieš imdamiesi kokių nors veiksmų turime šiek tiek pamąstyti."

„Sutinku. Ačiū visiems už puikų smegenų šturmo seansą, - pasakė E-Z.

Ir posėdis buvo nutrauktas.

SKYRIUS 22

ŠILTAS PIENAS

Liair kiti visą dieną užsiėmė savais reikalais. Vakare, išvargusi, ji svirduliavo, bet negalėjo užmigti. Nusivylusi po kelių valandų nemiegojimo ir nuolatinio nerimo, ji nusileido į apačią atsigerti šiek tiek šilto pieno.

Ji įkišo puodelį į mikrobangų krosnelę, paspaudė 40 sekundžių ir paspaudė „Start". Skaičiuodama laikrodžio rodyklę ji stebėjo skaičius 39, 38, 37, 36 ir t. t., kol pasirodė skaičius 33. Tai buvo paskutinis skaičius, kurį ji pamatė.

„Sveiki, Mažoji Dorrit, - tarė ji, norėdama apsivilkti chalatą. „Kur mes keliaujame?"

„Mes vykdome misiją", - pasakė vienaragis. „Kur mes keliaujame?"

„Tu nežinai, kas?"

„Ne. Aš rūpinausi savo reikalais, kai mane pašaukėte, Lija, ar nepameni?"

„Aš tau neskambinau", - pasakė Lija. „Aš dar nebuvau užmigusi. Tai keista."

Vienaragis sustingo ore.

KLAUSIMAS

Mažoji Doritė pakilo visu greičiu.

„Argghhh!" Lia sušuko, laikydamasi už gyvybės ženklų. „Kas vyksta? Kodėl taip greitai važiuoji?" „Nežinau", - atsakė vienaragis. „Atrodo, lyg kažkas ar kažkas būtų mane užvaldęs." Ji pabandė sustoti, kaip tai padarė vos prieš kelias akimirkas. Dabar, kad ir ką darytų, ji negalėjo sustoti. Ji taip pat negalėjo sulėtinti greičio.

„Tvirtai laikykis!" Mažoji Dorita sušuko, kai jos kūnas ėmė riedėti pirmyn galva į priekį. „O ne!" Lia sušuko, bet laikėsi iš visų jėgų. Galiausiai jos nustojo riedėti, bet užuot sulėtėjusios, dar labiau pagreitėjo.

Toliau ir toliau jie skrido, kai naktis virto diena. Saulei kylant į dangų, atstumas tarp jų mažėjo.

„Jaučiu, kad mano oda dega!" Lia sušuko.

„Mano kailis irgi", - atsakė Mažoji Doritė. „Leiskite man dar kartą pabandyti mus apsukti." Ji pabandė, ir kaip ir anksčiau, jie sukosi galva per galvą, galva per galvą, mažindami tarpą tarp jų ir kaitrios saulės.

„Turime pasukti atgal!" Lija sušuko. „Jei to nepadarysime, mums galas."

„Bet aš negaliu sustoti. Atrodo, kad negaliu nieko padaryti. Palauk, aš paprašysiu Kūdikio pagalbos."

Liepsnojančios saulės fone pasirodė trys sparnuotos būtybės. Jos laikėsi už rankų, o jų juodi apsiaustai virpėjo ir sukosi aplink kūnus.

SNAP!

SNAP!

SNAP!

pasigirdo garsas, kuris pripildė orą, kaip spragsinčio bato garsas, kai Liją ir Mažąją Dorrit traukė link jų tarsi traktoriaus spindulys. Griaustinis griaudėjo, nors audros nebuvo matyti, nes saulės nagai tiesėsi jų link, grasindami sugriauti pačią jų egzistenciją.

„Mums galas!" Lija ištarė. „Ačiū, kad bandėte mus išgelbėti." Ji apkabino vienaragį. „Tikrai norėčiau, kad turėtum vadeles. Tada gal galėčiau tave apsukti."

ZAP!

Atsirado vadeles.

Lia apglėbė jas rankomis, bet nespėjus jų suvaldyti, jos ištirpo į nieką.

„Tu teisi, manau, kad mums galas", - pasakė Mažoji Dorrit. Iš jos akių tekėjo stikliniai ašarų lašai.

BONJOUR

Pasirodė Fransua: „Ar galėčiau būti naudingas?"

„Tikrai galite", - sušuko Lija. „Ištraukite mus iš čia!"

„Užmerk akis ir tvirtai laikykis, - pasakė Fransua.

Lia ir mažoji Dorrit drebėjo iš baimės.

DING. DING. DING.

Mikrobangų krosnelė. Virtuvė.

Lija nukrito ant grindų.

Mažoji Dorrit saugiai nusileido į vėsų upelį, kur apsipylė purslais, paskui nuėjo namo.

„Kur tu buvai?" Kūdikis paklausė.

„Spėju, kad negavai mano žinutės. Nesvarbu. Esu per daug pavargusi", - atsakė Mažoji Dorrit. „Papasakosiu tau apie tai ryte."

SKYRIUS 23

KITĄ DIENĄ

Pusryčius ruošė Sobo,ji rado Liją ant grindų, susuktą kaip numestą vilnos gumulą.

Sobo išleido šauksmą: „Greitai ateik! Mūsų Lijai reikia pagalbos!"

Samanta atvažiavo pirmoji. Ji iškart priglaudė lūpas prie Lijos kaktos, kad patikrintų temperatūrą, tada sušuko vyrui, kad atneštų termometrą ir dar kartą patikrintų.

„Jos temperatūra 107,7", - patvirtino Samas. „Turime ją vežti į ligoninę."

Samanta paspaudė pagalbos telefono numerį, o Samas pakėlė Liją, nunešė ir paguldė ant sofos, ir jie laukė greitosios pagalbos automobilio.

„Aš prilaikysiu, - pasakė Samas, kai jo žmona ir Sobo sekė paskui medikus, kurie ant neštuvų nešė sąmonės netekusią Liją.

Kai greitosios pagalbos automobilis su kaukiančia sirena nuvažiavo nuo šaligatvio, Lia atvėrė akis ir bandė atsisėsti.

„Jaučiuosi gerai", - pasakė ji.

Paramedikas dar kartą patikrino jos temperatūrą ir ji buvo normali. Jis gūžtelėjo pečiais.

Kai jie atvyko į ligoninę, Lia jau buvo grįžusi į senas vėžes ir vėl norėjo grįžti namo - dabar pat.

„Nors dabar jos gyvybiniai rodikliai geri, kadangi mus iškvietėte, turime sekti toliau. Lia bus paguldyta į ligoninę, o kai budintis gydytojas duos leidimą, jai bus leista grįžti namo."

„Na, bent jau leiskite man įeiti", - pasakė ligonė, kai vairuotojas atidarė duris.

„Ne, panele, jūs pasilikite vietoje", - pasakė jis, kai jie ruošėsi įnešti neštuvus ir jų keleivę į vidų, o Samanta ir Sobo ėjo iš paskos.

Samanta nusiuntė Samui naujausią žinutę. Jis atsakė nykščiu aukštyn emoji, kaip tik tuo metu, kai ji praktiškai įsirėžė į išeinančius PJ ir Ardeno tėvus.

„Jie pabudo! Mūsų berniukai pabudo!"

„Abu?" Samanta sušuko, kai perdavė šią naujausią informaciją Samui, kuris, pažadinęs sūnėną, pranešė jam gerą naujieną.

„Tuoj būsiu!" E-Z pasakė iškvietęs taksi.

SKYRIUS 24

LIGONINĖJE

E-Z buvo pakeliui pas savo du geriausius draugus. Taksi automobilyje jis mintyse vis kartojo gerąją naujieną. Tiek daug visko nutiko. Tiek daug jie buvo praleidę. Tiek daug dalykų jis turėjo jiems papasakoti. Norėjo jiems pasakyti. „Ar žinote, kuriame kambaryje?" - paklausė slaugytoja.

Jis atsakė, kad ne, ir ji greitai jį surado. Padėkojęs jai, jis sėdo į liftą ir nuėjo į jų kambarį, svarstydamas, ar nereikėtų jiems ko nors nupirkti. Gėlių? Saldainių. Jis nusprendė paklausti, ar jiems ko nors reikia.

Priėjęs prie pat jų durų, viduje išgirdo jų balsus, todėl kelias akimirkas nuleido ausis ir tik tada pranešė apie savo buvimą. Tada giliai įkvėpė, stengdamasis sulaikyti emocijas, kad jos jo neužvaldytų - nenorėjo muštis ir susigundyti...

„Įeik, tu didelis minkštakūni!" PJ pasakė.

„Ahhhhhhh, jis mūsų pasiilgo!" Ardenas pasakė.

„Argi jūs, vaikinai, neturėtumėte geriau atrodyti po viso to grožio miego? Beje, jums abiem reikia nusiskusti!"

„Mes nenorime jūsų užgožti, o aš savotiškai gyvenu jausdamas savo ūsus", - pasakė Ardenas.

„Mes žinome, kad tau patinka dėmesys! Matau, kad tavo butelio šepetėliui irgi reikėtų pakirpti!"

Ką tik į kambarį grįžusi PJ mama pašnibždėjo E-Z, kad jie nenori, jog berniukai persistengtų, nes prabuvo tik kelias valandas.

Trumpai pabendravęs, E-Z apkabino abu savo draugus ir pasakė, kad jau turi eiti. „Aš grįšiu, - pažadėjo jis, - ir slapčia suvalgysiu vieną ar du mėsainius - girdėjau, kad ligoninės maistas tikrai labai blogas".

„Nepatikėsi!" Ardeno motina pasakė, kai taip pat grįžo į kambarį.

Jis atsilošė ant kėdės, Ardeno motina stovėjo priešais jį, du jo draugai sudėjo rankas, maldaudami, kad jis atneštų jiems maisto.

Eidamas koridoriumi jis negalėjo patikėti, kaip jų pasiilgo - ir kaip gerai jie atrodė. Jis nusileido liftu į avarinę tarnybą, kur rado Samantą ir Sobo.

„Kokių nors naujienų?" E-Z paklausė.

„Jai viskas gerai, įsiutusi, jie privertė ją pasilikti, kad patikrintų, - pasakė Samanta. „Bet aš jausiuosi geriau, kai tik ji gaus leidimą ir mes galėsime iš čia išeiti".

„Man irgi", - pasakė E-Z. „Leiskite man nueiti ir pažiūrėti." Jis stumtelėjo koridoriumi. Eidamas įsiklausė į balsus užuolaidomis uždengtoje zonoje, kuri, jo manymu, buvo išankstinio priėmimo postas. Galiausiai viduje išgirdo Lijos balsą ir įžengė į vidų.

„Prašom palaukti lauke", - pasakė slaugytoja.

„Bet ji mano sesuo."

„Noriu namo - dabar!" - pareikalavo ji, tada sukryžiavo rankas ant krūtinės.

„Jus išleisime, kai tik gydytojas pasakys, kad galima išrašyti. Ir nė akimirkos anksčiau."

„Kaip tau sekasi? Mama nerimauja dėl tavęs."

„Paliksiu jus abi pasikalbėti", - pasakė slaugytoja. „Gydytojas turėtų netrukus atvykti. O ir pasirūpinkite, kad ji išliktų rami".

„Ech, ačiū", - tarė E. Z.

Jai išėjus, jiedu apkabino vienas kitą.

„Mažoji Dorrit ir aš vos nesudegėme saulėje!" - pasakė ji. Ji papasakojo E-Z viską, kaip tai įvyko, nuo pradžios iki galo.

„Įdomu, kad tave išgelbėjo Fransua".

„Nežinau, iš kur jis žinojo. Mes su mažąja Dorrit galvojome, kad mums galas. Tai tikrai buvo Furijos. Jie norėjo mus sudeginti! Mes buvome užsidegę. Jos baisios, piktos raganos!"

„Ar buvo gyvatės?" E-Z paklausė

„Gyvatės ir bičai."

„Skamba kaip „Furijos". E-Z suabejojo. Jis pakeitė temą. „Ar girdėjai apie PJ ir Ardeną?"

Ji papurtė galvą.

„Jie prabilo!"

„Jokiu būdu! Tai keistas sutapimas, nemanai? Jie bando nukauti Mažąją Dorrit ir mane, o tuo tarpu atsibunda du komoje esantys draugai."

„Tu teisi, manau, kad viskas susiję."

Samanta atitraukė užuolaidą: „Kas čia susiję?" Ji apkabino dukrą. „Kaip tu dabar jautiesi, vaikeli?"

„Aš nesu kūdikis", - atsakė Lija. „Bet jaučiuosi geriau ir noriu namo. Po to, kai aplankysiu PJ ir Ardeną."

Sobo įėjo į vidų. Ji apkabino Lia.

„Kas tau nutiko?" - paklausė ji.

Lia vėl viską paaiškino. Jos motina tai priėmė ne taip gerai kaip Sobo. E-Z nuskubėjo ir įpylė Sobi stiklinę vandens. O Sobo turėjo daugybę klausimų. „Tu šildei pieną, mikrobangų krosnelėje?" - "Ne.

Lia linktelėjo galva.

„Ir tada tave užfiksavo iš virtuvės?"

„Taip, ir tiesiai ant Mažosios Dorrit nugaros. Mažoji Dorrit sakė, kad aš ją iškviečiau, bet taip nebuvo."

„Ir kas nutiko tada?" Sobo paklausė.

„Na, Mažoji Dorrit skrido ir mes šnekėjomės, o kai nė vienas nežinojome, kur ir kodėl skrendame, galvojome pasukti atgal. Kitas dalykas, kurį žinojome, buvo tai, kad Mažoji Dorrit ir aš buvome verčiami vis arčiau ir arčiau saulės, neturėdami jokios galios apsisukti."

„Bet jūs su Mažąja Dorrit neatitinkate Furijų kriterijų. Jos neturėtų galėti paliesti nė vieno iš jūsų!" E-Z sušuko.

Samanta tarė: „Galbūt tai tik sutapimas.

Sobo pakartojo savo ankstesnį patarimą: „Niekada nenuvertink priešo".

Kai Lia gavo leidimą eiti namo, ji ir E-Z nustebino PJ ir Ardeną čeburekais ir keptomis bulvytėmis, kurias jie slapta įsinešė į namus.

Važiuojant namo taksi automobiliu su Samanta, Sobo ir Lija, E-Z galvojo tik apie vieną dalyką. Furijos užpuolė Liją ir Mažąją Dorrit ir joms nepavyko. Ne tik nepavyko - Fransua dėka - bet kažkokiu būdu visata atsiuntė atgal PJ ir Ardeną. Sutapimas? Jis manė, kad ne. Vietoj to jis norėjo tikėti, kad Furijų galios sumažėja, jei jos išeina už savo įgaliojimų ribų.

Bet kuriuo atveju jis ir jo komanda turėjo būti pasirengę bet kurią akimirką pasinaudoti situacija.

Tai galėjo būti vienintelis jų šansas.

Vienintelis pranašumas jų naudai.

SKYRIUS 25

SOBO

„**Turiu** užduoti dar vieną klausimą, - prieš visiems įeinant į susitikimą E-Z paklausė Samas.

„Gerai, klausk", - atsakė E-Z.

„Na, man buvo įdomu, kodėl Rozalija nežinojo apie Fransua."

„Aš," - tiek E-Z spėjo pasakyti, kol į virtuvę įėjo Brendis ir Lia.

„Nekreipkite į mus dėmesio", - pasakė Brandy, kai ėmė atidarinėti šaldytuvą, ištraukė apelsinų sultis ir baigė jas gerti, o paskui išmetė indą į šiukšlių dėžę.

„Pirmiausia turėtum tai išplauti, - pasakė E-Z ir Brandy tai padarė. Tada ji atsisėdo ant kėdės ir rankos nugarėle nusišluostė burną.

„Atsiprašau, nenorėjau būti nemandagi, žinai, staigiai sustodama, kaip tai padariau. Norėjau, kad visi būtume čia ir aptartume dėdės Semo rūpesčius".

„Teisingai, - tarė Lija ir atsisėdo šalia Brendžio.

Vienas po kito atėjo kiti ir užėmė savo vietas prie stalo.

E-Z pradėjo informuodamas visus apie stebuklingą PJ ir Ardeno pasveikimą, po kurio visi, įskaitant ir tuos, kurie jų dar net nepažinojo, audringai plojo.

„Toliau darbotvarkėje, ir manau, kad šie du klausimai gali būti susiję, - Lija ir mažoji Dorrit apgaule buvo priverstos išeiti iš namų ir jų gyvybėms iškilo pavojus. Jei ne Fransua, Furijai, kurią laikome atsakinga, galėjo pavykti".

„Bravo, Francois!" Čarlzas ištarė.

„Kaip tave apgavo?" Brendis pasiteiravo.

„Kur tai įvyko?" Lachie paklausė.

„Lia, ar nori tai papasakoti?" E-Z paklausė. Ji papurtė galvą, kad ne. „Šokinėk, jei ką nors praleisiu", - pasakė jis. Jis žengė į priekį ir paaiškino, kas atsitiko ir kodėl, jų manymu, už tai atsakingi Furijos.

„Nuo to laiko galvoju apie Furijas ir jų įgaliojimus. Kaip žinome, jie privalo jo laikytis. Kai jos bandė nužudyti Liją ir Mažąją Dorritę, jos pažeidė taisykles. Kokią priežastį jos galėjo nurodyti, kad bandė nužudyti Liją ar Mažąją Dorrit? Jie ne tik pažeidė savo įgaliojimus, bet ir nesugebėjo to padaryti. Dabar pagalvokite, kas nutiko lygiai tuo pačiu metu - turiu omenyje, žinoma, PJ ir Ardeną - jie pabudo iš komos. Sutapimas? Manau, kad ne.

„Ir kuo labiau mintyse juos jungiu, tuo labiau galvoju, kad Furijos gali silpnėti. Jei esu teisus, tuomet dabar gali būti tinkamas metas mums juos sunaikinti."

„Tai įmanoma, - tarė Alfredas, - bet prisimenu, kad dar mokyklos laikais skaičiau apie Einšteiną - tai gali įrodyti ką kita. Turiu omenyje, kad tai galėjo būti visai ne Furijos. Tai galėjo būti erdvėlaikio kontinuumo sutrikimas. Kadangi Fransua sugebėjo juos išgelbėti, o niekas iš mūsų nežinojo, kad tai vyksta, tai atrodo galimybė, kurią verta ištirti, ar nemanote?"

Samas žengė žingsnį. „Turint omenyje viską, ką žinome apie Furijas, ir tai, ką prisimenu iš studijų apie Einšteiną, - tam, kad Lija ir Mažoji Doritė apskritai turėtų galimybę išlinkti erdvėlaikio kontinuumą, jos turėjo keliauti greičiau už šviesą - 186 282 mylias per sekundę. Jei skrietumėte tokiu greičiu, judėtumėte laiku atgal, o ne pirmyn".

„Mes keliavome greitai, bet ne taip greitai, - pasakė Lija.

„Dar kartą papasakokite, kas nutiko, Lia. Kadras po kadro. Iki pat to momento, kai pasirodė Fransua, - pasakė Alfredas.

Lijos pasakojimas prasidėjo virtuvėje ir baigėsi jai atsidūrus ligoninėje.

Pakėlę rankas visi balsavo, kad mano, jog už tai atsakingos Furijos, tačiau niekas negalėjo paaiškinti, kodėl Fransua žinojo ir kaip jis buvo iškviestas.

„Ar jūs jį kvietėte?" E-Z paklausė. „Noriu pasakyti, iš kur jis žinojo? To ketinu jo paklausti."

„O tai grąžina mane ten, nuo ko šiandien pradėjome", - pasakė Samas. „O mano klausimas yra toks: kodėl Rozalija nežinojo apie Frančeską?" "Kodėl?

„O kaip Mažoji Dorrit?" Sobo pasiteiravo.

„Nežinau, kaip Francois, bet vienaragis miegojo, kai šį rytą išlėkiau į lauką žolės".

„Ak, tai gerai", - pasakė Lija.

„Gal gydytojai turi paaiškinimą, kodėl PJ ir Ardenas prabudo tada, kai prabudo?" Samas paklausė.

„Tiesa, gali būti, bet nematau, kokią reikšmę mums tai turi. Nelabai. Svarbiausia, kad jie pabudo, o mes vis dar nežinome, ar Furijos buvo už juos atsakingos. Tačiau turime įrodymų, ką jos darė su kitais vaikais, ir vienaip ar kitaip turime priversti jas sumokėti. Ir turime priversti juos liautis".

„Galbūt gydytojai turi paaiškinimą, kodėl PJ ir Ardenas pabudo tada, kai pabudo?" Samas paklausė.

„Tai tiesa, jie gali, bet nematau, kokią reikšmę mums tai turi. Nelabai. Svarbiausia, kad jie pabudo, o mes vis dar nežinome, ar Furijos buvo už juos atsakingos. Tačiau turime įrodymų, ką jos darė su kitais vaikais, ir vienaip ar kitaip turime priversti jas sumokėti. Ir turime priversti juos liautis".

„Čia! Čia!" Čarlzas trenkė ranka į stalą.

„Ar galime dar šiek tiek pakalbėti apie Fransua, - pasiteiravo Brendis.

„O jei jis nieko nenorės mums papasakoti, - paklausė Čarlzas, - jei nepriimsime jo į komandą?"

„Čarlzas išsako teisingą mintį, - pasakė E-Z. „Esu pasirengęs tai panaudoti kaip išbandymą su Fransua. Jei jis nenorės mums pasakyti, ką žino, galbūt jam nelemta būti vienu iš mūsų."

„O jei jis tikrai geras melagis?" - "O jei jis tikrai geras melagis?" Brendis paklausė. „O kai kurie žmonės yra puikūs melagiai."

Lija pasakė: „Kodėl mums nepadarius priartinimo skambučio? Galėtume visi su juo pabendrauti, pažiūrėti, kas jis toks, o tada balsuoti? Aš jau esu pasiruošusi balsuoti už".

„Ne", - pasakė E-Z. „Nenoriu, kad jis sužinotų apie Čarlzą, Harutą, Lačį ar Brendį. Viskas, ką jis dabar žino, yra tai, ką gali rasti internete".

„Ir vis dėlto, - įsiterpė Samas, - Poppet sugebėjo užsukti į mūsų namus".

„Taip, štai, kad taip, - pasakė E-Z.

„Be to, jis išgelbėjo Mažąją Dorrit ir mane - taigi jis žino apie ją".

„"Man atrodo, kad mes vis sukamės ratu, - pasakė Alfredas. „Tuo tarpu vis daugiau vaikų miršta ir patenka į Sielų gaudytojus, kurie priklauso kitiems mirusiems", - pasakė Alfredas. „Aš taip tikėjausi, kad, iššifravęs knygoje pateiktą informaciją, būsime pažengę toliau".

„Palaukite minutėlę", - tarė E-Z. „Ar kas nors šiandien matė Hadžą ir Reikį?"

Niekas nematė.

Suskambo E-Z telefonas. Pasirodė ilga tekstinė žinutė iš PJ ir Ardeno:

„Neklauskite mūsų, kaip, bet mes žinome, kad „Furijos" artėja jūsų link. Ir taip, mes turime planą.

Mums reikia žinoti tą pačią minutę, kai juos pamatysite. Siųsk mums žinutę - ir Haruto". E-Z atsakė. „Ką????"

„Pasitikėk mumis", - parašė PJ.

Abu apsikeitė pakeltais nykščiais, tada jis paaiškino Haruto ir kitiems situaciją.

Žinodamas, kad „Furijos" pasirengusios pradėti kovą dabar, priešo teritorijoje ir be savo vado Erielio, E-Z jautėsi neramiai. Tačiau dėl PJ ir Ardeno jie buvo praradę netikėtumo elementą.

Vis dar sėdėti ir laukti, kol jie atvyks, nebuvo pati geriausia strategija.

Tačiau dabar jie turėjo pranašumą. Jiems beliko tik sėdėti ir laukti - ir tikėtis.

SKYRIUS 26

NETIKĖTI LANKYTOJAI

Visiužsiėmė savo reikalais, stengdamiesi būti užimti, kol laukia. Tuomet, net ir pro mūrines sienas, prasiveržė neišvengiama smarvė.

„Kas tai?" Lija sušuko, pirštais užsidengdama nosį. „Aš vis dar jaučiu jo kvapą!"

Brendis darė tą patį dešine, o kaire purškė po kambarį oro gaiviklį, kuris, užuot sumažinęs smarvės jėgą, atrodė, kad orą sutirštino ir sustiprino.

„Eime į lauką!" Lachie pasakė. „Gal ten geriau?" Jis pravėrė duris, nors logika jam sakė, kad jei kvapas blogas viduje, tai lauke turi būti dar blogesnis. Iš pradžių jo pojūčiai buvo apgauti ir jis nieko neužuodė. Ar jis priprato? Ar Furijos smirdėjo namo viduje?

Tada jis pastebėjo viršuje skriejančius Mažąją Dorritę ir Kūdikį. „Čia, viršuje, ne ką geriau!" pasakė Kūdikis.

„Nesvarbu, kaip mes eisime!" Mažoji Dorrit pridūrė.

Tuomet jį vėl užgriuvo smarvė, tarsi šleikštulys į veidą, ir akimirką jis prarado pusiausvyrą. Jis pastebėjo drabužių virvę ir kuoliukus ir nubėgo prie jų. Vieną prispaudė sau prie nosies ir voila, jis nieko nebegalėjo užuosti. Jis mostelėjo ranka Mažajai Doritei ir Kūdikiui, kad šie nusileistų, o kai jie nusileido, prikišo reikiamus kuoliukus (jų nosims prireikė kelių), kol ir jie nebegalėjo užuosti smarvės.

„Ačiū, - tarė Mažoji Dorrit ir Kūdikis, kildami nuo žemės. „Mes stebėsimės."

Lačis parodė jiems nykščius aukštyn, tada pastebėjo, kad takeliu link tvoros vyksta šioks toks triukšmas, buvo grįžęs atgal į sodą. Būrelis būtybių sudarė ratą, tarsi rengtų susirinkimą. Jis nuėjo link jo, kai pelėda pakilo nuo šakos ir nutūpė jam ant peties.

„Ech, labas, - pasakė jis, žiūrėdamas pelėdai į akis. „Ar mes jau buvome susitikę anksčiau?" Pelėda linktelėjo galva ir tada jis atpažino, kas tai buvo. Tai buvo Sobo. „Kai sakei, kad tavo supergalia yra transformacija, negalvojau apie tave taip!"

„Haruto nežino", - pasakė ji. „Bent jau nemanau, kad jis mane prisimena - kol kas". Ji nuskrido atgal prie būtybių grupės: „Prisijunk prie mūsų, - tarė ji.

Lašis ėjo tarp jų, vienas po kito supažindinamas su elniu, vardu Obojus, meškėnu, vardu Čarlis, lape, vardu Luiza, paukščiu (Mėlynoji zylė), vardu Lenny, ir antru paukščiu (Kardinolas), vardu Percy.

„Mes atvykome padėti, - pasakė elnias Obojus, - bet labai bijome furijų".

„Leiskite man į juos!" sušuko meškėnas Čarlis. „Aš išbadysiu jiems akis."

„Ir perplėšiu jiems gerkles!" sušuko lapė Lūšis.

„Oho! Palaukite!" Lašis sušuko. „Tai ne tavo kova. Nors ir vertinu tavo tarnybą, kad padedi, bet kodėl pirma nepabandžius mums? Jei mums prireiks tavo pagalbos, aš sušvilpsiu, o tu tada galėsi ateiti?"

„Jis teisus, - pasakė Sobo. „Nors jis turi omenyje ne mane." Ji pažvelgė į Lačį, norėdama įsitikinti, kad jos prielaidos teisingos, ir atsakė kikenimu. „Turiu apsaugoti savo anūką ir kitus".

Kiti du paukščiai - Lenis ir Persis - tarpusavyje susižvalgė.

Sobo, kuris iki tol buvo ramus, dabar ėmė nepastoviai plasnoti, kartodamas: „Blogi dalykai artėja! Baisūs dalykai artėja! Baisūs dalykai artėja!"

„Ššššš, Sobo, - tarė Lašis, bandydamas ją nuraminti. „Mes pasiruošę, ir jie nežino, kad mes žinome, jog jie ateina."

TŪPT TŪPT TŪPT TŪPT TŪPT TŪPT TŪPT
TUP TUP TUP TUP TUP TUP TUP TUP
DUNKSTELĖJIMAS   DUNKSTELĖJIMAS
DUNKSTELĖJIMAS DUNKSTELĖJIMAS

Buvo garsas, kurį skleidė žemė po jų kojomis, pulsuojanti tarsi širdis, bandanti išsiveržti iš krūtinės.

Po dunksėjimo pasigirdo būgnų dundėjimas.

Paskui dundėjimas.

"Furijos artėja!
Furijos artėja!

Furijos ateina!"
Dangus virš jų virpėjo
ir sukosi.
Ir degė.
Nuo skaisčiai mėlynos iki kruvinai oranžinės raudonos.
Kaimynai išlindo į lauką, kaip kaimynai ir daro - pažiūrėti, kas čia per smarvė. Kai kurie triukšmingi parkelio lankytojai apalpo, kai jų pojūčiai buvo užvaldyti, o kai kurie atsinešė popkornų į verandą valgyti ir žiūrėti.
Jie net neįsivaizdavo, koks pavojus jiems gresia.
Ir vis dėlto buvo užuominų.
Dundantys šnabždesiai.
Grumtynės.
Vis dėlto daugelis nesitraukė į saugius namus.
Vietoj to jie valgė popkornus ir gėrė gazuotus gėrimus, laukdami.
GAPING
Be **ESCAPING.**
Nors žemė po jų kojomis buvo
DUNKSĖJO, DUNKSĖJO, DUNKSĖJO, DUNKSĖJO, DUNKSĖJO
DUNDĖJO DUNDĖJO DUNDĖJO DUNDĖJO DUNDĖJO
DUNKSĖJIMAS DUNKSĖJIMAS DUNKSĖJIMAS DUNKSĖJIMAS
Paskui dundėjimą sekė būgnų mušimas.
Paskui dundėjimas.

"Furijos ateina! Furijos ateina! Furijos ateina!"

✳✳✳

„Eikime į lauką!" E-Z sušuko. „Ir susidurti su jais akis į akį!" Jis plačiai atvėrė priekines duris, kad jos atsitrenktų į sieną.

Brendis, Lia, Harutas, Čarlzas ir Alfredas stovėjo jam iš paskos, pasiruošę imtis veiksmų, kai tik jiems bus įsakyta.

Jis žvilgtelėjo per petį, kad pamatytų išeinančius Sam ir Samantą: „Ne jūs", - tarė jis. „Kūdikiams reikia jūsų viduje. Palikite tai mums."

Samas ir Samanta pasitraukė.

Dabar keturi kareiviai stovėjo vienas šalia kito ant vejos ir laukė. Nepažįstamam žmogui jie galėjo atrodyti kaip grupė vaikų, laukiančių mokyklinio autobuso įprastą mokyklos dieną. Tačiau tai nebuvo įprasta diena. Tai buvo Armagedonas.

Lijos rankos virpėjo ir drebėjo, kai ji ieškojo savo minčių, atsivėrė protui, tikėdamasi, kad iššifravus jos supergalias pavyks pasiekti Furijų protus. Kad ji sugebės atsiduoti ir rasti kokių nors užuominų, informacijos, kuri padėtų jos komandai, - bet jos protas liko tuščias.

Alfredas pasakė: „Aš užlipsiu ant stogo. Pažiūrėsiu, ką galiu pamatyti."

E-Z linktelėjo galva. „Laikykis saugiai. Ir pažiūrėk, ar gali rasti Lačį ir Sobo". Jis jau pastebėjo aukštai virš jų skrendančius vienaragį ir drakoną. Jis parodė jiems nykščius į viršų.

Garsus švilpukas, ir Bebis nėrė žemyn, Lačis užšoko jam ant nugaros ir kartu jie prisijungė prie Alfredo ant stogo. Šalia jų nusileido pelėda.

„Tai Sobo, - pasakė Lačis.

„Ką nors matai?" E-Z pasiteiravo.

Alfredas suplasnojo sparnais: „Į mūsų pusę artėja milžiniškas ledkalnio dydžio šelfas, bet jis juda greitai."

E-Z bandė mintyse tai įsivaizduoti, bet negalėjo, nes kaip, po velnių, jis ir jo komanda ketino sustabdyti tokį daiktą? Kaip?

„Jis juda link mūsų kaip cunamis, - pasakė Alfredas.

„Bet jis ne iš vandens", - pasakė Lačis. „Atrodė, kad jis padarytas iš smėlio. Smėlio banga. Nešanti tris juodai apsirengusias moteris".

Smėlio banga, taip, dabar jis galėjo ją įsivaizduoti.

„ETA? Turiu omenyje numatomą atvykimo laiką?" E-Z paklausė.

„Sunku pasakyti, - atsakė Alfredas. „Minutės..."

Visą tą laiką po jų kojomis toliau **dundėjo** žemė.

Ir **dundėjo**.

"Furijos artėja! Furijos artėja! Furijos artėja!"

***

„Eikite į vidų!" E-Z sušuko įkyriems kaimynams. „Uždarykite duris, užrakinkite jas. Ir kas nors įdėkite skelbimą į socialinę žiniasklaidą. Pasakykite visiems, kad liktų namuose. Pasakykite jiems, kad daugiau neitų į lauką, kol iš manęs negaus leidimo! Dabar eikite!"

SLAPTA.

SLAM.

Per petį Alfredas, pelėda, Lačis ir Kūdikis žvelgė į lauką ir stebėjo, kaip banguotasis mažina atstumą tarp Furijų ir jo komandos, o Mažoji Dorrit iš aukštai stebėjo.

Buvo per vėlu kurti planą. Per vėlu ką nors daryti, tik tikėtis, kad jie bus pasiruošę, nes vėjas juos blaškė ir stumdė, o žemė daužėsi sinchroniškai su jų širdies dūžiais.

KREŠAS.

Už jo išlėkė priekinės durys ir išslydo iš vyrių. Jos atšoko ir dardėjo gatve, kol galiausiai sustojo lygiai.

Samas išėjo lauk. E-Z pasuko kėdę į jį, netikėdamas savo akimis.

Samas buvo užsivilkęs kostiumą, arba įvairius kostiumus, kurdamas savo paties superherojaus personažą. Ant galvos buvo užsidėjęs riterio šalmą su atlenkta kauke. Jam judant į priekį, ji nusileido ir jis turėjo ją spustelėti atgal į vietą. Jis buvo užsidėjęs akių šešėlius - tokius, kokius nešioja beisbolo žaidėjai, kad išnaikintų blizgesį po akimis. Jo krūtinė buvo išpūsta, tarsi po marškiniais būtų dėvėjęs neperšaunamą liemenę, o už nugaros vilkėjo ilgą juodą apsiaustą. Apatinėje dalyje jis mūvėjo juodus džinsus ir avėjo mėgstamus bėgimo batelius.

Superherojų komanda stengėsi nesijuokti, kai jis ėjo šalia jų, ir pastebėjo, kad jo superherojaus vardas - SAM THE MAN - buvo įsiūtas į medžiagą per pečius.

Mažoji Doritė nėrė žemyn ir užmetė Brendį ant nugaros. Paskui Lačis užšoko ant Kūdikio nugaros ir nuskrido. Jis žvilgtelėjo į stogą. Mažosios Dorrit ten jau nebebuvo. Alfredas ir pelėda pakilo nuo stogo. Visi nusileido šalia E-Z ir kitų.

„Visi už vieną!" - pasakė jie. „Ir vienas už visus!"

„Bet kur mano Sobo?" Haruto paklausė.

Sobo nuskrido jam ant peties ir jis iškart suprato, kad tai ji. Tada ji transformavosi į savo žmogiškąjį pavidalą.

Vaikų komanda matė, kaip dėdė Semas virsta Semu Žmogumi, o Sobo transformuojasi iš pelėdos į močiutę, bet nė vieno iš jų tai nesujaudino.

Nes po jų kojomis žemė ir toliau DRUMBĖJO.

Ir **dundėjo.**

Bet žodžiai pasikeitė.

"Furijos jau beveik čia.

Furijos jau beveik čia.

Furijos jau beveik čia."

***

E-Z ir jo komanda stebėjo, kaip didžiulė smėlio banga, panaši į vandenyno lainerį, įplaukiantį į uostą. Tačiau šis daiktas veržėsi per gatves, lygindamas su žeme namus, medžius ir viską, kas gyva jo kelyje. Ir jis nelėtino tempo.

Jiems neužteko laiko pakilti, be to, juos priblokškė pats daikto dydis. Jis vis dėlto sustojo, ir Furijos karaliavo virš jų, jų balsai klykė iš juoko, kai jos pirmą kartą įsmeigė akis į savo priešus.

„Ar jie išvis tikri?" Tisi paklausė. „Atrodo kaip miniatiūrinės lėlės, laukiančios, kol ant jų užlips."

„Matau, kad jie turi drakoną ir vienaragį. Ir gulbę. O, Dieve mano!" Ali sušuko.

„Prisimink, kodėl mes čia, - pasakė Megė. „Dabar jūs abu elkitės padoriai, o aš nueisiu žemyn ir pasikalbėsiu su vadovu. Kaip jo vardas?"

„E-Zedas", - sušuko Tisi.

„E-Zedas", - sušuko Ali.

Jie kartu ištarė vardą E-ZED, E-ZED, E-ZED".

„Jie tave vadina E-Z", - pasakė Brendis, kai ji iškošė.

„Ne!" E-Z sušuko. „Palaukite mano įsakymo!" Bet buvo per vėlu, Mažoji Dorrit ir Brendis jau skrido, bet toli nenukeliavo, rado vietą ant stogo.

E-Z ir likusi komanda laikėsi savo vietoje.

„Ko jie laukia?" paklausė Samas.

Čarlzas atsakė: - Jie tikisi, kad jų smarvė padarys darbą už juos. Jis nusišypsojo ir visi nusijuokė. Visi, išskyrus Sobo, kuri vėl transformavosi į pelėdos būseną ir išskrido ant stogo kartu su Brendžiu ir Mažąja Dorite.

Puikią klausą turėjusios Furijos, kurios turėjo planą ir ketino jo laikytis, neapsidžiaugė, kad tapo superherojų vaikų pokštų objektu, ir viena po kitos pakilo į orą. Joms artėjant smarvė didėjo, nes jų juodi apsiaustai plevėsavo vėjyje.

„Gaudyk!" Lašis sušuko, mėtydamas drabužių segtukus kiekvienam komandos nariui.

Dabar jau ne tokios smirdinčios raganos skrido arčiau, kad apačioje esantys vaikai galėtų jas geriau įžiūrėti. Asmeniškai jos buvo didesnės už gyvenimą, tiesiogine prasme, dėl gyvatės, kuri šliaužiojo ir šliaužiojo per visus tuos kūnus. Šakotais liežuviais spjaudančias gyvates lydėjo bičių spragsėjimo garsas, kuris buvo puikus psichologinio karo demonstravimas.

Būtent Megė, kaip ir buvo numatyta pagal pirminį planą, pralaužė ledus šaukdama: „Kur Erielis? Mes žinome, kad jūs jį turite! Atiduokite mums jį DABAR".

Aukštas jos klykiančio balso garsas privertė vaikus užsidengti ausis, nes stikliniai daiktai, tokie kaip gatvės žibintai, verandų žibintai, langai ir net spintų stiklai, sudužo per daugybę kilometrų.

Įsitikinęs, kad Megė nebekalba (nes jos burna buvo uždaryta), E-Z atsakė: „Jis yra ten, kur laikomi išdavikai. Taigi dabar galite šliaužti atgal į tą skylę, iš kurios jūs trys išlindote!" Ir kai baigė kalbėti, jo pakilo nuo žemės, o paskui jį - Alfredas, Sobo, Mažoji Dorrit su Brandy Baby su Lachie laive.

„Tai mūsų teritorija. Tai mūsų žmonės - ir jums čia ne prie ko. Tiesą sakant, jūs apskritai neturite reikalų čia, žemėje. Jūs niekada neturėjote. Jums čia ne vieta", - pasakė E-Z. „Ir mes pavargome nuo jūsų manipuliacijų. Jūs per daug žaidžiate savo kortomis. Piktnaudžiavote savo galiomis. Tu esi niekingas. Ir mes priversime tave už tai atsakyti".

„Ką mums padarys toks mažas berniukas kaip tu?" Tisi, kuris įsitaisė šalia Megės, sušuko: „Pervažiuoti mus?"

Jos klyksmas pripildė orą, todėl žemė po likusių komandos narių kojomis suskilo į tarpus. Lia, Haruto, Čarlzas ir Samas susispietė tarp tarpų, kad būtų saugūs.

Megė įsitraukė į pavadinimų linksmybes: „Gal gulbė mus tykos iki mirties? Žinoma, mes galime jį nuprausti - ir suvalgyti pietums!"

Neskraidantys komandos nariai susiglaudė dar glaudžiau. Haruto, kuris galėjo išsisukti pats, buvo per daug išsigandęs, kad pajudėtų. Laikydamasis atokiau nuo atsivėrusių žemės plyšių, kurie grasino juos praryti.

„O tu, mažoji mergaite, - tarė Alli Lijai. „Mes bandėme tave išlydėti saulėje. Tąkart tau pavyko pabėgti. Bet ką ketini mums padaryti dabar? Ar žiūrėsite į mus savo rankomis ir paversite mus statulomis?"

Furijos vėl sušuko iš juoko, o žemė po jomis susitraukė, tarsi bandydama kažką pagimdyti.

„Dabar jau nuobodu, - tarė Megė.

Kitos dvi seserys buvo neįprastai tylios, tarsi nežinotų, koks turėtų būti kitas jų žingsnis.

„Megė prilėkė kiek arčiau E -Z, rankas susikibusi už klubų: - Mes čia veltui gaištame laiką! Šiandien atvykome ne kovoti su tavimi. Ne be mūsų vado. Norime tik sužinoti, kur jis yra? Leiskite jam eiti. Išleiskite jį - dabar. Mūšį pasiliksime kitai dienai."

„Tau tai patiktų, ar ne?" Alfredas sušuko.

Dėl to Alli susigūžė.

„Ateik pas mane, mažoji švankioji švankioji. Tavęs laukia katilas - tu, plunksnuotas keistuoli!"

„Jis gulbė, o ne žąsis, tu idiote!" tarė Brendis ir nukreipė mažąjį Dorritą į save.

E-Z džiaugėsi, kad atitraukė dėmesį, gavo žinutę iš PJ ir Ardeno, ir parodė Harutui pakeltą nykštį.

Haruto sukosi nematomas ir greičiau nei greitai nubėgo į ligoninę, kur susitiko su PJ ir Ardenu, kurie jau laukė žaidimo viduje. Dabar jie kiekvienas atliko po nužudymą. Atvykęs Haruto padarė dar du nužudymus.

Furijos, godžiai siekdamos daugiau vaikų sielų, pasiuntė jų esencijas į žaidimą.

„Mes tave turime!" - sušuko trys deivės.

„Dabar!" PJ sušuko, kai Ardenas paspaudė SAVE į USB, o kai ji buvo išsaugota, paspaudė EJECT. Jis užklijavo USB lipnia juosta, tada įdėjo ją į sandarų maišelį.

„Nuneškite tai į E-Z!" Ardenas pasakė.

Harutas priėjo prie žemės, davė ženklą močiutei, kuri paėmė USB į snapą ir nunešė jį į E-Z.

PJ parašė SMS žinutę. „Furijų esencijos yra USB atmintinėje".

E-Z saugiai įsidėjo USB į džinsų kišenę, o kai kitą kartą pažvelgė į Furijas, vaizdas Rafaelio akiniuose pasikeitė. Trijų seserų kūnai išnykdavo ir išnykdavo, bet gyvatės - ne. Būtent tada jis suprato, kas buvo jų Achilo kulnas. „Gyvatės laiko jas gyvas!" - sušuko jis. „Turime pašalinti gyvates."

Brendis jau buvo pakankamai arti, kad galėtų smogti Aliui. Deja, ji taip pat buvo pakankamai arti, kad Alli gyvatė galėtų jai įkąsti - taip ir įvyko. Ji susmuko, o Mažoji Doritė nuskrido, bet buvo per vėlu, Brandy jau buvo negyva.

„Ištraukite ją iš čia!" E-Z sušuko, ir Mažoji Dorrit pakilo į dangų verkdama.

„Jai viskas bus gerai", - pasakė E-Z.

„Taip nemanau", - nusijuokė Alli. „Mūsų gyvatės ne iš šio pasaulio. Jei tau įkando viena iš jų, nesvarbu, kokias galias turėsi, jos neveiks. Bet mes liksime šalia ir lauksime, jei norite? Tada, kai ji negrįš, - susprogdinsime likusią jūsų komandą!"

„Jūs, kalės!" E-Z sušuko.

Sobo puolė į veiksmą, puolė ir vieną po kitos ištraukė gyvatės akis ir numetė jas ant žemės. Baigusi su Alli, ji puolė prie Megės, paskui prie Tisi. Baigusi savo užduotį, močiutė buvo per daug išsekusi, kad galėtų ką nors padaryti, tik nusileisti šalia anūko ir grįžti į savo žmogiškąjį pavidalą.

„Bet Sobo, - tarė Haruto, - aš irgi noriu kovoti".

„Tegul jie padaro visa kita", - pasakė ji. „Esu per daug pavargusi, kad tave neščiau."

Sobo ir Haruto stebėjo, kaip likusieji komandos nariai pribaigia gyvates.

Furijos atvėrė burnas ir vėl jas uždarė, bet iš jų nesklido joks garsas. Be to, kad buvo be balso ir išblyškusios, jų kūnai stengėsi išsilaikyti virš vandens, o kraujas venose lašėjo-nelašėjo.

E-Z vežimėlis judėjo po jais, gaudydamas lašelius ir maišydamas Furijų kraują su kitais surinktais mėginiais.

„Jie negyvi, - patvirtino E-Z, kai tušti Furijų drabužiai lyg juodos šmėklos plūstelėjo žemės link.

Bet tai dar nebuvo pabaiga.

***

Už E-Z smėlio banga pakėlė galvą ir, pamačiusi aplink save išbadėjusias akis - visų savo vaikų akis - ši visų gyvatės motina pamažu atgijo.

Samas, kuris pirmas pastebėjo judesį, sušuko: „Saugokitės E-Z!", o kai šis neišgirdo jo šūksnių, prie jo prisijungė Lia, Čarlzas, Haruto ir Sobo.

Lašis išgirdo jų šūksnius ir pamatė, kaip jos išgirsta gyvatė šliaužia link E-Z. Jis pažvelgė gyvatei į akis ir ištarė: „NE!".

Sekundę ar dvi gyvatės motina nustojo judėti, atrodė, kad ji išgirdo ir suprato Lačio komandą, tada jis pastebėjo jos akyse žybtelėjimą. „Duok E-Z!" - sušuko jis, kai Kūdikis atvėrė burną ir paleido ugnį E-Z ir gyvatės motinos kryptimi.

E-Z plaukai užsiliepsnojo, jis juos patrynė, tada jo kėdė nukrito ant žemės.

Kūdikis toliau pylė ugnį į milžinišką motiną gyvatę, kol ši sudegė iki pamatų. Vietoj smarvės, kurią kėlė Furijos, dabar orą užpildė klaikus vištienos kvapas, kokį būtų galima rasti bet kurioje kiemo kepsninėje.

„Ech, ačiū, Kūdikėli ir visi, - tarė E-Z, braukdamas pirštais per plaukų vidurį. Jis išrovė į šerius panašią dalį.

„Jie ataugs, - pasakė Samas, kai žemė po jų kojomis vėl pradėjo

THRUM
IR DUNDĖJO

E-Z vežimėlis savo noru pakilo nuo žemės ir į žemėje atsivėrusius kraterius ėmė lašėti kraujo lašai. „Kas vyksta?" Alfredas paklausė.

Po juo vežimėlis ir toliau kraujavo, purkšdamas jį iš vienos vietos į kitą. „Mažas lašelis čia ir mažas lašelis ten", - mintyse deklamavo jis. Ant žemės jo komanda kartojo tuos pačius žodžius, kurie skambėjo jo galvoje: „Mažas lašelis čia ir mažas lašelis ten", paskui kartu užbaigė eilėraštį: „mažas lašelis, visur", tada pradėjo iš naujo. Jis papurtė galvą... ar jie visi skaitė jo mintis?

Žemė po jų kojomis ir toliau kunkuliavo.

DRUMMING
DUNKSĖJIMAS.
DŪLĖJIMAS.
SUSITARIMAS.

Lija pakilo nuo žemės, išskėtė rankas kiek tik galėjo, galvą atlošė atgal, o akis įsmeigė į dangų. Virš jos prasivėrė dangus. Pradėjo lyti, bet kai jie atsitrenkė į grindinį, dėmės buvo raudonos. Dangus verkė kruvinomis ašaromis, o Lija svyravo ir sukosi ore kaip marionetė be stygų.

Kiti, neskaitant Kūdikio ir Lačio, išbėgo į verandą, kad išvengtų kruvinos liūties, negalėdami nieko padaryti dėl Lijos, kuri vis dar buvo pakibusi ir apimta transo.

„Mes pasirūpinsime, kad ji nenukristų, - pasakė E-Z, - likusieji pasislėpkite".

PULSINGAS.

STUMDYMAS.

Tada pasigirdo **žaibas.**

Po to **griaustinis.**

Arkangelas Mykolas prasiveržė pro užtvarą ir skrido žemyn, kol atsidūrė netoli E-Z.

„Kaip suprantu, jūs kontroliuojate situaciją, - tarė Mykolas.

„Taip, Furijų esybės yra šioje USB".

„Mesk ją man, - pasakė Maiklas.

Tarsi mėtydamas beisbolo kamuolį į antrąją bazę, E-Z paleido USB į Maiklo pusę, o šis ištiesė ranką, sugavo ją ir uždarė į ledą. „Aš, Erielis, turėsiu kompaniją", - pasakė Maiklas. „Jie visi liks lede visą amžinybę. Beje, ir, beje, gerai visiems sekėsi!" Paskui taip pat greitai, kaip ir atskrido, jis nuskrido.

„O kaip dėl Lijos?" sušuko E-Z, bet Maiklas neatsakė.

Žemė ėmė pulsuoti ir virpėti, nors Furijos ant jos jau nebebuvo, o kraujas nebekilo nei iš dangaus, nei iš jo vežimėlio.

Lia vis dar plūduriavo nukreipusi akis į dangų, nes jis pats iš kruvinų ašarų virto mėlynu, o po jų kojomis žemės krateriai užžėlė žole, medžių gėlėmis.

Paskui viskas nutilo, nes Lija, vis dar apimta transo, plūduriavo atgal į žemę. Atsigulusi ant žemės, vis dar plačiai išskėstomis rankomis, ji pajuto ant nugaros žolę ir iš nuovargio nusišypsojo, nes susitraukė ir grįžo į savo tikrąjį amžių - devynerius su puse metų.

„Ar tau viskas gerai?" E-Z paklausė, kai lapė, mėlynoji zylė, meškėnas, kardinolas ir elnias susirinko aplink.

Lija atvėrė akis ir galėjo iš jų matyti. Ji pažvelgė į savo rankas - jos buvo tokios, kokios buvo anksčiau.

„Man viskas gerai, - pasakė ji, kai Lašis padėjo jai atsikelti.

Samas iškart pastebėjo, kad dukros drabužiai jai nebetinka. Jis nusiėmė savo superherojaus apsiaustą ir apsivyniojo jį jai aplink pečius.

„Ačiū, tėti, - tarė Lija.

Tai buvo pirmas kartas, kai ji jį taip pavadino, ir jis dar niekada nesijautė toks išdidus, nes skruostu nuriedėjo ašara.

Dangaus mėlynė atrodė ryškesnė, tarsi žvaigždės mirksėtų akimis, nors buvo diena, o žolė ant žemės atrodė šokanti saulės spinduliuose, tarsi joje būtų deimantinė rasa.

Nei E-Z, nei kuris nors jo komandos narys negalėjo kalbėti. Niekas nenorėjo nutraukti tylos ar sutrikdyti grožio, kurio liudininkais jie buvo.

ŠIŠPETIS.

ŠNABŽDESYS ŠNABŽDESYS.

ŠNABŽDESYS ŠNABŽDESYS ŠNABŽDESYS.

Lapai, pučiantys vėjyje. Išgaudami garsą, panašų į žmogaus. Bet tai nebuvo vėjas, tai buvo visame pasaulyje atgimstančių vaikų balsas.

Tų, kuriuos pagrobė Furijos, išstūmė jų kūnus iš žemės ir pamatė, kad jų balsai sugrįžo.

Vaikai iš naujo išmoko vaikščioti, bėgti ar šliaužti, ir jų šauksmai aidėjo visame pasaulyje:

„Aš noriu mamos!" - šaukė atgimę, bet sielos neturintys vaikų kūnai.

„Aš noriu savo tėčio!" - vienu balsu šaukė tie prisikėlę vaikai:

„VAU, VAU, VAU!"

„VAU, VAU, VAU!"

„VAU, VAU, VAU!"

Bevardžiai mažyliai judėjo į kraštus, keliavo į vietas, jų judesiai buvo greitesni už šviesos greitį, nes jie ir toliau klykė:

„Aš noriu mamos!"

„Aš noriu savo tėčio!"

„VAU, VAU, VAU!"

„VAU, VAU, VAU!"

„VAU, VAU, VAU, VAU!"

Mirties slėnyje, kur buvo laikomi ir saugomi sielų gaudytojai,

POP

POP

Durys prasivėrė, tarsi rankos, ir sielos išėjo lauk, ieškodamos kūnų, kuriuose joms dar buvo lemta būti, ir jos sekė paskui vaikų šauksmus.

„Aš noriu mamos!"

„Aš noriu savo tėčio!"

„VAU, VAU, VAU!"

„VAU, VAU, VAU!"

„VAU, VAU, VAU!"

Sielos skraidė nuo vaiko prie vaiko. Ieškojo namų, kuriems priklauso. Tai buvo tarsi stebėti vaikus, žaidžiančius žaidimą „tag", kai kiekviena siela priartėdavo ir įeidavo į kūną, kuriame buvo gimusi. Sielos ir kūnai vėl tapo viena.

SHHHHHHHHHH.

Akimirką mažieji vėl tapo laimingais vaikais, o orą užpildė džiaugsmo garsai.

Grįžę į Mirties slėnį, Hadžis ir Reiki nukreipė benamių sielas visame pasaulyje, kurios slapstėsi, nes neturėjo savo Sielų gaudytojų. Viena po kitos sielos įžengė į vidų, ir žemė ėmė gydytis.

Samanta išėjo iš namų, ant rankų nešdama savo kūdikius Džeką ir Džilę, švelniai jiems dainuodama: „Tylėk, mažyli, neverk".

POP.

POP.

Pasirodė Hadzė ir Reiki: „Mes tai padarėme!"

E-Z ir jo komanda apsivijo vienas kitą rankomis. Jie verkė, juokėsi. Paskui vėl verkė dėl vieno iš savo komandos narių netekties. Dėl vieno iš jų netekties: Brandy.

Suskambo Lijos telefonas. Tai buvo Brendžio žinutė: „Atvykau į prekybos centrą - vėl! Tikiuosi, kad visiems viskas gerai ir mes nugalėjome tas raganas!"

„Brandy gyva!" Lia paaiškino, tada atrašė: „Mes tikrai nugalėjome! Vėliau papasakosiu tau smulkmenų."

„AHRHHRGHHHHH!" Čarlzas Dikensas sušuko. Jo kūnas virpėjo ir drebėjo. Kai tai liovėsi, jis buvo apimtas transo, jo veidas buvo be išraiškos, o delnai ištiesti į viršų.

„Ar jis gauna mano rankų akis?" Lia pasiteiravo.

Iš dangaus nukrito knyga - didžiausias kada nors jų matytas tomas kietais viršeliais - ir nusileido Čarlzui į rankas, o pati jos jėga vos nenuvertė jo nuo kojų. Čarlzas išsilaikė, nes didžiulė knyga pati atsivertė, vartydama savo puslapius, kol pasigirdo balsas iš knygos vidaus:

"Aš esu ‚Alternatyvių pasaulių kelionių žurnalas'.

Nors balsas sklido iš knygos vidaus, Čarlzo Dikenso lūpos sinchroniškai judėjo su kiekvienu žodžiu, o fone vis dar skambėjo vaikų klyksmai:

„**VA, VA, VA, VA!**"

„**VAU, VAU, VAU!**"

„**WAH, WAH, WAH, WAH!**"

„Aš noriu savo mamos!"

„Aš noriu savo tėčio!"

„**WAH, WAH, WAH, WAH!**"

„**WAH, WAH, WAH, WAH!**"

„**WAH, WAH, WAH, WAH!**"

„Aš esu alkanas!"

„Aš noriu gerti!"

Vaikai, kurie kadaise gyveno arčiausiai E-Z namo, vienas šalia kito žygiavo jo link.

„Dabar išgirskite mane!" Alternatyvių pasaulių keliautojas solijo.

"Tai tik vienkartinis pasiūlymas.

Jei būsite išrinkti, privalote rinktis.

Tik vieną kartą, laimėti arba pralaimėti.

Neleiskite šiai galimybei, išsisukti.

Nes ji nepasikartos, jokią kitą dieną".

Puslapiai pasisuko pirmyn, paskui atgal. Pirmyn, paskui atgal. Lapai sustojo ties vienu skyriumi. Skyriuje pavadinimu „Alfredas". Ten buvo jo nuotraukos su šeima. Visi vyresni. Visi sveiki ir sveiki. Nuotraukose jis jau nebebuvo Alfredas, gulbė trimitininkė. Jis buvo Alfredas - tėvas, vyras, vyras.

Su ašaromis akyse Alfredas pažvelgė į E. Z. Jų bendras žvilgsnis pasakė viską. Jis turėjo eiti. E-Z linktelėjo galva.

Tada Alfredas atsisuko į Liją. Ji taip pat linktelėjo galva, žinodama, kad jis turi eiti.

Alfredas gulbė trimitininkė įžengė į skyrių su savo vardu ir vėl virto žmogumi. Iš „Alternatyvių pasaulių kelionių žurnalo" puslapių jis pamojavo savo draugams.

Dabar „Alternatyvių pasaulių kelionių žurnalo" puslapiai grįžo į knygos pradžią. Puslapiai vėl ir vėl slinko pirmyn ir atgal, atgal ir atgal, galiausiai sustojo ties nauju skyriumi. Skyriaus, pavadinto Lačio vardu.

Nuotraukoje Lačis buvo kūdikis. Tėvai vežėsi jį iš ligoninės namo. Kūdikis nuotraukoje dėvėjo ligoninės apyrankę, atskleidžiančią, kad tikrasis Lachie vardas buvo Andrew.

„Ne, ačiū", - pasakė Lachie. „Kūdikis ir aš netrukus grįšime namo".

Alternatyvių pasaulių kelionių žurnalas užsitrenkė su tokia jėga, kad Čarlzas vos nenugriuvo. Jis atsigavo, ir po akimirkos knyga vėl ėmė vartytis. Pirmyn atgal, pirmyn. Maišė puslapius kaip kortų kaladę, kol atsidūrė ties skyriumi, pavadintu Haruto. Nuotraukoje jis buvo su motina ir tėvu.

„Ne, ačiū", - iškart ištarė Haruto. Jis paėmė Sobo ranką į savo ir tarė Lačiui: „Gal galėtum mus parvežti į Japoniją pakeliui namo?"

Lačis linktelėjo galva: „Džiaugiuosi, kad galėsite pabendrauti."

Šį kartą prieš užverčiant knygą iš jos šovė liepsnos, ir Čarlis vos nepametė jos.

Vaikų klyksmai be atsako tęsėsi ir vis garsėjo, nes jie artėjo prie E-Z namų:

„Aš noriu mamos!"

„Aš noriu savo tėčio!"

„Aš noriu valgyti!"

„Aš noriu gerti!"

„WAH, WAH, WAH, WAH!"

„VAU, VAU, VAU, VAU!"

„WAH, WAH, WAH, WAH!"

Čarlzas užmerkė akis.

„Ar tai viskas? paklausė E-Z.

„O kaip dėl mūsų?" Lia paklausė.

Čarlzo rankos ėmė virpėti. Tarsi knygos svoris slėgė jo rankas. Paskui knyga trinktelėjo taip stipriai, kad jis suklupo ir atsisėdo. Jis sukryžiavo vieną koją ant kitos ir priglaudė knygą prie krūtinės.

Ji vėl atsivėrė, kaip ir Čarlzo akys, o puslapiai vėl sujudėjo, tarsi jūros žolės vandenyno dugne. Ji vėl užsitrenkė. Tada apsivertė ant nugaros. Knygos viduryje pasirodė rėmelis. Iš pradžių jis buvo tuščias, tarsi kažko lauktų. Paskui jis sumirguliavo ir prasidėjo filmas.

Dodžerio stadione jau buvo prasidėjęs beisbolo mačas. „Dodgers" žaidė su ,Brewers'. E. Z. Dickensas buvo sugėrovas. Jis stovėjo už lėkštės ir žaidė kaip profesionalas. Tribūnose buvo jo tėvai, esantys tiesiai virš boksų, ir jį palaikydavo.

ŽEMĖS PAUZĖ.

Kelias sekundes saulės šviesa buvo užstota, kai Ophaniel išsiveržė į dangų ir pasuko jų link.

„E-Z, prieš tau priimant sprendimą, norėjau tau pasakyti, kad viskas, ką nuspręsi daryti arba nedaryti, turės pasekmių kitiems".

„Kaip ką?" - paklausė jis, neatitraukdamas žvilgsnio nuo įrėmintos savo ir savo tėvų versijos, nors jie joje jau nejudėjo.

„Pagalvok apie tą nelaimingą atsitikimą... Kas nebūtų atsitikę, pasaulyje, jei tavo tėvai nebūtų mirę? Jei niekada nebūtum netekęs galimybės naudotis kojomis?"

Jis žvilgtelėjo į dėdę Semą, paskui į Samantą, Liją ir dvynius. Be nelaimingo atsitikimo nė vienas iš jų nebūtų susitikęs. Dvyniai niekada nebūtų gimę.

„Jei nuspręsiu išvykti ir išpildyti savo svajonę, kas čia nutiks?"

„Tai rizika, kurią turėtum prisiimti, ir atsakymas, kurio negaliu tau duoti. Bet žinau viena, tu esi katalizatorius ir klijai".

„Gerai, ačiū, kad pranešei."
ŽEMĖS ATSAKYMAS
Ophanielis iškeliavo.
„Ech, ne, ačiū", - pasakė E-Z.
Jis stebėjo, kaip jis ir jo tėvai išnyko. Ekranas tapo tuščias. Rėmelis išnyko, o knyga ėmė kilti. Aukštyn, aukštyn, iš Čarlzo rankų.

Čarlzas stovėjo taip, tarsi vis dar ją laikytų. Žiūrėjo į nieką priešais save.

Kai knyga atsidūrė toli virš jų, ji ėmė liepsnoti. Ji šnypštė ir skleidė smarvę, kol jos likučiai buvo pakankamai maži, kad juos pakeltų vėjas. Ir Alternatyvių pasaulių kelionių žinyno nebeliko.

Čarlzas grįžo į save, kai vaikai masiškai atėjo į E-Z gatvę.

„Aš noriu savo mamos!"
„Aš noriu savo tėčio!"
„Aš esu alkanas!"
„Aš noriu gerti!"
„VAU, VAU, VAU, VAU!"
„VAU, VAU, VAU, VAU!"
„WAH, WAH, WAH, WAH!"
„Ar galiu jiems papasakoti istoriją?" Čarlzas paklausė.

„Tai nepakenks, - atsakė Lija.

Čarlzas pradėjo pasakoti pasaką apie Tris balvonus. Vaikai nustojo judėti, nustojo verkti, nes kabojo ant kiekvieno jo žodžio, kol jis staiga sustojo.

„O, bėda!" - sušuko jis, pastebėjęs, kad kiekviena jo dalelė išnyksta, tarsi žemė sunkiai perduoda jo signalą.

„Palauk!" E-Z pasakė. „Ar turi kokių nors patarimų kolegai rašytojui?"

„Yra knygų, kurių nugarėlės ir viršeliai yra geriausios dalys - neleisk, kad tavo būtų viena iš tokių. Man jūsų visų trūks!"

Kai kas sako, kad būtent tą akimirką nusileido šviesos spindulys, pakėlė jį nuo žemės ir nusinešė Čarlzą Dikensą į dangų. Kai kas sako, kad jis nuvažiavo su Mažąja Dorrit ir daugiau jų niekas niekada nematė. Jie tiksliai žinojo tik tiek, kad tą dieną Čarlzas Dikensas juos paliko ir daugiau niekada nebuvo matytas.

„**VA, VA, VA, VA!**"

„**WAH, WAH, WAH, WAH!**"

„**WAH, WAH, WAH, WAH!**"

FIZZLE POP

Atvyko sielų gaudytojas. Jis pravėrė duris ir į orą paleido petardas.

Kai kuriuos kūdikius triukšmas išgąsdino, o kai kuriems patiko, visais atvejais jie nustojo verkti.

Kai ji šaudė į orą spalvas, jie susiliejo, kad pasakytų šiuos žodžius:

IŠEIKITE IŠEIKITE IŠEIKITE

KAD IR KUR BŪTUMĖTE!

„Ko jis nori?" E-Z paklausė. „O gal turėčiau sakyti, KAS to nori?"

„Ar tai aš?" Sobo paklausė.

„Ne, tai man", - pasigirdo balsas už jų. Tai buvo Rozalijos balsas.

Visi atsisuko į kažką, tikėdamiesi išvysti vaiduoklį arba dvasią, bet tai, ką pamatė, nebuvo nė vienas iš šių dviejų dalykų. Tai buvo Rozalijos esybė... tai viskas, ką jie žinojo.

„Iki pasimatymo, brangioji Rozalija!" Sobo sušuko.

Tai buvo gana gražus atsisveikinimas su brangiąja Rozalijos esybe: E-Z ir jo komanda šaukė, mojavo, mėtė bučinius ir džiūgavo už ją. Tai buvo tikra šventė visko, ką ji jiems reiškė, nes jų brangūs draugai įlipo į jos Sielų gaudytoją ir ji išskrido.

Dabar, kai Čarlzo nebebuvo, vaikai vėl ėmė verkti,

„**VAU, VAU, VAU!**"

„**WAH, WAH, WAH, WAH!**"

„**WAH, WAH, WAH, WAH!**"

Fone pasigirdo naujas garsas. Pėdų, daugybės pėdų, bėgančių - greitai - garsas.

Joms tekant į E-Z gatvę, mamos ir tėčiai bei vaikai vėl susitiko su savo artimaisiais, ir šis susijungimas įvyko visoje žemėje.

„Bravo!" E-Z pasakė savo komandai.

Jie pamojavo atsisveikindami, kai Lačis, Kūdikis, Haruto ir Sobo išskrido.

Dabar liko tik E-Z ir Lia.

ZAP!

Pirmoji atskrido pupytė.

BONJOUR!

Paskui jį sekė Francois.

„Ak, mes per vėlai, - pasakė jis. „Viską praleidome!"
Iš namo vidaus pasigirdo Samantos šauksmai. „O ne, kažkas vyksta su kūdikiais!"

Visi nubėgo į vidų, į kūdikių darželį. Džekas ir Džilė kietai miegojo.

Samas apkabino žmoną. „Man jie atrodo sveiki, - sušnabždėjo jis.

„Bet jie nėra sveiki!" Samanta pasakė.

„Viskas bus gerai", - pasakė Samas.

„Man jie irgi atrodo gerai, - pasakė E-Z.

„Tu tik palauk, - pasakė Samanta. „Tiesiog palaukite ir pamatysite. Nebūčiau šaukusi, nebent... - ji sukikeno ir sukikeno, tarsi galėtų nukristi.

Visi žiūrėjo ir laukė. Dešimt, penkiolika, dvidešimt ar net trisdešimt minučių nieko nevyko.

Paskui staiga kažkas įvyko.

Iš mažyčių Džeko ir Džilės kūnelių sklido geltona ir žalia šviesa.

„Hadz? Reiki?" E-Z sušuko.

POP.

POP.

Džekas ir Džilė atsisėdo, kaip galėtų padaryti vyresni kūdikiai. Ko Džekas ir Džilė dar negalėjo padaryti.

Samanta apalpo, o Samas ją pagavo.

„Ką, po velnių, jūs abu darote?" pareikalavo E-Z.

„Eikite iš ten - tučtuojau!"

„Kaip atlygį paprašėme būti žmonėmis", - tarė Hadžas.

„Mums reikėjo kūnų", - tarė Reikia kūnų.

„O, brolau", - pasakė E-Z, kai pasigirdo beldimas į duris.

„Ar yra kas nors namie?" PJ ir Ardenas pasiteiravo.

EPILOGAS

E-Z įvedė žodžius: **PABAIGA**. Patenkintas savo pasiekimu, kad užbaigė keturių knygų seriją, jis uždarė nešiojamąjį kompiuterį.

„Paskubėk, E-Z!" - sušuko už jo stovintis vyras.

E-Z nusiėmė gaudytojo kaukę ir apsižvalgė. Jis stovėjo už aikštelės ir gaudė Los Andželo „Dodgers" komandoje. Teisėjas šluostė lėkštę. Jis atsistojo ir nužingsniavo į laužavietę, nes buvo paskutinis žaidėjas, palikęs aikštę.

Jis atpažino kelis žaidėjus, nes judėjo išilgai iškasos, sekdamas jiems iš paskos.

Pirštais perbraukė per plaukus, kurie visi buvo šviesūs. Jie buvo trumpesni ir griežčiau kirpti nei kada nors anksčiau. Ir jis buvo aukštesnis, tikrai daugiau nei 180 cm ūgio.

Kas, po velnių, čia vyksta? Ar jis miegojo? Jis suspaudė save. Jam skaudėjo.

„Esi ant denio, E-Z!" - sušuko batsiuvio treneris.

Jis susirado monitorių ir patikrino savo atspindį. Žiūrėjo į save, tarsi būtų svetimas.

„Žemė E-Z, - pasakė jo treneris.

„Atsiprašau, treneri, - tarė E-Z ir nuėjo link boksininkų įrankių angaro. Jo lazda, kaip ir visa kita įranga, buvo paženklinta etiketėmis. Jis ją užsidėjo ir įžengė į aikštės ratą.

Pasitaisė alkūnių apsaugas ir pasiruošė pirmajam metimui. Kartu su komandos draugu prie aikštelės jis atliko porą bandomųjų metimų. Belaukiant jo akį patraukė judesys tribūnose už dugno. Jo motina ir tėvas.

„Eik, gaudyk juos, sūnau!" - sušuko tėvas.

Jis pakėlė tėvams nykščius aukštyn, tada stebėjo, kaip jo komandos draugas atliko smūgį ir saugiai pasiekė pirmąją bazę.

E-Z įžengė į batterio ložę, paskelbė laiką, vėl pasitraukė ir kelis kartus giliai įkvėpė.

Susitvarkyk, - pasakė jis sau. *Nenoriu nuvilti komandos. Susikaupti. Susikaupk.*

Jis pakėlė ranką, kad teisėjas žinotų, jog yra pasiruošęs, ir grįžo prie aikštelės.

„Pirmyn, E-Z!" - sušuko jo mama.

Jis susikaupė ir stebėjo, kaip praėjo pirmasis metimas. Tikriausiai daugiau nei šimto mylių per valandą greičiu. Jis pasiruošė antrajam metimui. Šovė ir praleido. Jo komandos draugas pavogė bazę ir saugiai nusileido antrajame.

To jau per daug. Nesu pasiruošęs. Turiu atsibusti. Turiu pabusti - DABAR.

Antrasis metimas skriejo pro šalį. Jis šovė, bet nepataikė. Atėjo trečiasis metimas ir jis su juo susikibo. Jis stebėjo, kaip jo komandos draugas bandė prasibrauti iki trečiojo, bet buvo išmestas. Jis beveik laiku pasiekė pirmąjį, bet kita komanda pelnė dvigubą metimą. Pasibaigus dviems metimams, jis grįžo į požeminę aikštelę ir užsidėjo gaudymo įrangą.

„Kitą kartą tu juos pagausi!" - pasakė jo tėvas.

Nors jam ir nepavyko patekti į bazę, jis buvo savo svajonėje. Gyveno savo svajonę. Bet kaip? Jis atsisakė Alternatyvių pasaulių kelionių žurnalo pasiūlymo. Ištraukite mane iš čia! Aš nenoriu, kad taip būtų! Kur dėdė Semas? Kur Lia? Kur dvyniai?

Jo galva buvo pilna juoko, kai jis krito ant žemės ir toliau krito. Kol su trenksmu nusileido ant medinių grindų, namelyje ar trobelėje. Praėjus kelioms sekundėms po jo nusileidimo, jis užsiliepsnojo.

Kitoje kambario pusėje sėdėjo maža mergaitė. Iš pradžių jis pamanė, kad tai Lia, bet ši mergaitė buvo raudonplaukė. Jis pabandė ją pažadinti, bet ji nepajudėjo iš vietos.

Už jo iš vyrių išvirto lauko durys. Į vidų įėjo tamsi, apsiaustais apsisiautusi figūra, o šalia jos - trumpesnė figūra su gobtuvu. Tarp jųdviejų išnešė mergaitę į lauką.

„Padėkite man!" - sušuko jis.

„Padėk sau!" - pasigirdo moteriškas balsas, kurį ištarė aukštesnė iš dviejų figūrų, kai aplink jį ėmė griūti sienos.

Jis vėl atsidūrė stadione, gulėjo ant žemės ant nugaros ir žiūrėjo tėvams į akis.

„Tau viskas bus gerai", - gūžtelėjo jie.

Padėkos

Mieli skaitytojai,

Na, mes pasiekėme „E-Z Dickens" serijos pabaigą. Tikrai tikiuosi, kad jums patiko ją skaityti taip pat, kaip man patiko ją rašyti.

Kadangi buvote su manimi visą šią seriją, paskutinis AČIŪ skirtas jums, mano skaitytojai. Jūs esate nuostabūs!

Kaip visada, laimingo skaitymo!

Cathy

Apie autorių

Daugybę apdovanojimų pelniusi autorė Cathy McGough gyvena ir rašo Ontarijuje, Kanadoje, kartu su vyru, sūnumi, dviem katėmis ir šunimi.

Taip pat pagal:

NON-FICTION
103 Lėšų rinkimo idėjos tėvams savanoriams,
dirbantiems su mokyklomis ir komandomis (3.
vieta geriausios literatūros 2016 m. METAMORPH
PUBLISHING)
+ Knygos vaikams ir jaunimui

Milton Keynes UK
Ingram Content Group UK Ltd.
UKHW031921221024
2303UKWH00001B/69